AF399632

Emily Dunwood wurde 1995 in Tübingen geboren. Schon während ihrer Schulzeit in Berlin und New Jersey entstanden ihre ersten Science-Fiction- und Fantasy-Romane. Diskussionen um Social Media, den gläsernen Menschen und das Dark Web inspirierten sie zu ihrem Debüt, dem Zweiteiler *Java & Glass*.

EMILY DUNWOOD

JAVA AND GLASS

DIE VERGESSENE STADT

Erstausgabe Januar 2020

© 2020 dp Verlag,
ein Imprint der DIGITAL PUBLISHERS GmbH

Made in Stuttgart with ♥
Alle Rechte vorbehalten

Die vergessene Stadt

ISBN 978-3-96087-823-0
E-Book-ISBN 978-3-96087-736-3

Covergestaltung: Vivien Summer
Umschlaggestaltung: ARTC.ore Design
Unter Verwendung von Abbildungen von
© Nick Starichenko/shutterstock.com und
© GrandeDuc/shutterstock.com
Lektorat: Daniela Höhne
Satz: dp DIGITAL PUBLISHERS
Druck und Bindung: Books on Demand GmbH, Norderstedt

Was bisher geschah

Die Menschen der Zukunft sind gläsern: In Hyalopolis, der ewig wachsenden Welthauptstadt, lassen sie jeden ihrer Schritte digital aufzeichnen, machen jedes Wort öffentlich und leben durch diese Transparenz ein angenehmes und sicheres Leben.

Die siebzehnjährige Java hingegen will ihre digitale Identität hinter sich lassen. Seit sich ihre Vertraute und Gönnerin Vista in die Tiefen der Stadt gestürzt hat, ist das Waisenmädchen nicht nur mittellos und gesellschaftlich geächtet, die Erinnerung daran ist auch für immer in ihre Timeline gebannt. In ihrer Verzweiflung flüchtet sie sich nach Deep City, die dunkle, anonyme Parallelwelt am Grund der gläsernen Stadt.

Dort herrscht Angst. Seit Monaten terrorisiert »die Liste« Deep Citys Besucher. Wer sich darauf wiederfindet, kommt bald darauf unter gewaltsamen Umständen ums Leben. Als Verantwortliche wird die Liga der Masken vermutet, diejenige Organisation, die in Deep City die Fäden zieht.

Durch die scheinbar zufällige Begegnung mit einem Fremden kommt auch Java in Berührung mit diesen Ereignissen. Er verwechselt sie mit der Schwarzmarkthändlerin Cullinan, die einen Deal mit den Opfern der Liste abgeschlossen hatte. Sie soll die Morde stoppen, im Gegenzug dazu will ihr der Identitätsdieb Glass eine neue Timeline verschaffen. Ohne wirklich zu wissen, worauf sie sich einlässt, aber mit der Hoffnung auf ein neues Leben, spielt Java mit und verspricht, den Auftrag zu erfüllen.

Auf ihrer Suche nach Informationen trifft sie den undurchsichtigen Linux, der vorgibt, ihre wahre Identität zu kennen. Obwohl sie nicht weiß, ob sie ihm vertrauen kann, muss Java Linux' Hilfe annehmen. Er stößt sie auf die Hintergründe der Geschichte und auf die Spuren ihrer Doppelgängerin. Cullinan plante den Verkauf der neuartigen Software *Thoughtspace* an den Meistbietenden. Diese Technologie sollte es möglich machen, auch die Gedanken eines Menschen auf seine Timeline zu übertragen. Die Liga der Masken sieht in dem Programm eine Bedrohung für die Anonymität der Besucher von Deep City und tut alles dafür, ihren Verkauf zu verhindern.

Java schlussfolgert, dass sie sich diese Software beschaffen und der Liga aushändigen muss, um ihren Auftrag zu erfüllen. Doch nicht nur die Liga der Masken hat Interesse an der Software. Auch Cache, ein Interessent der Software, setzt Java unter Druck, ihm die Technologie zu beschaffen.

Java gelingt es schließlich, Kontakt zu jemandem herzustellen, der in die Schwarzmarkgeschäfte ihrer Doppelgängerin verstrickt war. Dabei erfährt sie nicht nur, dass Cullinan ein ganzes Netzwerk darstellt, sondern auch, dass der Blutdiamant, der Kopf der Organisation, seit Wochen spurlos verschwunden ist – mitsamt aller Kopien der Software.

Gleichzeitig gerät Glass in Schwierigkeiten. Er wird von seinem Kontaktmann zur Liga der Masken erpresst und bittet Java um Hilfe. Erneut ist sie auf Linux und seine Kontakte angewiesen.

Java verstrickt sich zunehmend tiefer in die komplexe Geschichte und begibt sich in immer riskantere Situationen. Und gerade als sie im Begriff ist, mehr über die Umstände herauszufinden, fordert die Liste ein weiteres Opfer.

Kapitel 20

Pin ist tot.

Glass steht im Eingang zu einer Opiumbar, mit glimmender Zigarette und zitternden Händen. Die Haare regennass.

Hinter ihm drängen sich milchige Rauchschwaden gegen das Fenster, verwandeln den dahinterliegenden Raum in konfuse Schatten und unscharfe Silhouetten.

Pin ist tot.

Er sagt kein Wort, als ich ihn erreiche. Lässt mir keine Zeit, ihm in die Augen zu sehen. Wortlos stemmt er sich gegen die Eingangstür und geht mir voraus.

Ich fühle mich taub.

Die Luft ist fest. Ich muss husten, drücke mir einen Ärmel unter die Nase, kneife die brennenden Augen zusammen. Die Atmosphäre ist betäubt und ungesund, der Gestank fatal. Auf dick gepolsterten Sofas hängen sedierte Menschen, manche dösend, die Augen halb geschlossen, manche apathisch, mit starrem Blick. Bläuliche Holoschirme glimmen im Qualm, färben den Giftnebel blassblau. Die meisten tragen *DigiGlasses* und starren selbstvergessen in unsichtbare Parallelwelten.

Ein hysterisches Lachen hallt von irgendwo.

Hier haben sie sie hingebracht? Hier?

Glass rennt mir voraus, durchquert den langgezogenen Raum, an der Bar vorbei. Stößt eine Hintertür auf und gibt den Blick auf ein gespenstisches Bild frei: Sprödes Dämmerlicht. Staubgeschwängerte Luft. Ein Tisch. Eine Leiche. Vier gnadenlose Augenpaare.

Qs Augen sind wässrig und verquollen. Vala sitzt ruhig in einer Ecke, rauchend. Chrome zittert am ganzen Körper. Farblose Gesichter. Beängstigende Stille.

Eine Leiche.

Mich überschwemmt ein unwirkliches Gefühl. Betäubt. Aufgewühlt. Abgekapselt.

Pins weißes Hemd ist ein rotes Aquarell. Verkrustetes Blut klebt an ihrem Gesicht, ihre nassen Haare ziehen schwarze Schlingen dazwischen. Man hat ihr die Augen geschlossen, doch die Bemühung, ihre toten Züge zur Ruhe zu bringen, ist gescheitert. Ihr Gesicht ist zu einer kalten, verhärteten Maske erstarrt; grau, bitter und wächsern, durch das dicke Make-up, das sich nun langsam von ihrer Haut löst. Schusswunden versinken in ihrem Kopf, in ihrer Brust, ihren Armen.

Mir wird schwindelig. Und die Erinnerungen kommen. Sie kommen unweigerlich.

Ein zerschellter Körper. Nichts Friedliches an ihr. Nichts Tröstliches. Ich wünsche mir, nie gekommen zu sein.

»Kannst du sie identifizieren?«

Sie ist es. Vista. Kein Zweifel.

Es sind ihre Lippen, bläulich verfärbt und unnatürlich aufgequollen. Ihr Gesicht, verformt von den Schwellungen, mit verrenktem Kiefer und ausgeschlagenen Zähnen. Ihr gequetschter Torso. Ihre Haut, stellenweise aufgeplatzt wie eine überreife Tomate. Die Gliedmaßen unnatürlich zurück in Position gebracht.

»Ja, das ist sie«, sage ich ruhig.

Aber ich sehe mich dort liegen. Bald. Ich bin noch immer im freien Fall.

Im nächsten Gedanken liege ich schwitzend und zitternd in meinem Bett, fühle mich halbtot, in klatschnassen Laken, unfähig aufzustehen.

»Sie hat dich angerufen, Java! Du hättest sie davon abhalten können!«

Sie hassen mich.

»Warum warst du so kalt?«, fragen sie mich. »Du hast nicht geweint, kein einziges Mal, hast nicht eine Träne für sie vergossen.«

»Habt ihr gesehen, wie kalt sie war? Völlig unberührt?«

»Bist du froh, dass sie jetzt tot ist?«

Kalter Schweiß, die Hände zittern. Ich sehe angestrengt zur Seite, schließe die Augen. Halte die Luft an. Ich habe das Gefühl, den Boden unter den Füßen zu verlieren.

»Kein schöner Anblick?«, höre ich Vala sagen. Ich traue mich nicht, sie anzusehen.

»Was soll ich dazu sagen?«, murmele ich.

»Du sollst nichts mehr sagen«, erwidert sie mit knurrendem Unterton. »Du sollst endlich etwas tun!«

Verzweifelt sehe ich zu Glass, der aussieht, als würde es ihm schlimmer gehen als mir. Seine Lippen sind steinern zusammengepresst, er läuft haltlos auf und ab. Ich wünschte, er würde etwas sagen.

Er sagt nichts.

»Ich brauche Zeit«

»Damit noch mehr sterben?«, fragt Vala hysterisch. »Weißt du, wer die Nächste auf der Liste ist?« Ihre Kiefer mahlen.

Ich mache automatisch einen Schritt zurück. »Du hast es oft genug erwähnt.«

»Und ich werde es noch tausendmal wiederholen. Wir sterben. Pin ist tot! Aber sie ist dir natürlich nichts wert, das kann man ja auch nicht erwarten. Ein Mädchen aus den Subs ...« Sie macht einen Schritt auf mich zu.

Ich weiche noch weiter zurück.

»Ich konnte doch nichts tun«, sage ich ausweichend.

»Hast du dir mal Gedanken gemacht, wer da vor dir stand? Was für ein Mensch hinter der Maske gesteckt hat?«

Wie pathetisch, denke ich mir und bekomme trotzdem eine Gänsehaut.

»Ich weiß doch nichts über sie«, sage ich. »Wie soll ich auch?« Wieder sehe ich zu Glass, der sein Gesicht in seinen Händen beerdigt.

»Ich dachte auch, sie wäre ein verrücktes reiches Surface-City-Mädchen, du weißt schon, eines von der typischen Sorte. Auf der Suche nach *Abenteuer*, nach *Aufregung*. Das naiv genug war, sich von Deep City richtig ficken zu lassen. Bis ich sie besoffen von der Straße gekratzt habe und sie erzählt hat.« Sie macht eine atemreiche Pause, in der sie mich mit bebenden Lippen ansieht. »Sie ist mit dreizehn aus den Suburbs geflohen; arme Familie, gewalttätige Mutter. Keine Schule, kein Job, ein Leben in Dunkelheit. Sie dachte, sie könnte in Hyalopolis ihr Glück machen. In der gläsernen Stadt, so schön hell, so sauber, so aufrichtig. Sie hatte Hoffnung, zu finden, was ihr überall vorgegaukelt wird. Und klar, sie war hübsch. Wehrlos. Ein richtig hübscher, wehrloser Schmuckstein für die Timeline irgendeines reichen Unternehmers. Seht her, ich rette das arme Mädchen aus den Subs.« Sie schluckt hart. Ihr Gesicht ist fleckig rot unter ihrem teigigen Make-up. »Er hat sie immer wieder mit nach Deep City genommen. Und was machst du da mit einem verzweifelten Mädchen, das sich nach ein bisschen Anerkennung sehnt? Das Angst hat, zu verlieren, was sie gerade bekommen hat?«

Ich bin taub. Meine Gedanken sind taub. Ich versuche, mich daran zu erinnern, wie ich hierhergekommen bin. Doch es stürzen nur die verschwommenen Eindrücke des Moments auf mich ein.

Blackout.

»Sie hat ihn umgebracht«, sagt Vala. »Damit konnte sie nicht leben. Das hat sie in Deep City gehalten. Jeden Tag.« Ihre Stimme zittert.

»Du hast sie umgebracht! Du hast sie umgebracht!«

Sie hassen mich jetzt.

Ich sehe wieder zu Glass. Ich wünschte, er würde etwas sagen. Er muss doch etwas sagen.

Er sagt nichts.

Aber er ist stehen geblieben; seine Augen blank und erfroren. Ich bin mir nicht sicher, was überhaupt noch zu ihm durchdringt.

Und plötzlich fällt er aus seiner Starre und rennt an uns vorbei aus dem Raum. Wortlos. Verschwindet einfach im dünnen Licht.

Ich sehe ihm nach. Versuche zu verarbeiten, was gerade passiert – und bin völlig überfordert.

»Also, was willst du jetzt machen?«, schreit Vala. Ich bekomme keine Luft.

Ich übergehe sie einfach. »Wo ist Glass hin? Was ist mit ihm?«

»Keine Ahnung? Sich umbringen? Es ist mir scheißegal. Ich will, dass du diese Liste abstellst. Sofort. Sonst bist du die Nächste, die auf diesem Tisch liegt.«

»Ich brauche ihn, sonst … kann ich nichts machen.«

»Dann finde ihn!«

Vala geht zwei große Schritte auf mich zu und bläst mir demonstrativ den Rauch ihrer Zigarette ins Gesicht. Ich drehe den Kopf zu Seite.

»Du bist echt das Letzte! Ihr seid alle das Letzte!«

Ihre Worte gehen völlig an mir vorbei, ich sehe nur hektisch hin und her, von Q zu Vala zur toten Pin. Meine Gedanken sind verschwommen.

Dann drehe ich mich um und verlasse fluchtartig den Raum. Doch als ich die Straße erreiche, ist Glass längst verschwunden.

Immer und immer wieder wähle ich seine Nummer mit eiskalten Fingern. Stehe zitternd im strömenden Regen mitten auf der Straße und horche auf die knisternden Geräusche in der Leitung. »Nimm ab, nimm ab, nimm ab.« Er nimmt nicht ab.

Ich fühle mich zittrig, allein und verfolgt. Wieder hat mich die Paranoia völlig im Griff. Jeder Schatten kommt mir bedrohlicher vor als der letzte. Hinter jeder Ecke scheint jemand zu lauern, den ich nicht kontrollieren kann.

Noch einmal wähle ich Glass' Nummer, ein verzweifelter Versuch für etwas, das ich längst aufgegeben habe. Ich weiß, dass er der Einzige ist, der mir am Ende wirklich helfen kann. Der *mir* helfen kann. Und er muss mir *jetzt* helfen.

Gerade bin ich kurz davor, einfach alles auffliegen zu lassen.

Aber ich versuche durchzuatmen. Mich zu konzentrieren. Ich bin überemotional, mein Gehirn überladen von verdrängten Erinnerungen, die sich schmerzhaft wieder hochgewürgt haben. Meine Gedanken sind völlig übersteuert.

In Gedanken versuche ich, alle Orte durchzugehen, an denen ich ihn vermute, alle Orte, an denen ich ihn getroffen habe. Versuche jede Konversation wieder abzurufen. Er könnte überall sein. Überall.

»Warte!«

Ich drehe mich um und sehe Q im Regen stehen. Eine schattige Gestalt, mitten auf der Straße. Er trägt keine Mütze mehr, das Haar klebt platt in seiner Stirn, das Halstuch ist ihm vom Gesicht gerutscht.

Er kommt auf mich zu, bis er dicht vor mir steht.

»Was machst du hier?«, frage ich.

Q antwortet nicht, sondern zieht einen kleinen, zusammengefalteten Gegenstand aus der Tasche und stellt sich dicht neben mich. Mit einem leisen Knall spannt er einen großen Schirm über uns beiden auf.

»Wir werden ganz nass«, stellt er fest.

Die plötzliche Nähe macht mich seltsam emotional, ein Heulkrampf sitzt tief in meinem Rachen und rüttelt an mir.

»Du musst zu ihm gehen«, sagt Q. »Jetzt.«

»Wieso?«, frage ich und schlinge meine Arme um meinen Körper. »Wieso ich?«

Stille. Keine Antwort. Der Regen hört sich an wie weißes Rauschen.

»Ich habe keine Ahnung, wo er ist.«

Q sieht mich seltsam an, als würde er kein Wort von dem glauben, was ich ihm sage.

»Aber ich weiß es«, sagt er dann.

Es dauert einen kurzen Moment, bis ich das Gebäude wiedererkenne, vor dem wir stehen. Es ist dasselbe Hotel, in dem wir Glass schon einmal getroffen haben.

»Ich bin mir sicher, dass er hier sein wird«, sagt Q und irgendwie finde ich diese Aussage entsetzlich traurig.

Das Hotel ertrinkt im Regen, aber vor allem ertrinkt es in seiner grauen Tristesse. Eine architektonische Depression, so weit von der Sonne entfernt, dass nichts mehr an frühere Zeiten erinnert. Schlank und kerzengerade streckt sich das unschöne Gebäude in die kilometerweite Dunkelheit wie ein warnend ausgestreckter Zeigefinger. Sein leuchtender Schriftzug flackert im Regen.

Q sieht mich von der Seite an.

»Du solltest allein gehen«, sagt er. »Mich wird er nicht sehen wollen.«

Ich bin mir sicher, dass er mich noch weniger sehen wollen wird.

Ohne zu klopfen, ohne zu horchen, reiße ich die Tür auf. Zimmer 204.

Ich habe Q unten in der Lobby zurückgelassen und stehe nun in einem Zimmer, das hell erleuchtet ist und dabei trotzdem so düster wirkt, dass ich mir nicht sicher bin, ob alles Licht nicht nur aus dünnem Papier besteht.

Glass sitzt auf dem Boden, mit dem Rücken gegen sein klappriges Bett gelehnt, ein Bein angezogen, das andere ausgestreckt. Drei leere Flaschen stehen neben ihm, das ganze Zimmer verströmt einen säuerlichen Geruch. Geisterhafte Schlieren tragen den stinkend-bunten Qualm seiner falschen Zigarette durch die staubige Luft.

Eine unwirkliche Szenerie.

Das Zimmer scheint seine allgemeine Verfassung perfekt widerzuspiegeln.

Ich bleibe stehen, ein, zwei Lidschläge lang. Höre auf meinen zittrigen Atem und meinen Herzschlag. Mir ist heiß und kalt.

Er bemerkt mich erst ein paar Sekunden später. Hebt langsam den Kopf, sieht mich aus aufgeschwemmten Augen an. Sein Blick wirkt seltsam verzögert. Sein T-Shirt klebt nass an seinem Körper, sein Gesicht ist fleckig gerötet.

Ich bin unfähig, irgendetwas zu sagen. Ich weiß, ich bin hier nicht richtig. Ich bin die falsche Person, ich sollte nicht hier sein.

»Warum du?«, fragt er mit bleierner Stimme.

Er klingt besoffen, seine Worte blubbern nur noch über seine Lippen. Träge und fragil und unkontrolliert.

Für einen kurzen Moment stehe ich im Eingang zu dieser materialisierten Tristesse und meine egoistischen Gründe verschwinden.

»Wir brauchen dich«, sage ich und klinge sanfter, als ich dachte.

Glass' trübe Augen fixieren mich mühsam.

»Ihr wisst nicht, wer ich bin«, sagt er. »Ihr wisst nicht ...« Er starrt ins Leere. »Ich mache alles nur schlimmer. Ohne mich wäre das hier doch nicht ... also ...«

Ich bin mir nicht sicher, ob er weiß, was er da gerade redet.

»Hast du je daran gedacht, wer welche Rolle in dieser ganzen Sache spielt?«, fragt er.

»Was redest du da?«

Als ich den schläfrigen Mann in der Lobby bequatschen musste, um sein Zimmer zu finden, als ich durch die trüben Hotelflure gehetzt bin, habe ich mich gesehen, wie ich ihn anschreie. Was ihm einfiele, einfach so zu verschwinden und nicht mehr aufzutauchen. Weil wir ihn doch brauchen. Er hat ein Versprechen gegeben – vor allem mir. Er weiß, dass wir ohne ihn nicht weit kommen.

Nun fühlt sich meine Stimme zittrig und vergessen an, meine Motivation taub und unwirklich. Und ich bin mir nicht mehr so ganz sicher, ob ich noch aus demselben Grund hier bin, wie ich es mir dachte.

Ich starre ihn an und zehre von diesem Bild.

Glass ist so stilvoll in seiner Depression. Die Melancholie in seinem Gesicht. Der zerbrechliche Unterton. Ich bewundere ihn dafür, dass er es schafft, etwas aus der Traurigkeit zu machen, die er nach außen trägt. Etwas Kunstvolles. Etwas, das man zelebrieren kann, wenn man will. Etwas, das fast zu schön ist, um wieder glücklich zu werden. Er ist eine nachtschwarze Persönlichkeit und es berührt mich.

»Ehrlich, warum bist du hier?«, fragt Glass und hebt wieder seinen Kopf. Es scheint ihn viel Anstrengung zu kosten.

Ich weiß es nicht, will ich antworten.

»Weil du nicht einfach so verschwinden kannst«, sage ich. »Selbst wenn du sterben willst, außerhalb dieses Zimmers gibt es Leute, die das nicht wollen. Und die sind auf dich angewiesen.«

Ich will, dass er aufsteht. Doch er sieht wieder auf den Boden, zusammengesackt und kraftlos.

»Ich will nicht sterben«, sagt Glass und macht eine lange Pause. »Ich will mich einfach auflösen, nicht mehr existieren. Ich will nicht sterben, ich will nur einfach nicht mehr fühlen.« Ein unwirkliches Lächeln schiebt sich auf sein Gesicht, als wäre dieser schmerzhafte Gedanke fast tröstlich für ihn.

Aber mir bleibt die Luft weg. Als hätte er meine eigene Erinnerung ausgesprochen. Als hätten wir für ein paar Sekunden den gleichen Kopf geteilt. Das ist es, was ich so oft denke. Das ist der Schmerz, vor dem ich davonlaufe.

Es schmerzt. Es fühlt sich gut an. Es fühlt sich an, wie ein schwarzes Fest.

Ich habe das seltsame Bedürfnis, mich einfach neben ihn zu setzen, mich mit ihm an sein Bett zu lehnen.

Ich hinterlasse schmierige Fußspuren, während ich ein Stück weiter in das Zimmer hineingehe. Nur ein kleines Stück auf ihn zu. Dann bleibe ich wieder stehen. Verschränke meine Arme vor der Brust.

»Ich kann nicht mehr«, flüstert er. »Ich kann einfach nicht mehr.«

»Steh auf, uns läuft die Zeit davon«, sage ich laut. Meine Finger kribbeln und zittern.

»Du verstehst das nicht«, sagt Glass und mahlt mit seinem Kiefer. Seine Schneidezähne foltern seine zerbissene Unterlippe. Unter der hellen Haut an seinem Hals tanzen die Sehnen, die Adern treten hart hervor. Das unechte Licht bricht sich tödlich an seinem Gesicht. Lässt es starr und angespannt und hart wirken. »Dabei ... Ich denke, dass du es eigentlich doch verstehst. Und das hätte ich nie gedacht. Aber du scheinst so oft die Einzige zu sein, die es versteht. Den Schmerz ...«

Stille. Mein Herz beschleunigt.

»Man muss nicht nach Deep City kommen, um Schmerz zu verstehen«, sage ich, ohne nachzudenken. Ich falle aus meiner Rolle. Ich darf auf keinen Fall aus meiner Rolle fallen.

Wieder hebt er seinen Kopf.

»Ist es das, was uns verbindet?«, fragt er bitter.

Aber er spricht etwas aus, das mehr oder weniger seit unserer ersten Begegnung in meinem Kopf sitzt. Eine zähe und hartnäckige Frage, die ich nicht loswerde.

»Steh auf«, sage ich. »Du musst mit ihnen sprechen. Sonst ist nicht Vala das nächste Opfer, sondern ich.«

Glass antwortet nicht. Er starrt wieder ins Leere. Schüttelt nur leicht den Kopf.

»Ich bin ein Niemand. Ich kann sie nicht retten, weil ich mich selbst nicht mehr retten kann. Ich habe es nie geschafft, mich wieder zusammenzusetzen. Ich weiß nicht mehr, wer ich bin.«

Ich habe das ungute Gefühl, dass er sehr viel mehr damit meint, als mir bewusst ist. Dass hinter seinem besoffenen Gelaber Dinge stecken, die ich nicht weiß und auch nicht fassen kann.

»Warum mache ich das hier überhaupt? Ich kann ihnen nicht helfen, du kannst ihnen offensichtlich nicht helfen … Es ist vielleicht besser, wir lassen alles weiterlaufen, so wie es ist. Dann wäre dieses Problem einfach aus der Welt geschafft. Und ich. Ich …«

Er sieht mich nie so an. Sonst streift er mich immer nur flüchtig, aber dieses Mal ist sein Blick starr.

Ein fast gruseliges Grinsen sitzt auf seinem Gesicht, wie ein dickes Insekt. Zieht sich falsch in einer grässlichen Fratze von einer Wange auf die nächste. Wie schlecht aufgepinselt. »Warum sind wir hier?«, fragt er. »Wir versuchen beide nur, unsere Schuldgefühle zu betäuben. Aber wir sind machtlos. Belügen uns nur selbst.«

Und da ist sie wieder. Die Panik. Panik, dass alles umsonst war. Dass ich innerhalb von ein paar Sekunden wieder in mein altes, beschissenes Leben zurückgeworfen werde. Ausgekotzt und ausgebrannt.

Ich vollführe einen ziemlich bekloppten Seiltanz hier unten und zu beiden Seiten kann ich sehr tief fallen. Fallen …

»Du hast ein Versprechen gegeben«, sage ich. Ich kann die Verzweiflung in meiner Stimme nicht verbergen. »Wir haben einen Deal. Einen. Verdammten. Deal. Jetzt steht auf! Tu, was du tun sollst!«

Ich bin wieder mein völlig verzweifeltes Ich. Völlig entgleist. So skrupellos, ich würde über meine eigene verdammte Leiche gehen.

»Du hast keine Ahnung, um was es hier geht«, sagt er und greift dann nach einer der Flaschen, die neben ihm stehen. Führt sie mit schwerem Arm an seine Lippen.

Erinnerungen spülen in meinen Kopf, erfassen meine Gedanken wie ein Tsunami.

»Du trinkst zu viel, Java. Immer trinkst du zu viel.«

»Du weißt ja nicht, um was es hier geht.« Ich weiß nicht, ob sie meine Stimme nicht hört, oder ob sie sie nicht hören will.

Ihre Hände sind kühl auf meiner pochenden Stirn. Ich will meinen Schädel sprengen, doch sie hält ihn zusammen.

Sie liebt das. Ich weiß, dass sie es liebt. Sie hat die Kontrolle. Über mich, dass versoffene Wrack, mit all den Blackouts. Meine Erinnerungen sind so löchrig ...

»Aber dir geht es bald wieder besser«, sagt sie. Schleicht durch den halbdunklen Raum wie eine Katze.

Mein Kopf ist bleischwer zur Seite gekippt und mein Blick folgt ihr mit schweren Lidern.

Sie tritt an die Kommode, auf der wie eine fette, schwarze Tarantel die Parfümflasche hockt.

Dieses Haus ist vollgestopft mit Pflanzen und Statuen und goldbesetzten Tapeten und doch ist diese Flasche das einzig wirkliche Deko-Objekt hier. Es konkurriert mit mir. Dem anderen wirklichen Deko-Objekt in diesem Haus.

Sie streicht mit weichen, zärtlichen Fingern über das Glas, begutachtet es mit schiefgelegtem Kopf wie einen besonderen Schatz. Zieht ein kleines Tuch aus der Tasche und reibt einen Fettfleck von der Oberfläche.

Klebriger Ekel macht sich in meinem Inneren breit, bedeckt ölig jeden Nerv in meinem Körper. Ich will mich schütteln, doch ich bin wie gelähmt.

Diese perfekte Gestalt. Der enganliegende schwarze Pullover unterstreicht jede ihrer aristokratischen Formen. Das dunkle Haar aufgesteckt, keine Strähne am falschen Platz.

Niemand weiß, wer sie wirklich ist.

Wie kann ich einen solchen Gegensatz in meinem Leben haben? Sollte mein Leben nicht endlich perfekt sein?

Mein Gehirn wird schwarz. Systemstörung. Mit zwei großen Schritten segele ich quer durch den Raum auf ihn zu und reiße ihm die Flasche aus der Hand. Schleudere sie reflexartig durchs Zimmer. Sie rollt scheppernd über den Boden und klirrt irgendwo gegen den Türrahmen.

Mein Herz hämmert gegen meinen Brustkorb, viel zu schnell, viel zu unkontrolliert.

»Hör auf!«, knurre ich. »Hör auf mit dem Scheiß!«

Ich kann nicht sagen, was mich so wütend daran macht. Was diese völlig übertriebene Emotion in mir auslöst.

Glass starrt mich von unten ungläubig an. Seine Unterlippe bebt.

Und plötzlich springt er auf, packt mich mit harter Hand am Kragen meines Mantels, zieht mich fest zu sich heran. Unsere Gesichter sind sich plötzlich extrem nah. Sein alkoholgetränkter Atem schlägt mir heiß ins Gesicht. Ich kann jede Pore und jeden feinen Riss in seinen blutig gebissenen Lippen sehen.

In sein leergefegtes Gesicht ist plötzlich Leben gekommen. Es zuckt und sprüht, seine Augen sind ein Feuerwerk. Ich sehe jede flackernde Emotion und es fühlt sich fast so an, als würde er sie mit mir teilen.

»Hast du eine Ahnung?«, fragt er mit zittriger Stimme. »Hast du überhaupt irgendeine Ahnung?« Jedes Wort spüre ich mit heißem Atem auf meiner Haut.

Ich antworte nicht. Sehe ihm nur in die Augen.

»Du weißt nicht, wer ich bin«, knurrt er mit zusammengebissenen Zähnen.

»Doch weiß ich«, rutscht es gedankenlos aus mir heraus. Keine Ahnung, was ich gerade rede. Keine Ahnung, was ich gerade tue. Ich bin mir selbst machtlos ausgeliefert. Ein wenig kommt es mir so vor, als wäre nicht er die Person, die zu viel getrunken hat, sondern ich. Ich fühle mich mindestens genauso besoffen. Gedankenbesoffen.

Glass' Augen blitzen auf, sein Kiefer spannt sich hart an. Er packt mich fester, zieht mich hart zu sich heran.

»Lass mich.« Ich reiße mich los, er folgt mir, ich schubse ihn hart zurück. Meine Gedanken sind taub, meine Reflexe kämpfen für mich. Er greift nach meinen Armen, kriegt sie nicht zu fassen. Meine Hände schlagen grob in alle Richtungen, ich drücke mich gegen ihn, fast fallen wir übereinander, stolpern über unsere eigenen Füße. Stolpern vorwärts, stolpern rückwärts. Wieder packt er mich mit beiden Händen am Kragen, zieht mich ein paar Zentimeter in die Luft.

Es dauert nur ein paar Sekunden, bis seine Bewegungen wieder weicher werden. Wir wollen uns nicht wirklich wehtun. Wir kämpfen nicht gegeneinander, wir kämpfen gegen unsere eigenen Emotionen. Gegen unsere eigenen Konflikte.

»Lass mich los!«, schreie ich unter keuchenden Atemversuchen

Die Hitze seiner Haut unter meinen Fingern, sein Atem in meinem Gesicht. Er ist lebendig. Ich bin lebendig. Ich will nicht, dass er mich loslässt.

»Ich weiß sehr wohl, was ich tue!«, schreit er mit wackeliger Stimme zurück.

»Nein! Deine Gedanken sind Gift! Und du hast sie die Kontrolle übernehmen lassen, du hast dich überwältigen lassen.« Nun klinge ich wie die Besoffene. Und ich bin mir, kaum dass ich das ausgesprochen habe, nicht mehr sicher, ob ich zu ihm, oder zu mir spreche. Ich mache eine kurze Pause. Meine Stimme fühlt sich kaputt und weinerlich an. »Ich wünschte, ich könnte das auch«, hauche ich kaum hörbar.

Die Hand an meinem Kragen lockert sich kaum, doch sein verhärtetes Gesicht wird plötzlich weicher. Unsere Nasenspitzen sind wahrscheinlich nur zwei Zentimeter voneinander entfernt, und sein Blick scheint mich zu inhalieren. In sich aufzunehmen.

Ein Moment der Stille. Nur Atem. Nur Herzschlag.

Seine Finger wandern meinen Kragen entlang, sein Blick über meinen ganzen Körper. Es ist ein fast zärtlicher Ausdruck in seinem Gesicht und so viel Emotion und so viel Verwirrung, es erstickt mich fast.

Dann lässt er mich abrupt los. Ich taumele ein paar Schritte zurück. Meine Muskeln erschlaffen plötzlich und ich stehe zusammengesunken in der Gegend, völlig außer Atem und mit hart pochendem Herzen.

Meine Lungen werden der benötigten Sauerstoffzufuhr nicht mehr gerecht.

»Willst du mich wirklich weiter quälen?«, fragt er. »Was ist das hier? Was ist das für eine Art, wie du mich anguckst?«

»Ich ...« Meine Stimme erstirbt irgendwo auf meiner Zunge. Ich schlucke hart. Ich bin willenlos.

»Ich weiß immer noch nicht, warum du mich angerufen hast«, flüstert er. »Ich meine ... doch, ich weiß es. Du hast schluchzend angerufen, hast mich um meine Hilfe angefleht. Um eine neue Timeline. Aber ... alles ist so anders. Da steht ein anderer Mensch vor mir. Verstehst du?« Die Wörter rollen unkontrolliert über seine Zunge, wie schwere, kantige Steine. Bröckeln ungelenk von seinen Lippen. Aber ich habe das Gefühl, dass er ausspricht, was er sonst denkt. Der stille, gebrochene junge Mann, der so viele Wörter in sich aufgestaut hat, dass es schmerzhaft ist, sie loszuwerden. Dass er sich mit Alkohol betäuben muss, bevor er sagen kann, was er denkt.

»Ich bin ein Idiot«, flüstert er. »Ein echter Idiot.«

Dann sieht er mühsam zur Seite und sein Blick lässt mich los. Der Spannungsverlust lässt mich rückwärtsgehen.

»Du bist schuld an allem«, schreit er. »Du bist schuld an diesem verdammten Desaster! Du und diese grässliche, kranke, widerwärtige Stadt!«

Mein Inneres zieht sich zu einem schmerzhaften Krampf zusammen. Tränen schießen mir in die brennenden Augen und es fällt mir schwer, sie wegzublinzeln.

Verzweiflung. Verzweiflung, Verzweiflung, Verzweiflung. Warum sehen sie das nicht? Warum sehen sie mich in dieser Rolle, die ich so gerne wäre, aber nicht bin? Warum stecke ich in dieser beschissenen, verdrehten Situation und niemand kann mich retten, am allerwenigsten ich selbst? Warum bin ich dieses einsame, verzweifelte Wrack und warum muss ich es hier unten die ganze Zeit realisieren? Womit habe ich es verdient, Schuld auf mich zu laden, die nicht mir gehört?

Ich bin nur ein verdammtes, verlorenes Waisenmädchen, mit dem wahnsinnigen, verzweifelten Versuch, immer mehr zu sein, als sie ist. Und immer wieder scheitere ich. Immer und immer wieder.

»Hört endlich auf, mir die Schuld an allem zu geben!«, schreie ich. »Ich. Bin. Nicht. Schuld.« Meine Worte haben einen bitteren Nachklang, als wären sie eine absolut unverdünnte Lüge.

Glass' Augen flackern auf. Ich halte seinen Blick, während ich rückwärts aus dem Raum gehe. Ihm laufen wütende Tränen übers Gesicht.

Im Flur beginne ich zu rennen.

Erst im Fahrstuhl fühle ich mich wirklich allein. Klappe zusammen wie ein Plastikstuhl. Übersteuerte Gedanken, übersteuerte Gefühle. Und lasse mich von meinen eigenen Schluchzern durchschütteln, bis ich so leergeweint bin wie Glass' Gesicht.

Keine Ahnung, über was oder wen ich weine. Aber es ist irgendwie erleichternd.

Lautlos

Vor ein paar Tagen habe ich mich das erste Mal erinnert. Die Erinnerung erscheint belanglos, bloß ein flüchtiger Augenblick, der Ausschnitt einer Sinneswahrnehmung: Der salzige, saftige Geschmack eines Burgers. Fettig, glitschige Finger. Die strenge Stimme einer Frau.

Aber es war eine Erinnerung, eine Erinnerung an ein früheres Leben.

Ich klammere mich an ihr fest, durchlebe sie wieder und wieder. Versuche, sie weiterzuverfolgen, ihr nachzuspüren, auch wenn es mir nie gelingt.

Und ich versuche, meine Umgebung nun bewusster wahrzunehmen. Sie nicht mehr nur noch zu analysieren, zu verstehen, sondern zu erleben. Rieche an der geschnittenen Mango, die ich zum Frühstück esse, fühle die Oberfläche meiner Kleidung, horche auf die Musik, die Linux manchmal spielt.

Und es kommen Erinnerungen zurück. Blasse, weit entfernte Erinnerungen. Kaum greifbar. Eine Treppe, ein Dachgarten, ein Zimmer voller Orchideen.

Durchscheinende Gesichter.

Hochbahnfahren.

Wie ich in einem hellen Raum liege, lang ausgestreckt. Eine Frau beugt sich über mich, lächelnd.

»Freust du dich auf deine Timeline?«

Es sind sehr blasse und sehr weit entfernte Erinnerungen. Ich bin mir nicht sicher, ob es meine eigenen sind.

Kapitel 21

Pins Tod und mein Moment mit Glass im Hotelzimmer drehen noch immer lange Kreise durch meine Gedanken. Haben mich wachgehalten, mich nicht essen lassen. Trotzdem sitze ich pünktlich zum vereinbarten Zeitpunkt mit Linux und Chan im Taxi. Chan will mich, wie versprochen, einigen Leuten vorstellen, die hoffentlich das ein oder andere pikante Detail über Glass' Kontakt zur Liga der Masken preisgeben.

Meine Gliedmaßen fühlen sich taub an, meine Gedanken wackelig. Aber wenn ich mein Gesicht in der Spiegelung der Scheibe überprüfe, ist es fest. Zusammengehalten durch die verzweifelte Hoffnung, dass mich das Treffen mit Chans dubiosen Kontakten weiterbringen und dieser wirre Albtraum bald ein Ende haben wird.

»Ich bringe gerne interessante Leute mit. Und du bist sehr interessant«, sagt Chan vom Beifahrersitz und betrachtet mich dabei im Rückspiegel.

»Bin ich das?«

»Wir schlagen uns mit den immer gleichen Leuten rum, das wird auf Dauer sehr mühsam. Und du tauchst einfach aus dem Nichts auf und das an Linux Seite. Das wirkt vielversprechend.«

Ich schiele in Linux' Richtung. Der lächelt selig, als würde er sich im einzigen Licht räkeln, das Deep City erreicht: seinem eigenen Erfolg.

Er weiß, was er tut.

Weiß ich das auch?

»Mich würde ehrlich gesagt interessieren, worauf ich mich hier einlasse«, sage ich.

»Glaub mir, es wird dir gefallen«, erwidert Chan und lächelt mich im Spiegel an. »Wir nehmen ein paar Drinks, wir plaudern, wir spielen dieses Spiel ...«

»Spiel?«

Chan lächelt selbstgefällig. »Wir tauschen Geheimnisse.«

Der Wagen hält in einer schicken Gegend mit hochbeinigen Gebäuden und weißen Lichtern. Kein Neon in Sichtweite, kein Farbenkrieg. Ein ganzer Straßenzug in Schwarzweiß. Es ist eigenartig still und stilvoll. Fast sauber.

Wir steigen aus.

»Ich verabschiede mich dann«, sagt Linux, als wir auf der Straße stehen.

»Du hattest versprochen, mitzukommen«, sagt Chan und greift nach seinem Arm, doch Linux zieht sich von ihm los.

»Keine Chance. Du weißt doch, ich habe keine Geheimnisse«, sagt er.

Ich ziehe die Augenbrauen hoch. Er lacht.

»Zumindest keine, die ich tauschen kann. Also ...«

Er drückt Chan einen flüchtigen Kuss auf die Wange, zwinkert mir zu und macht seinen Abgang.

Chan sieht ihm noch eine Weile nach. »Ach, Linux ... Ich wusste, dass ich ihn nicht dazu kriegen würde, mitzukommen.« Er wirkt ehrlich enttäuscht.

»Du bist ja regelrecht besessen von ihm«, sage ich.

Chan sieht mich an und beginnt zu lachen.

»Du nicht? Sehen wir dieselbe Person?«

Ich antworte nicht. Stattdessen beobachte ich, wie sich Linux' Silhouette in der verregneten Dunkelheit auflöst. Er hat fast etwas Mystisches.

»Ich kenne wirklich niemanden, auf den er nicht eine gewisse Faszination ausübt«, sagt Chan. Und damit hat er vermutlich nicht Unrecht. Aber welcher außergewöhnlich schöne Mensch tut das nicht? Das ist ein genetischer Freifahrschein für Charisma und die ungeteilte Aufmerksamkeit anderer Leute.

Chan macht eine kurze Pause und blickt nachdenklich in die Ferne. »Er könnte so viele haben, aber will ausgerechnet den, den er nicht haben kann. Fast, als wolle er einfach nicht glücklich sein.«

»Fortran?«, frage ich.

Chan nickt. »Eine Zeit lang wollte ich denken, er sei nur von seinem Status besessen, Aber Gedanken um Status hat Linux nicht nötig. Der Junge trägt die Welt vor seiner Nase her, Status ist für ihn so selbstverständlich, dass er das Wort vielleicht gar nicht kennt. Nein, er liebt ihn wirklich. Für das was er ist. Ich habe gesehen, wie er ihn ansieht. Und es bricht einem das Herz.« Chans Lippen kräuseln sich. »Denn wenn du einen Menschen in unserer schönen Stadt nicht lieben solltest, dann ihn.«

»Warum?«

Chan sieht mich einen Moment lang mit hochgezogenen Augenbrauen an. »Erstens wird Fortran diese Stadt immer mehr lieben als jeden Menschen. Und zweitens ... weil er sterben wird.« Kurze Stille. Ich weiß nicht so recht, was ich erwidern soll.

»Wieso wird Fortran sterben?«, frage ich dann zögerlich.

»Er ist schwer krank. Wird praktisch nur noch durch Maschinen und Medikamente am Leben erhalten. Es sind wohl Deep Citys giftige Dämpfe, die ihn so krank gemacht haben. Diese widerliche Stadt ... Linux würde ihn am liebsten von hier unten wegholen, aber das ist wohl ein aussichtloses Unterfangen.« Chan schüttelt kurz den Kopf, scheint zu entscheiden, dass er nicht mehr darüber reden möchte. »Komm, lass uns gehen. Wir sind längst zu spät.«

Chan geht mir voraus einen der Aufgänge hinauf und durch eine hoch aufragende Tür.

»Wem gehört dieses Haus?«, frage ich, während wir ein breites Treppenhaus hinaufsteigen.

»Jemandem, der sehr viel Geld hat«, erwidert er.

Wir fahren ein paar Stockwerke mit zwei Fahrstühlen, durchqueren verwinkelte Flure mit hohen Decken. Sie sind lang und still und scheinen uns beide gänzlich zu verschlucken.

Vor einer hohen Tür bleiben wir schließlich stehen. Dahinter hört man abgedämpftes Gemurmel. Gelächter. Klirrende Gläser.

Chan schüttelt sein Haar auf, richtet seine Sonnenbrille und klopft dann kräftig.

»Immer herein!«

Trotz aller Beteuerungen erwarte ich Gasmasken und bin fast enttäuscht, als ich keine bekomme. Nur drei gewöhnlich maskierte Leute in wuchtigen Ledersesseln. Rauchend. Trinkend. Es dauert ein paar Sekunden, bis sie wirklich aufsehen und ich in ihr Blickfeld gerate.

Die Geräuschkulisse erstirbt. Spotlight an, alle Blicke auf mich.

Der Raum ist angefüllt mit nebligen Rauchschwaden und dem penetranten Geruch von Parfüm und Alkohol. Ein Roulettetisch steht am Ende und dahinter zieht sich eine gigantische, spiegelnde Fensterfront über die gesamte Rückwand. Wir haben eine Höhe erreicht, bei der die Stadt plötzlich wieder Form annimmt – Fenster, verkommen zu winzigen, hellen Punkten. Dächer, verlassene Balkone. Von der sauren Luft zerfressene Voluten und Wasserspeier.

Der Kamin, der in der Ecke leise knistert und der pfeifende Wind vor den Fenstern materialisieren die elektrisierte Stimmung.

Ich fühle mich ihren Blicken ausgeliefert.

»Wir haben Gäste?« Eine Frau entflieht ihrer Starre, steht aus ihrem Sessel auf und kommt auf uns zu. »Chan, wen hast du uns da schon wieder mitgebracht?«

Sie reicht mir die Hand und mustert mich schamlos einmal von Kopf bis Fuß. »Ruby«, stellt sie sich vor.

Ihre Augenlider sind so dunkel geschminkt, dass sie fast gänzlich mit ihrer Maske verschmelzen. Ton in Ton, als wäre es ihr eigenes Gesicht.

»Dir gehen nie die Mitbringsel aus, was?«, fragt ein glatzköpfiger Mann von seinem Sessel aus. Er nickt mir zu.

Ruby mustert mich noch immer, mit einem Blick, der mir auf der Haut kribbelt.

»Ich bin der Einzige, der sich hier darum kümmert, dass uns nicht der Gesprächsstoff ausgeht«, erwidert Chan spitz. »Und ich glaube, die Kleine könnte euch interessieren.«

»Wenn ich sie mir so ansehe, könnte er da rechthaben«, sagt der Glatzkopf und leert seinen Drink. »Hübsch ist es auf jeden Fall, was man von ihr sieht.« Er zwinkert mir zu und ich versuche, nicht das Gesicht zu verziehen.

»Ich habe sie noch nie gesehen«, sagt Ruby. »Wie heißt du?«

»Java«, stelle ich mich vor.

Ruby nickt nachdenklich. »Okay ... Setzt euch einfach. Wir warten noch auf Opera.«

»Ist er auch mal pünktlich?«

»Hat doch immer so viel zu tun.« Der Glatzkopf macht eine ausladende Handbewegung.

Wir setzen uns. Es werden Floskeln ausgetauscht. Getränke verteilt. Ich will ablehnen, habe aber keine Chance. Ohne es richtig zu bemerken, halte ich ein Glas lauwarmen Whiskey in der Hand.

»Ich bin Leet«, sagt der Glatzkopf, der mir den Drink in die Hand drückt. »Zigarre?« Er hält mir eine geöffnete Schachtel unter die Nase.

»Nein danke, ich rauche nicht.«

»Irgendwann wirst du«, sagt der dritte Mann im Raum. »Mein Name ist Intel. Ach, und wir sind hier übrigens beim Du.«

»Förmlichkeiten sind nach dem dritten oder vierten Drink ohnehin vergessen«, sagt Chan.

»Und du willst mitspielen?«, fragt Ruby. »Er hat dir doch bestimmt schon von unserem kleinen ... Spiel erzählt?« Sie kichert gekünstelt.

»Das war der Plan«, sage ich süßlich. Versuche mich sofort, dem Tonfall der Gruppe anzupassen. Der schnellen Wortfolge. Der affektierten Stimmlage. Ich glaube, die Dynamik schon zu durchschauen. Hier rutschen einem die Wörter einfach von der Zunge. Aber nicht, dass man es anders gewollt hätte. *Ups, was habe ich da gesagt, wie peinlich! Gut, dass es jetzt jeder weiß!*

»Wie alt bist du?«, fragt Leet.

»Zweiundzwanzig«, lüge ich.

»Blutjung. Deine Mitbringsel werden auch nicht älter, Chan.«

»Heutzutage ist das leider schon dein goldenes Alter«, sagt Leet und setzt sich wieder. »Und? Wo hast du sie aufgegabelt?«

»Da bin ich mir ehrlich gesagt selbst nicht so sicher«, antwortet er lachend. »Ich muss sie irgendwie über Linux kennengelernt haben. Aber wenn ich ehrlich bin, ist sie ein bisschen aus dem Nichts aufgetaucht.« Er wirft mir einen bedeutsamen Blick zu, lang und eindringlich, als hätten wir eine Art gemeinsamen Plan. Dabei weiß ich mit mehr als großer Sicherheit, dass er mich aus allen Gründen, aber nicht aus Selbstlosigkeit oder Nettigkeit mitgenommen hat. Ich bin hier Schauobjekt. Er wollte Linux gefallen und er will diesen Leuten gefallen und ich bin gerade geheimnisvoll genug, um das bieten. Innerlich danke ich mir für meinen mysteriösen Auftritt in seinem geschmacklosen Club.

»Linux – natürlich.« Leet verfällt in schallendes Gelächter. »Wer sonst?«

Rubys Augen funkeln. »Aha, jetzt verstehe ich.«

»Nun ja, wir werden sehen, was der Abend uns bringt«, sagt Leet. »Lasst uns anstoßen.«

Die Gläser klirren, der Alkohol schwappt heftig.

Und ich fühle mich gezwungen, einen kleinen Schluck zu nehmen. Nur einen kleinen.

»Geheimnis für Geheimnis«, sagt Leet. »Wir kennen die Regeln.«

»Ich scheiße auf die Regeln«, sagt Intel.

Er fällt in seinem Sessel zurück, zieht an seiner Zigarre. Die Eiswürfel in seinem Getränk klimpern. »Ich sage überhaupt nichts.«

Schallendes Gelächter.

Ich bin inmitten eines fragwürdigen Spiels angekommen, dessen Regeln sich nur Leute ausdenken können, denen materieller Wert in all ihrem Überfluss so fern, so verdrießlich geworden ist, dass ihnen Glücksspiele nichts mehr geben. Geheimnis für Geheimnis. Der eine erzählt ein schmutziges Detail, kriegt dafür ein anderes zurück. Mal sind es die eigenen, mal wohlgehütete Informationen über andere Menschen, denen man einst Verschwiegenheit geschworen hatte. Intime Geheimnisse, aufbereitet fürs gedankliche Sammelalbum und vielleicht für weitere Tauschgeschäfte.

Ich versuche, einen klaren Kopf zu bewahren. Die kleine Gruppe ist eine Gesellschaft, die mich fast aggressiv an Surface City erinnern will. Eine ungeschöntere Version einer Paradiser-Party. Mehr Drogen, mehr Qualm, mehr Anstößigkeit. Dafür die gleichen unausgesprochenen Regeln, die gleichen wortgewandten Subtilitäten. Spitzen und Lästereien. Und dafür, dass Deep City ein völlig anonymer Ort sein soll, scheint es von ausgesprochener Wichtigkeit, dass alle wissen, wer man ist, wo man war, wen man kennt, welchen perfekt platzierten Skandal man vor allen anderen herausgefunden hat.

Mein Kopf arbeitet, meine rechte Hand umklammert etwas zu fest ein kristallenes Longdrinkglas, aus dem ich schon einmal zu oft getrunken habe. Aber ich versuche, einen entspannten Eindruck zu machen. In dieser Art von Gesellschaft darf man kein Fremdkörper sein, man muss perfekt in die bestehende Dynamik übergehen. Und zu meinem kurzen Schrecken fällt es mir auch nicht wirklich schwer. Ich bin ... ich selbst. Ich tue das, was ich mein ganzes Leben lang getan habe. Plaudern, lächeln, hübsch aussehen, die richtigen Dinge zur richtigen Zeit zu den richtigen Leuten sagen. Gedanken, erleichtert vom Alkohol. Auf eine sehr merkwürdige Art gefällt es mir hier, vielleicht weil es so vertraut ist, weil ich mich irgendwie auskenne.

»Glaub nicht, dass du mir einfach so davonkommst, Intel. Ich weiß, dass du etwas Interessantes für mich hast.«

Intel beendet endlich seine künstliche Zierde und räuspert sich: »Gut, ich gebe dir das: Erinnerst du dich an Aldor? Aldor, der mir seit zwei Jahren stolz erzählt, er hätte direkten Kontakt zu Fortran? Hat mir ständig von seinen Partys in der Maskenloge erzählt und von seinen Pokerrunden mit Fortrans engstem Kreis.«

»Natürlich erinnere ich mich.«

»Nun, ihr werdet es nicht glauben.« Intel lässt seine Zuhörer für ein paar Sekunden in gespannter Stille hängen, bevor er damit rausrückt: »Er wollte sich neulich in eine der exklusiven Maskengesellschaften einschleusen – und ist im hohen Bogen rausgeflogen. Wie es sich herausstellt, kennt er niemanden bei der Liga, keine einzige Person.«

Schallendes Gelächter legt sich über die Gruppe. Überzogen schockierte Blicke.

»Was? Das glaube ich nicht!«

»Ich wusste, er ist ein Schaumschläger!«

»Was soll man dazu noch sagen?«

Diese eher langweilige Information unterhält die vier für einige Minuten, in denen sie sich gegenseitig ihre amüsierten Kommentare zuwerfen, dann verebbt das Gelächter. Es wird ruhig und alle Blicke wandern zu mir.

»Was ist mit dir, Java?«, fragt Ruby. »Hast du ein schönes Geheimnis für uns? Sieh uns an, wir lechzen nach etwas Frischem.«

Ich antworte nicht gleich, arbeite innerlich daran, was ich sagen soll.

Chan, der neben mir sitzt, streckt seinen Arm aus und legt ihn mir auf die Schulter. Sein Lachen vibriert in meinen Lungen, in meinem ganzen Körper.

»Ich glaube, sie sollte noch etwas trinken.«

»Zigarre gefällig, die Dame?«

»Sie ist so anständig. Kommt in Surface City sicher aus guter Gesellschaft.«

»Sie ist sicher ein Paradiser«, sagt Leet.

»Oh ja, sie sieht aus wie ein Paradiser.«

»Sie spricht auch wie einer.«

Ihre Stimmen prasseln auf mich ein, warm und schnell und verschwommen.

Für eine Sekunde vergesse ich, warum ich wirklich hier bin. Was ich gerade eigentlich mache. Für eine Sekunde gibt es nur dieses Wort, das durch meinen Kopf schwirrt. *Paradiser.* Die Art von Person, die ich immer sein wollte. Das verkörperte Idealbild der gläsernen Stadt: Schön, sorglos, wohlhabend. Perfekte Timeline. Ganz oben in Surface Citys Gesellschaft angekommen. Der Gedanke, dass sie mich für eine solche Person halten, ist so schmerzhaft schön, dass es mich ein bisschen aus der Bahn wirft.

Schallendes Gelächter.

»Lasst die Albernheiten sein und bleibt bei den Regeln«, unterbricht Ruby. »Wer neu ist, muss ein Geheimnis mitbringen. Immer.«

»Immer«, wiederholt Leet formelhaft.

Alle Augen auf mich. Ein starrendes Spotlight aus lechzenden Augenpaaren. Ich stehe im Mittelpunkt und zu meinem eigenen Erschrecken genieße ich es fast.

»Und was kriege ich dafür?«, frage ich. Ich muss noch einen Moment darüber nachdenken, was ich ihnen erzähle.

»Ein Geheimnis natürlich«, sagt Intel und bläst seinen Zigarettenrauch in meine Richtung. Ich lächele steif und unterdrücke ein Husten.

»Unsere eigene ganz exklusive Währung«, fügt Chan hinzu.

Ich spüre, wie sie von meinem Anblick zehren. Schwenke das Glas in meiner Hand hin und her. Nehme noch einen kleinen Schluck, koste das Brennen in meinem Rachen aus, den bitteren Geschmack auf der Zunge. Erinnere mich daran, warum ich hier bin.

»Wir warten«, sagt Ruby in amüsierter Tonlage. Klopft mit den Fingern betont auf die Lehne ihres Sessels.

»Sie macht es spannend.«

»Das kann nur Gutes bedeuten«, sagt Chan. Gelächter.

Ich weiß, ich bewege mich auf gefährlichem Terrain. Meine Gedanken sind angenehm milchig und vernebelt und ich fühle mich trotzdem, als hätte ich alles unter Kontrolle. Was können sie mir schon anhaben? Ich könnte ihnen wahrscheinlich alles erzählen.

»Was passiert mit den Geheimnissen?«, frage ich. Noch zögere ich den Moment heraus.

»Das bleibt jedem selbst überlassen. Solange nur über die Quelle geschwiegen wird«, sagt Leet.

»Unsere Quellen behandeln wir mit größter Diskretion.«

»Du kannst uns vertrauen!«, sagt Chan dramatisch und macht eine übertrieben ausladende Handbewegung. Wieder Gelächter.

»Aha«, sage ich interessiert. Ich frage mich, ob jetzt schon der richtige Moment gekommen ist, um das Gespräch in meine gewünschte Richtung zu lenken. Wann wäre der richtige Moment?

»Und gegen was tausche ich?«, frage ich. »Was ist das Geheimnis, das ich zurückkriege?« Ich lege den Kopf schief und sehe in die Richtung. »Darf ich auch gegen etwas Bestimmtes tauschen?«

»Bist du deshalb hier?«, fragt Ruby. »Um uns etwas ganz Bestimmtes zu entlocken?« Ihre Augen glitzern.

Ich lache laut und künstlich und aufgeregt.

»Hat nicht jeder etwas, das ihn besonders interessieren würde?«

»Nun, das macht mich jetzt aber neugierig. Was willst du denn so genau wissen?«, fragt Intel.

»Erst das Geheimnis!«, unterbricht ihn Ruby. »Dann sehen wir, was du dafür bekommst.«

»Erzähl uns einfach etwas über dich«, wirft Leet ein. »Ein Geheimnis über dich.«

»Oh ja.« Chans Augen glitzern. »Was ist dein schmutzigstes Geheimnis, Java?«

Die Sekunden dehnen sich in kribbelnder Erwartung.

»Geheimnis«, formt Chan mit seinen glatten Lippen.

Ich denke noch einige Sekunden lang darüber nach, ihnen irgendeine Belanglosigkeit aufzutischen. Oder eine Lüge. Aber aus irgendeinem Grund, will ich sie tatsächlich ein bisschen schockieren. Und vielleicht will ich auch selbst etwas loswerden. *Scheiß drauf.* In einem einzigen Zug leere ich mein Glas. Es schüttelt mich kurz.

»Die wichtigste Person in meinem Leben hat sich vor ein paar Wochen umgebracht. Aber ich glaube, ich trauere nicht um sie«, sage ich. »Ich trauere um das Leben, das sie mir ermöglicht hat. Das Geld. Den teuren Schmuck. Die Partys. Die Kontakte.« Es fühlt sich an wie kotzen, das zu sagen. Widerlich gut, weil man zwar keine Luft mehr bekommt, sich danach aber trotzdem besser fühlt.

Ich trinke einen letzten verbliebenen Schluck. Das Drumherum verschwimmt ein bisschen. Und ein bisschen mehr.

Schockierte Stille. Und ich kann sehen, wie sie sich an diesem kleinen Schockmoment aufgeilen.

Chan wirft affektiert die flache Hand vor den geöffneten Mund. »So jemand bist du also.« Seine Stimme ist schrill.

»Ich würde ja sagen, ich hatte es erwartet ...«

»Sie schläft sich hoch, ich glaube es nicht.«

Ich schwenke mein leeres Glas hin und her, genieße das seltsame Rampenlicht aus geheimnisgeilen Blicken. Lächele.

»Welches Geheimnis kriege ich zurück?«

Das Drumherum verschwimmt noch ein bisschen mehr.

»Das kommt ganz darauf an, welches du hören willst.«

Ich lache. »Kennt ihr jemanden, der sich C nennt?«

»C ... und weiter?«

»Das weiß ich nicht«, sage ich. »Der Name steht für sich.«

»Ist es jemand von den Masken?«

»Ja«, erwidere ich.

Die Runde wird seltsam still, alle blicken plötzlich sehr konzentriert in ihre Gläser, ziehen an ihren Zigaretten, rücken ihre Masken zurecht.

»C«, wiederhole ich. »Er spielt Kontaktmann zwischen Masken und Nichtmasken, soweit ich weiß.«

Keine Antwort. Nervöse Blicke. Und mir wird klar: Sie wissen nichts über ihn. Vielleicht kennen sie ihn gar nicht.

»Ist sowas nicht eigentlich Operas Fachgebiet?«, fragt Ruby. »Die Liga, Kontaktmänner ...«

»Ja richtig, wo bleibt er?«

Sie lenken vom Thema ab.

»Er erlaubt sich wirklich einiges in letzter Zeit, langsam bin ich seine Allüren leid.«

»Und das ständige Warten.«

»Und dann redet er über nichts anderes als diese Software. *Thoughtspace.*«

Ich zucke zusammen.

»Was ist seine Faszination mit diesem Thema? Es gibt doch fast nichts dazu zu sagen. Alles nur Spekulation«, sagt Ruby.

»Mmh.« Leet zieht an seiner Zigarette. »Ich habe das Gefühl, er weiß wesentlich mehr über die ganz Geschichte, als er preisgibt.«

»Oh, das Gefühl habe ich auch.«

»Und er wartet darauf, dass hier endlich einige Informationen darüber in Umlauf kommen. Manchmal habe ich das Gefühl, das ist der einzige Grund, warum er noch kommt.«

»Er wirkt auch so gelangweilt in letzter Zeit.«

»Diese Software und die Liste wären wohl die einzigen Themen, mit denen man ihn noch kriegen kann.«

Schlagartig bricht Schweiß auf meiner Stirn aus, mein ganzer Körper beginnt zu kribbeln.

Leet dreht sich in meine Richtung. »Java, weißt du etwas über diese mysteriöse Software, die die Liga der Masken momentan so aufscheucht?«

Doch ich komme nicht dazu, zu antworten.

»Redet ihr wieder über Sachen, von denen ihr keine Ahnung habt?« Ganz plötzlich – eine neue Stimme in meinem Rücken. Ich drehe hastig meinen Kopf nach hinten, blicke an einer hohen, starren Silhouette hinauf. Zucke ein wenig zusammen.

Das Lachen erstirbt.

Der Mann steht so plötzlich in der Tür, als wäre er ein Hologramm. Eine alterslose Gestalt in Hut und Anzug. Nimmt sofort ein bisschen mehr Raum ein als jeder andere. In einer eleganten Bewegung setzt er seinen Hut ab. Seine Haare fangen im Dämmerlicht einen feuchten Glanz.

Ich kann mich nicht davon abhalten, ihn anzustarren. Es sind seine Augen. Oder das, was man als Augen erkennen kann. Die typischen Sehschlitze, hinter denen man normalerweise den verletzlich lebendigen Augenglanz seines Gegenübers erahnen kann, sind ersetzt durch große, mandelförmige Spiegel, an denen jeder Blick abprallt. Statt mir einen verräterischen Einblick in seine Gedanken zu geben, reflektieren sie nur mein eigenes Gesicht, als wolle er mich dazu zwingen, meine eigene Mimik zu hinterfragen, statt seiner.

Ich kann ihm aus purer Verwirrung nicht länger als zwei Sekunden ins Gesicht sehen.

Wortlos dringt er in unsere Sitzgruppe vor, nimmt sich eine Zigarre aus Leets offener Schachtel und steckt sie sich an. Die Pause ist elektrisierend. Er hält die Stille selbstständig, als würde sie ganz ihm gehören. Man erlebt selten Menschen mit einer Ausstrahlung, die Stille für sich beanspruchen können, ohne sie auszukosten, ohne sie künstlich zu dramatisieren, ohne sich darin unwohl zu fühlen.

Ich bin gedanklich noch immer mit dieser merkwürdigen Maske beschäftigt. Es müssen venezianische Spiegel sein, denn blind ist er nicht. Er orientiert sich im Raum perfekt wie ein Sehender. Und ich meine, seinen Blick zu spüren, auch wenn ich mir nie ganz sicher sein kann, in welche Richtung er gerade sieht. Eine sehr intelligente Sinnestäuschung.

»Opera, Opera, Opera«, sagt Chan schließlich. Seine Stimme klingt schrill und nervös. »Taucht immer zu spät auf, nur um dann unseren Abend um hundertachtzig Grad zu drehen. Wir warten schon so lange auf dich, du hast immer die besten Details zu erzählen.«

»Oh ja«, sagt Ruby. »Wie machst du das? Verrat mir dein Geheimnis, wenn du verstehst, was ich meine.«

Die Gruppe verfällt in nervöses Gelächter, doch der Angesprochene bleibt still. Lächelt nur ein kühles, abgeklärtes Lächeln.

»Schluss mit den Schmeicheleien«, sagt er und setzt sich. Sieht wieder in meine Richtung. Meine Augen sind noch immer ganz irritiert vom Bruch in seinem Gesicht. Sein Tonfall, seine Mimik – es ist schwer, ihnen Informationen zu entnehmen. »Aber es gehört sich nicht, mich von so interessanten Themen auszuschließen, wie ihr sie habt. Die Liste, diese Software … Wie könnt ihr davon ausgehen, dass ich nicht auch etwas dazu sagen will? Und dieser C … Zumal ich hier anscheinend der Einzige bin, der zu diesem Namen etwas Interessantes beitragen kann.«

Nun fühlt sich die Stille plötzlich ein bisschen anders an. Angespannter.

»Wie lange hast du uns zugehört?«, fragt Leet und er klingt nicht mehr ganz so amüsiert wie zuvor.

»Ach, höchstens ein paar Minuten vielleicht«, sagt Opera. »Ich mag meine Auftritte, ihr wisst das. Und ich dachte, ich steige ein, wenn der richtige Moment gekommen ist. Aber es war sehr interessant, euch zuzuhören.«

Ich spüre seinen Blick auf mir, spüre ihn durch die Maske hindurch. Mein Sichtfeld schwimmt ein bisschen.

»Wir haben Gäste«, sagt er. »Wer bist du?«

»Java«, antworte ich.

»Sie ist eine … Geschäftspartnerin von Linux«, erklärt Chan meine Anwesenheit. Er fuchtelt nervös mit einer nicht fertig gerollten Zigarette.

Ruby wippt ungeduldig in ihrem Stuhl hin und her. »Immer streust du irgendwelche Informationen und lässt dir dann alles aus der Nase ziehen. Nun mach es nicht so spannend. Was ist es, was wir nicht über C wissen?«

Opera kräuselt seine Lippen.

»Heikles Thema«, sagt er. Kostet den Moment noch ein paar Sekunden lang aus. »Hach, ich liebe heikle Themen.« Er lehnt sich ein Stück in meine Richtung.

»Ich danke einmal unserem Gast, dass wir endlich wieder zu etwas Interessantem kommen.«

Ich habe das Gefühl, die Situation hat sich plötzlich ein wenig gedreht. Als hätte ich sie nicht mehr genauso unter Kontrolle wie zuvor.

»Du kennst die Regeln hier, Opera«, sagt Ruby und in ihrer Stimme vibriert erregte Ungeduld. »Wer diesen Raum betritt, muss ein Geheimnis loswerden.«

»Natürlich kenne ich die Regeln. Ich habe sie gemacht.« Damit wendet er sich in meine Richtung. »Ich würde unserem Gast gerne einen Tausch anbieten. Darf ich?« Das klingt nicht fordernd. Es klingt, als ließe er mir tatsächlich die Wahl. Als wäre es ihm ganz egal, als würde er aus bloßer Langeweile ein Geheimnis mit mir tauschen wollen.

Dennoch fühle ich mich plötzlich sehr unwohl in der Situation.

Er überbrückt mein Zögern, lehnt sich entspannt in seinem Sessel zurück, lässt den Kopf nach hinten fallen, schließt die Augen. Zieht langsam an seiner Zigarre. »Wir hatten so lange keine interessanten Gäste mehr«, sagt er in den leeren Raum. »Ich meine, wirklich interessante Gäste. Chan schleppt doch sonst nur die berechenbarsten Leute an.« Er öffnet die Augen wieder. Streckt mir die Hand entgegen. Sie ist wächsern glatt.

»Du willst also etwas über C wissen?« Er grinst. »Glaub mir, er könnte kleine Kinder nach Deep City verkaufen; es gibt nur eine Sache, die ihn in ernsthafte Schwierigkeiten bringen kann. Vor allem mit den Masken. Und das hat selbst mich ein bisschen schockiert.« Er macht eine dramatische Pause. »Er verkauft interne Informationen der Masken an jeden, der ihm genug dafür bietet.« Stille. »Ich kann es beweisen. Hab ihm selbst etwas abgekauft.« Leet reißt seinen Mund in einem übertriebenen Schockmoment auf, Chan verfällt nur Sekunden später in hysterisches Gekicher. Meine Finger kribbeln und ich muss plötzlich grinsen. Beiße mir auf die Innenseite meiner Wange. Das ist gut. Das ist tatsächlich gut. »Da hast du dein Geheimnis, Java«, sagt er lachend. »Das heißt, du bist jetzt dran. Aber ich sage dir, ich nehme nicht alles.«

Nicht alles? Ich bin mir sehr sicher, dass er genau das eine will. Meine Gedanken sind ganz schwer und klebrig, sie dringen nicht mehr so ganz zu mir durch.

Ich habe keine gute Lüge, die ich ihnen erzählen kann. Ich habe kein schwaches, dummes, schockierendes Vista-Geheimnis aus meiner Vergangenheit. Ich habe auch keinen ausgedachten Mist über die Software. Und das wollen sie auch nicht mehr hören. Ich habe nur ein Geheimnis, das mich wirklich interessant macht. Nur eines, das es wert ist. Nur eines, das Opera hören will.

»Die Software«, sage ich, »*Thoughtspace* ... Ich bin in Deep City, weil ich auf der Suche danach bin.« Stille. Ich glaube, Operas Blick spüren zu können. Er ist noch nicht ganz zufrieden. »Ach, was heißt: Ich suche danach? Ich habe es so gut wie in der Hand. Ich weiß längst, wo es ist. Und wenn ich erst habe ...«

Ein leises Raunen geht durch die Gruppe. Opera lächelt. Ich kann nicht sehen auf welche Art.

»Kommst du zur nächsten Maskenparty?«, fragt er dann. »Ich lade dich ein.« Die Frage ist so aus dem

Kontext gerissen, dass ich nicht weiß, was ich erwidern soll.

»Maskenparty?«, frage ich mit schriller Stimme.

»Du hast schon richtig gehört.«

Ich weiß, dass irgendwie mehr dahinterstecken muss, als bloßes Interesse an meiner Person. Warum sollte er mich wirklich auf diese Party einladen?

»Diese ist ein bisschen ... exklusiver«, sagt er. »Du wirst es merken.«

»Und?«, frage ich. Meine Umgebung ist ganz verschwommen.

»Ich habe sozusagen die Eintrittskarten. C wird sehr sicher auch da sein.« Er lacht. Zieht an seiner Zigarette. »Also ... Darf ich dich einladen?« Meine Gedanken sind schwammig und ich habe das Gefühl, etwas ist falsch an dieser Sache.

»Warum mich?«, frage ich.

»Erstens glaube ich, du hast ein Händchen für interessante Informationen. Zweitens, ich kenne dich nicht. Habe dich noch nie zuvor gesehen. Und ich glaube, dass du noch mehr weißt, als du vorgibst.« Er lächelt. »Ich würde mich gern richtig mit dir unterhalten. Vielleicht kann ich dir ja behilflich sein. Bei deiner Suche.« Er lehnt sich entspannt zurück. »Ich kenne da jemanden, der in die Sache mit der Software und der Liste verwickelt ist. Und ich würde ihn dir dort gerne vorstellen. Also ...«

Klingt alles fragwürdig. Aber nach einer fragwürdigen Chance, die ich ergreifen muss. Ich zögere. Das wäre perfekt. Kontakt zu den Masken. Glass kann seinen Scheiß regeln. Ich kann vielleicht meinen

Scheiß regeln. Es wäre vielleicht der letzte Schritt, den ich brauche.

»Kann ich jemanden mitbringen?«, frage ich.

»Natürlich. Java plus eins.« Er legt den Kopf leicht schief. »Aber versprich mir eines – lass es nicht Linux sein.«

»Wieso?«, frage ich.

»Er gefällt mir nicht«, antwortet Opera. »Und Chan ist regelrecht besessen von ihm. Er kann da nicht mehr differenzieren.« Chan schnaubt entrüstet, doch Opera ignoriert ihn. »Sei ein hübscher junger Mann, erzähl ihm ein paar nette Gerüchte und Lügenmärchen, an die er glauben kann und schon sitzt du in exklusiver Runde. Meistens sind sie harmlos. Nur ein bisschen gerüchtegeil. Aber der Junge gefällt mir nicht. Hinterlistige kleine Schlange.« Ich weiß nicht warum, aber seine Distanzierung von Linux verschafft mir eine seltsame Sicherheit. »Also, kommst du?«

Vielleicht schaufele ich mir mein eigenes Grab.

»Sicher«, sage ich und setze ein künstliches Lächeln auf. Trinke noch einen Schluck. Und noch einen.

Ich habe alles unter Kontrolle.

Mein Körper zittert, meine Zähne klappern, doch so richtig nehme ich es nicht wahr. Ich fühle mich distanziert von meinem eigenen Körper und innerlich angenehm erhitzt vom Alkohol. Und das überlegene Grinsen kriege ich nicht von meinem Gesicht gewischt, es ist da einfach festgefroren.

Chan hat mich irgendwo in der Main Street abgesetzt, nun hetze ich die Straße entlang, blind für das, was verschwommen um mich herum passiert, auf der Suche nach einer Telefonsäule.

Vielleicht habe ich den Fehler meines Lebens gemacht, aber ich habe Glass seinen Arsch gerettet. Er hat mir dankbar zu sein. Kein Grund mehr mich zu hassen. Kein Grund ...

Als ich endlich ein Telefon finde, sind meine klammen, ungeschickten Finger fast nicht fähig, den Hörer richtig zu halten. Ich umklammere ihn mit der ganzen Faust.

Es tutet in der Leitung und mein Kopf ist ganz leer. Keine Angst, keine Paranoia, keine Beklemmung.

Ich hatte vergessen, wie verdammt gut es sich anfühlt, besoffen zu sein. Es betäubt meine Gedanken. Und wo keine Gedanken sind, sind auch keine Gefühle. Ich bin mir bewusst, dass sie noch da sind, aber sie bleiben ruhig. Blubbern nicht, schäumen nicht. Liegen glatt und schwarz auf meinen aufgeweichten Nicht-Gedanken. Es ist großartig.

»Hallo?« Seine Stimme kribbelt in meinen Ohren.

»Ich glaube, ich habe dir gerade den Arsch gerettet«, sage ich. »Habe mich damit wohl in Lebensgefahr gebracht. Aber scheiß drauf, habe ich eine Wahl?« Ich lache.

Schweigen am anderen Ende der Leitung.

Dann fast ungläubig: »Wirklich?«

»Ja, wirklich. Ich habe ein wunderschönes, schmutziges Geheimnis für dich. Er wird Butter in deinen Händen sein.«

»Worum geht es? Was hast du herausgefunden?«

»Ich werde es dir nicht am Telefon erzählen«, sage ich. »Aber wir können uns treffen. Wann willst du es haben?« Vielleicht will ich ihn auch einfach nur wiedersehen, aber das ist ein Gedanke meines betrunkenen Ichs.

»So bald wie möglich.«

»Dann triff mich morgen um zehn in deinem Hotel.«

»Sehr gut.«

Pause.

»Kriege ich auch ein Danke?«, frage ich. »Oder lässt deine grenzenlose Antipathie das nicht zu?« Ich kichere. Keine Ahnung warum ich das sage.

Eine lange Pause.

»Danke«, krächzt Glass ins Telefon. Der Ton seiner Stimme hat sich irgendwie verändert.

Ich höre seinen Atem. Mein Kopf produziert merkwürdiges, nebliges Zeug.

»Immer bist du still«, blubbere ich. »Manchmal würde ich wirklich gerne mit dir reden. Wirklich ... gerne ...«

»Bist du betrunken?«

»Ich war lange nicht mehr betrunken.« Meine Stimme kommt mir fremd vor. »Und du siehst scheiße gut aus übrigens. Ich hatte das nicht geplant. Das hätte eine schnelle Sache werden sollen. Ohne Zeit, mir irgendwas näher anzusehen. Oder jemanden.« Ich schnappe nach Luft. »Und ... eigentlich kenne ich dich überhaupt nicht.« Ich lache, fühle mich komisch. »Aber ... ich weiß nicht warum ... du gibst mir ein gutes Gefühl. Ich weiß, dass du das nicht willst, aber ... eigentlich würde ich gerne mehr über dich wissen. Dich ... kennenlernen.« Ich mache eine kurze Pause. »Das klingt albern, wenn man es laut ausspricht.«

Stille. Dann ein leises Lachen vom anderen Ende der Leitung. Er nimmt mich nicht ernst. Und das ist wahrscheinlich besser so.

»Schaffst du es allein nach Hause?«, fragt er dann. Er klingt beinahe sanft.

»Ich bin immer nach Hause gekommen«, sage ich. »Ich habe immer alles allein hingekriegt.«

Wieder lange Stille. Knistern in der Leitung. Als würde er noch etwas sagen wollen. Aber er legt schließlich auf.

Belanglos

Ich sitze mit angezogenen Beinen in der Küche, trinke einen Energydrink. Taste gedankenverloren nach den Nähten auf meinem Kopf und die feinen Haare, die sich rundherum ihren Weg bahnen.

»Ich möchte dir jemanden vorstellen, Puppengesicht.« Linux' Stimme, die sich in die Stille schiebt. Ein wenig perplex sehe ich aus meinen Gedanken auf, ohne die Welt um mich herum wirklich zu begreifen.

Er steht dicht vor mir, die Hände in die Hosentaschen geschoben und blickt auf mich herab. Er hat sich ein feines Lächeln auf die Lippen gezogen, das so aussieht, als hätte er es in stundenlanger, mühevoller Arbeit zusammengesetzt und so fest in sein Gesicht gedrückt, das es nicht mehr verschwinden kann. Er legt mir eine Hand auf die Schulter und ganz automatisch driften meine Augen dabei zu seiner Timeline, bleiben daran hängen und zerstückeln sie in ihre vielen Einzelteile.

*Sie zeigt, was er heute trägt (blütenweiße, schmalge-
schnittene Wollhose, schwarzgerändertes Hemd, viel gol-
denen Schmuck), was er vor einer Stunde gegessen hat
(sehr viel Ananas) und was er gerade tut (er spricht mit
mir). Alles fügt sich ganz nahtlos ineinander, als würde
sein gesamtes Leben einem bestimmten Farbschema folgen, einer einzelnen Tonlage, einer speziellen Atmosphäre.
Ein beängstigend geschlossenes Gesamtkonzept.*

*Mein Blick wandert zwischen Linux und seiner Timeline
hin und her und mich überkommt ein seltsames Gefühl.
Das Gefühl, zwei Personen zu sehen, die sehr verzweifelt
versuchen, miteinander zu verschmelzen. Den analogen
und den digitalen Linux.*

*Auf seiner Timeline wirkt er absolut perfekt, sein Lachen
warm und lebendig. Woran liegt es, dass es in der Realität
so nervös, so aufgeklebt aussieht?*

*Er sieht genauso makellos aus, wie auf seiner Timeline:
goldene Locken, veilchenblaue Augen, geschminkt und
strahlend und frisiert. Er ist wunderschön. Und trotzdem
ist etwas an ihm falsch. Etwas, das auf der Timeline nicht
sichtbar wird. Etwas in seiner Art zu sprechen, seiner Art
sich zu bewegen, seiner Art zu ... lächeln. Er wirkt aufge-
setzt. Kalt. Unecht.*

*Als würde seine Person nur auf einem flachen Medium
funktionieren. Als wäre er ein bisschen zu sehr mit der
holographischen Timeline verschmolzen und selbst ganz
flach und zusammengesetzt geworden. Es scheint nicht
viel von ihm übrig zu bleiben, wenn er einem bestimmten
Farbschema folgt. Nichts Echtes.*

*Ich hatte so viel Zeit, diesen Menschen auf die ein oder
andere Weise zu beobachten, in analog und in digital.
Und je länger ich das tue, desto mehr scheint er zwei Per-*

sonen zu sein, die auseinanderzudriften, wo sie eigentlich miteinander verschmelzen sollten.

»Puppengesicht? Ist alles in Ordnung?«

Aufgeschreckt schüttele ich meine Gedanken fort und richte meinen Blick wieder auf sein Gesicht; sein echtes Gesicht.

»Alles in Ordnung«, erwidere ich tonlos und er starrt mich an, als wüsste er nicht, wohin mit mir.

Dass er nicht allein ist, fällt mir erst Augenblicke später auf. Ein Mann steht ein paar Meter hinter ihm. Groß, dunkelhaarig, ganz in Cremeweiß gekleidet. Er hält die Arme vor der Brust verschränkt und den Kopf leicht schräg. Betrachtet mich mit hochgezogenen Augenbrauen.

Als er meinen Blick bemerkt, beginnt er zu lächeln.

Auch Linux lächelt. Sogar noch ein bisschen breiter als zuvor.

»Das ist Swift. Er wird dir helfen, dich zu erinnern«, sagt er und leckt sich wieder über die Lippen. Die Nervosität scheint ihm dabei von den feucht glänzenden Lippen zu tropfen.

Ich sage nichts.

Ich habe Linux nicht erzählt, dass ich mich erinnere. Nicht, dass die Erinnerungen wirklich erwähnenswert wären. Meistens könnte ich sie kaum in Worte fassen. Diffuse Bilder, die sich völlig unangekündigt zwischen meine Gedanken schieben. Mich manchmal kaum berühren und manchmal vollkommen durchschütteln. Ich glaube, sie sind nicht das, was Linux sich erhofft; was er meint, wenn er mich immer wieder dazu auffordert, mich zu erinnern. Aber jeden Tag gibt es ein paar mehr davon. Sie geben mir das beängstigende Gefühl einer Identität zurück, zumindest für einen Moment. Das Gefühl, jemand zu sein: eine echte Person.

»Verstehst du?«, fragt Linux und klingt leicht verunsichert.

»Ich denke ...«, beginne ich und ziehe die Augenbrauen zusammen.

Es vergehen unangenehme Sekunden.

»Du musst dir keine Sorgen machen, ich mache nur ein paar ... Tests«, sagt Swift, ohne das steife Lächeln von seinem Gesicht zu nehmen. »Kommst du mit?«

Er bringt mich in einen größeren, fensterlosen Raum. Ein Schreibtisch thront am Ende des Zimmers, undefinierbare Gerätschaften in den anderen Ecken. Sonst steht da nur eine Liege, mitten im Raum, fest in den Boden verankert.

Wieder packt mich diese plötzliche Unruhe, treibt mir kalten Schweiß auf die Stirn. Die feine Ahnung einer Erinnerung überzieht mein blankes Gedächtnis.

»Leg dich hin«, murmelt Swift währenddessen und nickt in die entsprechende Richtung. Ich komme dem nach. Will dabei fragen, was er vorhat und bin mir dann doch nicht ganz sicher, ob ich das wirklich wissen will.

Als er sich über mich beugt, starre ich ihm so offensiv und lange ins Gesicht, dass ihm fleckige Röte in die kalkigen Wangen steigt. Ich will wissen, ob ich mich erinnere. Ich will wissen, ob ich ihn kenne. Aber je länger ich ihn ansehe, desto mehr glaube ich, dass es die Situation selbst ist, die diesen Druck in mir auslöst und nicht er. Denn wenn ich ihn einst kannte, dann tue ich es jetzt nicht mehr. Oder zumindest noch nicht wieder.

»Geht es dir gut?«, fragt er.

»Ich denke schon«, antworte ich leise. Kneife die Augen zusammen, starre gegen die Decke und horche in meine pulsierenden, unruhigen Gedanken.

»Sehr gut«, sagt er und zieht sich dabei mit einem schmatzenden, klatschenden Geräusch Latexhandschuhe über, lässt sie gegen seine Haut schnalzen und bewegt quietschend die steifen Finger.

Dieses Geräusch ... Etwas in mir zieht sich zusammen zu einem unangenehmen drückenden Gefühl, das dumpfe Erinnerungen aufspült, irgendwo zwischen Aufregung und Hilflosigkeit.

Wieder sehe ich diese Frau, die sich über mich beugt, mich anlächelt, ihre Hände unter meinen Hinterkopf schiebt. Sie hat ein freundliches, professionelles Gesicht und ihre Stimmlage klingt so, wie man mit Kindern spricht. Auf ihre zartgelbe Bluse ist ein Logo gestickt, eine halbe Zitronenscheibe.

»Freust du dich auf deine Timeline?«

Ich erinnere mich. So habe ich damals meine Timeline bekommen. Ich war noch ein Kind, vielleicht acht oder neun Jahre alt, aber ich erinnere mich. An das Geschäft des Timelineanbieters und meine Euphorie und die freundliche Dame, die sich über mich beugt, um sie mir einzusetzen.

Dann sehe ich plötzlich noch eine andere diffuse Gestalt. Nur ganz kurz. Auch sie beugt sich über mich, auch sie lächelt mich an. Sie schiebt sich über das blasse, überblendete Bild dieser idealisierten Frau mit ihrem Logo und ihrem warmen Gesicht. Flackert nur kurz auf, so kurz, dass ich keine Gesichtszüge erahnen kann. Und trotzdem flutet mich ein kaltes Gefühl, das Gänsehaut über meinen Körper zieht wie eine zweite, kribbelnde Hülle. In diesem

Moment will ich fliehen. Wirklich fliehen. Aufspringen und diesen Raum und diesen Mann so weit hinter mir lassen, wie es nur geht.

»Entspann dich. Ich bin hier, um dir zu helfen«, sagt er.

In diesem Moment sind seine Hände schon auf meiner Kopfhaut, tasten mit ihrer behandschuhten Künstlichkeit mit schnellen, bestimmten Bewegungen über meine Narben. Drücken die noch entzündeten, geschwollenen Stellen, zupfen an den herausragenden Fäden. Entflammen alles.

Ich verkrampfe unter seinen Berührungen, kämpfe gegen eine plötzliche Beklemmung, die mir fast die Luft abdrückt.

»Sie hätten wirklich eine bessere Arbeit machen können«, sagt er ruhig. »Aber die Nähte scheinen gut zu verheilen. Ich hoffe, dass wir sie nicht noch einmal öffnen müssen.«

»Nein!«, spucke ich sofort aus. »Auf keinen Fall!« Swift lässt endlich von meinem pulsierenden Skalp ab, reibt sich die quietschenden Finger. Ich schaffe es nicht, in seine Richtung zu sehen. Starre nur weiter gegen die Zimmerdecke.

»Ich werde nichts tun, was du nicht willst«, sagt er und legt eine Gummihandschuhhand auf meinen Arm, die sich so unbeschreiblich widerlich anfühlt, dass ich fast aufspringe. »Aber du musst dir keine Sorgen machen. Ich bin hier, um dir zu helfen. Nicht, um dir wehzutun.« Nun schwebt sein Gesicht wieder über mir und lächelt mich an. »Wollen wir anfangen?«

Ich habe keine Ahnung womit. »Ich denke … ja«, sage ich zögerlich und verkrampfe meine Finger im Stoff meiner Hose.

Ich weiß nicht, was er macht. Er erklärt es mir nicht und ich frage ihn auch nicht danach.

Die meiste Zeit fährt er mit dem schmalen Plastikkopf eines großen Geräts über meinen Skalp. Starrt konzentriert ins Leere, wahrscheinlich auf eine Projektion, die ich nicht sehen kann.

Im ganzen Prozess verliere ich das Zeitgefühl.

»Vermisst du deine Timeline?«, fragt er plötzlich.

Ich weiß nicht warum, aber die Frage trifft mich so sehr, dass sie für einen Moment jeden klaren Gedanken stoppt, meinen Kopf stilllegt und alles andere ausblendet. Jeder Gedanke vervielfacht sich ins tausendfache, mögliche Antworten springen mir entgegen.

»Wieso?«, frage ich. »Könnte man sie wiederherstellen? Liege ich deshalb hier?«

Er lässt sich Zeit damit, zu antworten.

»Ich weiß es noch nicht«, sagt er dann und richtet seine Augen wieder auf eine Projektion, die ich nicht sehen kann. »Aber vielleicht ist es möglich.«

Kapitel 22

Es ist das erste Mal, dass ich tagsüber nach Deep City zurückkehre. Direkt vom Licht in die Dunkelheit.

Mir dröhnt noch immer der Kopf von letzter Nacht. Ein dumpfes, stechendes Pochen hinter den Augen, das sich betäubend über meine Gedanken legt. Es ist fast angenehm. So angenehm vertraut.

Die Erinnerungen an die letzte Nacht dampfen in schlierigen Fetzen zu einem fragwürdigen Spektakel aus Realität und Nicht-Realität zusammen. Was soll ich nur davon halten?

Alkohol. Kaminfeuer. Geheimnisse.

Worte. Viel zu viele Worte.

Habe ich einen Fehler gemacht? Eigentlich stellt sich diese Frage nicht. Ich *weiß*, dass ich einen Fehler gemacht habe, aber ich kann hier unten nur Fehler machen. Ich kann nur gegen meine Fehler anlaufen und hoffen, dass ich die Millisekunde schneller bin, dass ich mein Ziel erreiche, bevor hinter mir alles explodiert.

Mit dieser überwältigenden Paranoia bin ich irgendwann am frühen Nachmittag aufgewacht und mit dem Gefühl, *jetzt* etwas tun zu müssen. Ich muss diese verdammte Software *Thoughtspace* finden, die alle wollen, ich muss dieser Geschichte ein Ende setzen.

Aus diesem Gefühl heraus habe ich beschlossen, die Adresse aufzusuchen, die mir die Anruferin aus Cullinans Hotelzimmer bei unserem Treffen gegeben hat. Ich soll dort eine weitere Person finden, die für Cullinan gearbeitet hat. Vielleicht kann sie mir weiterhelfen.

Nun wandert mein Blick das schäbige Hotelgebäude hinauf, vor dem ich stehe. Die Lettern flackern wie auf Drogen: *Glasshouse HOTEL – Automatenhotel.*

Kein Personal. Keine Konversation, keine Fragen. Man braucht nur eine Kreditkarte und kriegt das Passwort für sein Zimmer. Pure Anonymität.

Als ich es betrete, schlägt mir ein widerlicher Uringestank entgegen. Der Boden sieht modrig und bepisst aus, in einer Ecke steht ein einsamer, kaputter Sessel, auf den ich mich selbst für Geld nicht setzen würde, in einer anderen hängt eine Telefonsäule, an der schlapp und zittrig ein Display hängt: *Beschwerden bitte hier einreichen.*

Die Ventilatoren an der Decke ziehen unermüdlich ihre Kreise, treiben kalte Luft durch die leere, unbeheizte Lobby. Ich schlinge fröstelnd meine Arme um meinen Körper.

Ich bin mir noch nicht ganz sicher, wie diese Sache ablaufen soll. Bin so ahnungslos, dass ich nicht einmal nervös sein kann. Ich habe keine Ahnung, ob ich überhaupt jemanden antreffe.

Ich schiele auf meine Uhr. So gegen halb vier.

Fahrstühle gibt es nicht. Ein von fleckigem Teppichboden überzogenes Treppenhaus führt mich in die vierte Etage.

Zimmer 456, hatte ich mir notiert. Vor dem entsprechenden Zimmer bleibe ich stehen. Zögere. Der Flur ist totenstill, auch wenn der durchgetretene Teppichboden nicht mehr viel schlucken dürfte, außer Körperflüssigkeiten, von denen ich nichts wissen will. Es riecht verdammt seltsam hier. Ein Geruch, den ich kaum zuordnen kann, wabert durch die stickige Luft und ich will nicht darüber nachdenken, was dieser Teppich für giftige Dämpfe absondert. Für ein paar Sekunden trete ich dicht an die Tür. Horche.

Nichts.

Also klopfe ich. Dreimal. Dann noch ein viertes Mal. Und ein fünftes, hämmere mit geschlossener Faust gegen die dünne Holztür, die knarrend und quietschend gegen meine Schläge protestiert.

»Hallo? Jemand zu Hause?«, rufe ich. »Zimmerservice!«

Keine Antwort. Irgendwas hält mich davon ab, umzudrehen und wieder zu gehen. Stattdessen drücke ich einfach die Klinke. Und die Tür springt auf.

Ein unbeschreiblich widerlicher, beinahe tödlicher Gestank schlägt mir entgegen. Süßlich. Beißend. Ich taumele zwei Schritte zurück, mein Magen rebelliert, Tränen schießen mir in die Augen. Ich presse mir die Hand vor die Nase, drehe den Kopf zur Seite.

Es dauert ein paar Sekunden, bis ich mich wieder gefangen habe und dem Zimmer zuwenden kann. Darin herrscht Festbeleuchtung, jede armselige Funzel an der Wand scheint um ihr Leben zu brennen. Und es ist so vollgerümpelt, dass ich es kaum noch als Hotelzimmer erkennen kann.

Ich wage mich ein paar Schritte in den Raum hinein. Der Gestank ist unerträglich, ich kann ihn nicht einmal zuordnen. Hier ist etwas ganz falsch ...

Ich schlage mir die Hände vors Gesicht.

Auf dem Bett liegt eine Leiche.

Bäuchlings, das aufgedunsene Gesicht presst sich in die Matratze. Ein schlaffer Arm hängt über die Bettkante, die Hand verdreht auf dem Boden. Blutige Spuckefäden sind auf dem Weg von ihrem geöffneten Mund zum Kinn getrocknet, verkrustetes Erbrochenes klebt in den Laken. Glasige Augen starren ins Leere. Fleckige, kalkweiße Haut. Ich sehe Maden kriechen. Und dieser Gestank ...

Ich muss würgen.

Scheiße. Scheiße, scheiße, scheiße.

Ich kann nicht aufhören, sie anzustarren, auch wenn sich mein Magen mit allen Mitteln wehrt.

Ich wende meinen Kopf ab, kneife die Augen zusammen. Meine Hand halte ich noch immer fest gegen mein Gesicht gepresst. Mein verkaterter Kopf hämmert, mein Magen rebelliert.

Ohne mich umzudrehen, gehe ich mit langen Schritten aus dem Zimmer, laufe den Flur runter, bleibe stehen. Hole tief Luft.

Scheiße, scheiße, scheiße. Der Boden unter meinen Füßen dreht sich.

Da liegt eine Tote in diesem Zimmer, eine echte Tote!

Sekundenlang starre ich in die Leere des Flurs, betäubt vom Verwesungsgestank und diesem Bild ...

Ist das die Person, zu der mich die Anruferin aus Cullinans Hotelzimmer schicken wollte?

Ich schließe kurz die Augen, komme wieder zu Atem. Dann reiße ich mich zusammen, drehe auf dem Absatz um und gehe zurück. Wieder im Zimmer, einen Ärmel gegen meine Nase gepresst und mit verzogenem Gesicht, beäuge ich die Tote.

Sie hat schleimige Tablettenreste ausgekotzt und auch auf dem Boden liegen kleine, helle Kapseln verstreut.

Überdosis. Das nehme ich jetzt mal als eindeutig.

Sollte ich anfangen, Deep-City-Bingo zu spielen? Ungeduldiger Schwarzmarkthändler und seine Schläger – Check. Mysteriöser Identitätsdieb – Check. Abgewrackte Kasinos – Check. Fetischclub – Check. Fragwürdige Kontaktmänner – Check. Leiche – Check.

Mein Blick wandert ihren schlaffen Arm hinab, zu der Hand, die über der Bettkante liegt. Halb in ihren Fingern, halb auf dem Boden, liegt etwas, das sie vorher umklammert haben muss. Ein kleines, silbernes Gerät.

Es kostet mich eine absurde Überwindung, mich neben die Tote zu knien. Mit angehaltenem Atem und abgewendetem Gesicht ziehe ich das Teil aus ihren weiß-bäulichen Fingern. Ein schauerliches Kribbeln wandert über meinen ganzen Körper, Ekel schüttelt mich. Als ich es in den Händen halte, wische ich es hastig an meiner Kleidung ab.

Halte es dann ins erbarmungslose Deckenlicht. Ein Aufnahmegerät. Etwas altmodisch.

Ich fahre mit dem Daumen leicht über die Unterseite. Ein rötliches Licht glimmt auf, tritt in kantigen Zahlen aus dem Metall hervor. Mehrere Stunden Audiomaterial werden angezeigt.

Ich sehe wieder auf die Leiche. Wie sie schweigend und nutzlos hier herumliegt, als wäre sie nie lebendig gewesen.

Man sieht nicht viel von ihr, ihr Gesicht ist zur Hälfte in den Laken versunken und hat in der Zeit, in der sie hier gelegen haben muss, an Kontur verloren. Strähniges, braunes Haar darüber. »Du hast dich wohl auch ziemlich in die Scheiße geritten«, flüstere ich.

Ich trete vom Bett und dem schaurigen Anblick zurück. Widme mich dem restlichen Zimmer. Es ist ein in sich zusammengefallenes Kartenhaus: Der Boden ist übersäht von Klamotten, leeren Fastfood-Kartons, verschimmelten Essensresten, Zigarettenstummeln, Aschehäufchen ... Mit der Schuhspitze kicke ich einen fettigen Pizzakarton aus dem Weg.

Ich steige über ein paar halbvolle Bierdosen und einen schimmligen Pappteller hinweg, gehe zum einzigen Schrank des Zimmers.

An der Wand neben dem Bett hängt ein großer, alter Holoschirm, der fast nach zu viel Luxus für diesen Saustall aussieht. Ob sie irgendwas darauf gespeichert hat? Ich schalte ihn ein. Flackernd springt er an und ich trete einen Schritt zurück, stelle mich mittig ins Zimmer.

»Mal sehen, was du dir so angesehen hast, meine Gute«, murmele ich. Gleichzeitig halte ich mir das Aufnahmegerät ans Ohr und lasse es seinen Inhalt von Beginn an abspielen.

Es erklingt eine flüsternde, unruhige Stimme. »*Mittwoch, dritter neunter.*« Schwankend. Unkontrolliert: »*Ich muss mit jemandem reden und wenn es dieses idiotische, alte Teil hier ist. Ich muss die Dinge laut aussprechen. Ich weiß nicht mehr, ob ich meinen Gedanken noch vertrauen kann. Manchmal ... manchmal habe ich Angst, den Verstand zu verlieren.*« Die Stimme der Toten. Mich überkommt ein ekelhaft schauriges Gefühl. Ich verdrehe die Augen in Richtung der Leiche, habe plötzlich das Gefühl, sie muss meine Präsenz spüren. Ich möchte das Gefühl abschütteln, mich auf meine Suche konzentrieren, doch es gelingt mir nicht gut.

Der Holoschirm beginnt, irgendein Fernsehprogramm abzuspielen. Ich manövriere ins Menü, suche nach privaten Medien, die auf der Festplatte gespeichert sind.

Währenddessen höre ich weiter ihre leise Stimme: »*Ich habe Angst. Das ist die Wahrheit, auch wenn es mir schwerfällt, das einzugestehen. Ich arbeite jetzt seit einem ..., nein, seit anderthalb Jahren schon für Cullinan und immer war ich mir bewusst, dass ich Risiken eingehe. Dass es nicht ungefährlich ist, was ich tue. Aber noch nie hatte ich solche Angst. Ich habe Angst vor dem, was wir da verkaufen, auch wenn ich nicht genau weiß, um was es geht. Ich habe Angst vor dieser grässlichen Liste, von der ich mir sicher bin, dass sie etwas mit uns zu tun hat. Und ich habe Angst vor ihr. Ich habe eine solche Angst vor ihr. Ich halte es kaum aus.*« Die Stimme ist brüchig, fast weinerlich. »*Ich weiß nicht, was passiert ist, aber sie hat sich verändert. Sie ist wie besessen, so war es noch nie. Ich habe sie immer als kühlen Kopf erlebt, als abgebrüht und rational. Als den erfolgreichen Blutdiamanten. Nichts konnte sie aus der Ruhe bringen.«* Hartes Schlucken. *»Aber es hat sich etwas verändert. Plötzlich ist sie hysterisch, paranoid, unüberlegt ... Sie ist nicht mehr die, die sie mal war. Das muss mit dieser Software zu tun haben, die wir verkaufen. Und mit dieser Liste. Mit dieser schrecklichen Liste.«* Ein Knacken, ein Rauschen. Ihre Stimme bricht ab.

Nun habe ich Gewissheit. Die namenlose Tote auf diesem Bett hat tatsächlich für Cullinan gearbeitet. Und vermutlich hat es sie umgebracht.

Ich pausiere das Aufnahmegerät und gehe weiter die Daten auf dem Holoschirm durch. Plötzlich zucke ich zusammen. Ist das Glass? Er ist es tatsächlich. Ich pausiere das Aufnahmegerät und starre das verwischte Bild an, das der Holoschirm abbildet. Seltsam bläulich, seltsam verzerrt, aber für mich besteht kein Zweifel. Es ist Glass. Mitten im Lauf aufgenommen, mit wehendem Mantel. Den Hut tief ins Gesicht geschoben. Doch sein Profil würde ich vermutlich unter Tausenden erkennen; kantig hebt es sich gegen den Schatten ab.

Schwere Regentropfen trüben als verschwommene Flecken das Bild. Es ist schwer zu erkennen, in welcher Umgebung es aufgenommen wurde, da sind nur Dunkelheit und Neonlichter, die sich in den Pfützen spiegeln.

Mit einer schnellen Handbewegung durch die Luft wische ich zum nächsten Bild weiter. Gleiche Szene, vermutlich kaum eine Sekunde später. Glass ist nur einen Schritt weiter.

Wisch.

Dieses Mal dreht er seinen Kopf kurz in Richtung der Kamera. Ein flüchtiger Blick auf seinen gehetzten, aufgewühlten Gesichtsausdruck.

Nur ein bisschen weiter und er würde mir direkt in die Augen sehen. Ein seltsames Gefühl erfasst mich, ein Kribbeln in der Magengegend. Ich erwische mich dabei, wie ich ihn eine Sekunde länger ansehe als nötig. Fast sehnsüchtig.

Wisch.

Ich spule durch die Bilder. Sehe Glass zu, wie er vorbeiläuft, immer beschattet von seiner unsichtbaren Verfolgerin, die diese Bilder aufnimmt.

Währenddessen klicke ich auf dem Aufnahmegerät weiter. Ein Rauschen. Ihre Stimme erklingt wieder.

»Der Verkauf dieser Software sei unser letztes Geschäft. Das sagt sie immer wieder. Danach wird es Cullinan nicht mehr geben. Ist ihr nicht klar, was in dieser Sache hängt? Wie viele Leute für sie arbeiten? Wie vielen Menschen sie hier unten auf die Füße getreten ist? Wie viele wir zum Schweigen bringen mussten? Sie muss sich absolut sicher sein, dass alles funktioniert und ihr diese Software so viel Geld einbringt, dass sie nie wieder nach Deep City zurückkehren muss. Und es scheint genau das zu sein, was sie will.« Pause.

»Nie wieder nach Deep City zurückkehren« – das lässt mich hellhörig werden.

Klick. Nächster Eintrag: *»Sie nimmt Drogen. Irgendwelche Schmerzmittel, Schlafmittel, Aufputschmittel. Sie macht überhaupt kein Geheimnis daraus, wirft sich vor unser aller Augen die Pillen ein. Ohne das Zeug scheint sie nicht mehr zu funktionieren. Es macht mir Angst. Ich* *habe sie vorher nie Drogen nehmen sehen. Ich will nicht sagen, dass ich sie jemals kannte, aber das ist nicht die Person, die ich kennengelernt habe. Sie verändert sich. Ich habe versucht, mit jemandem darüber zu sprechen, aber sie hat mich für verrückt erklärt.«*

Wisch. Nächstes Bild.

Wieder zucke ich zusammen, dieses Mal heftiger. Ein richtiger Ruck geht durch meinen Körper, schüttelt alle meine Muskeln einmal durch. Für zwei Sekunden glaube ich, mich zu sehen. Platinblonder Bubikopf, der ihr, scheitellos und perfekt geföhnt bis knapp über die Augenbrauen reicht. Schmale Statur, auf Wolkenkratzer-High-Heels, gekleidet in einen dunklen Jumpsuit, der aussieht, als würde sie sich ihren Arsch darin abfrieren. Und ein maskiertes Gesicht, das ein bisschen wirkt wie meines, nur viel starrer, stilisierter, gegossener.

Meine Doppelgängerin. Meine verdammt gruselige Doppelgängerin Cullinan.

Meine Haut prickelt und kribbelt, als hätte ich irgendein widerliches Ekzem bekommen.

Auf den Bildern scheinen Glass und sie sich zu begrüßen. Unterhalten sich dann. Distanziert. Ihre Körper zeigen weg voneinander, verschwinden schließlich.

Ich wische weiter. Und weiter. Meistens sieht man meine Doppelgängerin.

Wisch.

Die Tote hat diese Person regelrecht verfolgt.

Ich trete ein bisschen näher an den Bildschirm heran und versuche, etwas mehr von meiner seltsamen Doppelgängerin zu erkennen. Es ist gruselig, wie ähnlich mir diese Gestalt sieht. Die Frisur, der Handschuh, die Maske, der Kleidungsstil. Mir kommt der seltsame Gedanke, dass es Absicht sein könnte. Als hätte man eine Deep-City-Version von mir erschaffen, eine zweite Java.

Ich weiß nicht genau, was ich mit diesen Bildern anfangen soll. Ich weiß, dass sie wichtig sind, aber nicht, was sie mir sagen wollen.

»Gestern bin ich ihr gefolgt und habe sie mit diesem Jungen von der Liste gesehen. Glass. Stadtweit bekannter Identitätsdieb. Ich bin mir sicher, dass die Liste etwas mit ihm zu tun haben muss. Und mit dieser Software, die wir verkaufen. Die ganze Sache gefällt mir überhaupt nicht.«

Die Szenerie ändert sich. Ein anderes Gebäude. Wieder Glass. Dann Cullinan an einem anderen Ort. Wieder die beiden zusammen.

Ich wische und wische, immer weiter, bis die Bilderflut an mir vorbeirauscht wie eine Hochbahn. Und sie zeigt immer hundertmal die gleiche Situation. Hundertmal die gleichen Personen. Glass. Cullinan.

Sie muss besessen gewesen sein. Wo bin ich hier? Liegt da eine tote Stalkerin auf dem Bett?

Plötzlich höre ich Schritte auf dem Flur. Irgendwo am anderen Ende springt eine Tür auf.

Mir wird unwohl in meiner Haut. Und dieser Gestank – er vernebelt mein Gehirn.

Ich werfe wieder einen Blick auf die Leiche. Es kommt mir plötzlich unerträglich vor, noch weiter mit ihr in diesem Raum zu sein. Bis vor ein paar Minuten war sie noch ein ekelhafter Finderlohn, namenlos und stinkend. Nun habe ich ihre Stimme im Ohr, kann ihre Angst spüren, ihre Besessenheit. Und es

geht um die gleiche Sache, in die ich auch verwickelt
bin. Mein Körper brennt in ungeahnter Paranoia, als
würde sie alles direkt auf mich übertragen.

Ich halte meinen Kommunikator unter den Bildschirm und lade mir die Fotos runter. Lasse das Aufnahmegerät in meiner Tasche verschwinden. Schiebe
mir meinen Hut tief ins Gesicht. Zeit zu verschwinden.

Hier werde ich das Programm nicht finden. Aber ich
habe das Gefühl, auf eine Spur gestoßen zu sein, die
wertvoller ist als jede andere zuvor.

Bevor ich das Zimmer verlasse, drehe ich mich trotzdem noch einmal um.

»Was hat dich umgebracht?«, murmele ich und taste
kurz reflexartig nach dem Revolver in meiner Manteltasche. »Was bringt die Leute hier unten um?«

Ich bin zu den Fahrstühlen zurückgekehrt, kauere
zwischen den endlosen Reihen aus Schließfächern,
das Aufnahmegerät dicht ans Ohr gedrückt und höre
der Stimme einer Toten zu. Immer noch ein gruseliges
Gefühl. Ich versuche, nicht daran zu denken. Bevor ich
nach Surface City zurückkehre, muss ich sehen, ob ich
noch irgendetwas aus meinem stinkenden Fund ziehen kann. Und diese namenlose Tote aus Cullinans
Team, sie hat Stunden auf dieses Teil gesprochen, als
wäre es ihre einzige Flucht, ihre einzige Rettung. So
wie sie klingt, war es das auch.

*»Wir stehen unter Druck. So unter Druck. Ich fürchte
um mein Leben, jedes Mal, wenn ich hier runterkomme.
Die Käufer wollen nicht länger warten. Sie haben Un-
summen für diese Software gezahlt und wir können sie*

*nicht ausliefern, weil der Blutdiamant nicht mit seiner
kostbaren Ware rausrücken will.«*

Nächster Eintrag.

»Ich frage mich immer öfter, um was es bei dieser Software geht, die wir da verkaufen wollen. Bisher hat mich das nicht interessiert. Ich habe meine Arbeit gemacht. Wollte es gar nicht so genau wissen. Habe akzeptiert, dass es Dinge gibt, von denen ich besser nichts weiß. Dass ich nur Bote oder Übermittler bin. Aber dieses Mal ist es anders ... Dieses Mal gibt es die Liste.«

Klick. Nächster Eintrag.

Gleichzeitig sehe ich mir die Bilder auf meinem Kommunikator an. Halte ihn nun in den Fingern, aufgezogen auf die Größe meiner Hand. Ich komme mir altmodisch vor.

Die Motive ändern sich kaum. Es sind mal Glass, mal Cullinan, mal beide, schließlich Glass bei einem Treffen mit Q, Pin und Vala. Das wundert mich nicht. Dieser Blutdiamant, meine Doppelgängerin, wollte die Liste stoppen und sie ist ihr gefolgt. Was auffällt ist, dass sich Glass und Cullinan anscheinend immer an ein und demselben Ort getroffen haben. Abgenutzte Fassade, durch die gläsernen Türen blickt man in eine erleuchtete Lobby. Es scheint sich um ein Hotel zu handeln. Und jedes Mal sieht es so aus, als würde Glass davor warten, ehe Cullinan herauskommt. Nur wo, das kann ich nicht erkennen. Dabei wäre das sehr interessant ...

Wisch. Wisch. Wisch.

Was wollte sie mit diesen Fotos bezwecken? Den Blutdiamanten erpressen? Sie jemand anders zeigen?

Auf jeden Fall sind sie für mich nicht besonders hilf-reich.

»Ich habe sie heute wiedergesehen.« Ihre Stimme ist mittlerweile nur noch ein kratziges Hauchen. *»Sie war völlig zugedröhnt, das hat man ihr angesehen. Und es war so seltsam, alles war so seltsam, so … anders. Jemand hat sie auf die Liste angesprochen. Und sie war gereizt, hat uns angeschrien. Sie hat geschrien und geschrien und geschrien … Sie hat Angst. Irgendetwas stimmt nicht, das spüre ich. Sie wollen mir alle nicht glauben, aber irgendetwas läuft ganz falsch.«*

Nächster Eintrag.

»Ich weiß, dass ich nicht aussteigen kann. Nicht, bevor der Deal abgeschlossen ist. So ist der Vertrag. Und ich kenne die Konsequenzen. Ich kenne die Konsequenzen …«

Plötzlich sticht mir etwas ins Auge. Ich bin schon wieder mehrere Bilder weiter, muss wieder zurückgehen. Da ist es wieder. Ich kneife die Augen zusammen. Spiegelt sich da ein Schriftzug in der regennassen Straße? Ich zoome in das Bild, während die Stimme der Toten auf mich einprasselt.

»Ich habe es herausgefunden. Ich habe herausgefunden, um was es bei dieser Software geht. Und ich verstehe. Verdammt, ich verstehe jetzt.« Ich presse das Aufnahmegerät noch ein bisschen dichter an mein Ohr. Starre weiter angestrengt auf das Bild, während ich versuche, den verwaschenen Schriftzug aus dieser Pfütze zu lesen. *»Und es besteht für mich kein Zweifel mehr, dass diese Liste die direkte Antwort auf das ist, was wir hier machen. Ich weiß nur nicht, was diese Leute auf der Liste damit zu tun haben. Bis auf diesen Glass kenne ich niemanden von ihnen …«*

Dann endlich habe ich ihn entziffert: Hotel *Stardust*.

Ich habe einen Verdacht. Das Hotelzimmer mit dem Telefon schien mehr die Funktion eines Büros zu haben. Wenn sie hier unten ein richtiges Zimmer hat oder hatte, eines in dem sie gelebt und geschlafen hat, dann vielleicht in diesem Hotel.

Das ist es also, das nächste Ziel auf meiner ziemlich verzweifelten Suche.

»Diese Software – das ist wirklich abgefuckt. Das ist gigantisch. Wahrscheinlich der Anbeginn eines neuen Zeitalters. Ich wundere mich nicht mehr über die Summen und auch nicht über diese Liste. Ich wundere mich über gar nichts mehr.« Sie macht eine lange, atemlose Pause. *»Aber scheiße, so eine Software hätte es niemals geben dürfen. Das kann nicht das sein, was wir wollen.«*

Zurück in Surface City zieht die Stimme der Toten in kleinen dunklen Wolken durch meine Gedanken, kommentiert alles, was ich sehe. Die Timelines der Menschen, die an mir vorbeilaufen. Ihre aufgeblasenen Realtäten.

Und immer wieder geht es um *Thoughtspace*. Ich stelle mir vor, wie die Software die Gedanken der Menschen aufzeichnet. Versuche mir auszumalen, wie das aussehen könnte. Wie ihre Flüchtigkeit, ihre Unvollständigkeit, ihre Redundanz dargestellt wird.

Das kann nicht das sein, was wir wollen.

In der Hochbahn betrachte ich die Timeline der Frau gegenüber, zufällig ausgewählt. Ihre letzte Mahlzeit, ihren letzten Sex. Und ich könnte dasselbe von jemandem am anderen Ende der Stadt, am anderen Ende der Welt sehen. Ich könnte alles über einen

Menschen wissen, den ich nie gesehen habe. Und dann sehe ich aus der Hochbahn in die Tiefe und weiß, dass ich es wahrscheinlich eigentlich nicht tue.

Vielleicht wird sich das sehr bald ändern. Wenn auch Gedanken öffentlich sind, kann es Deep City nicht mehr geben. Gedanken und Erinnerungen lassen sich kaum steuern oder verdrängen. Der sanfte Hauch eines Parfüms könnte eine Erinnerungen an den Fetisch Club der letzten Nacht wachrufen, der bunte Qualm einer falschen Zigarette Bilder von Neonlichtern und versoffenen Nächten aufspülen, das Klimpern einer Kaffeetasse an das Dudeln der Spielautomaten denken lassen.

Und es würde alles noch in derselben Sekunde auf der Timeline sichtbar werden, zur Schau gestellt für jedermann.

Die Timelines wären überschwemmt von dunklen Geheimnissen, Gelüsten und Erinnerungen. Überschwemmt von all den Dingen, die man so verzweifelt aus seinem schönen, öffentlichen, vorzeigbaren Leben raushalten will. Es gäbe kein Schlupfloch aus dieser Transparenz, diesem Druck zur Perfektion mehr. Anonymität hält die Unterstadt am Leben, die Möglichkeit all das auszuleben, was man unter den wachsamen Augen der *NetSciety* niemals tun würde. Es wäre Deep Citys Untergang.

Ich denke an die dunkle Welt unter mir und an ihren endlosen Dunst, durch den abgewrackte Gestalten taumeln. An ihre dunklen Fantasien, die zwischen Dunkelheit und Neonlichtern Wirklichkeit werden. An Gewalt, wie sie der toten Pin angetan wurde. Im Schutz der Anonymität. All das wäre dann nicht mehr.

Unsere Welt noch heller, noch sauberer, noch sicherer. Aber wäre sie auch *besser*?

Als ich meine winzige Wohnung aufschließe, ist ihre Stimme nur eine Nebenfigur in meiner verwirrten, verschobenen Gedankenwelt. Zu viel Selbstreflexion, zu viel Alkohol, viel zu wenig Schlaf.

»Java, wo warst du?«

»Guck auf meine Timeline.«

Stille.

Die künstliche Intelligenz ist zunehmend verwirrt. Meine Timeline ist eine Nylonstrumpfhose mit Laufmasche, ihre Löcher ziehen sich immer größer und länger.

»Du hast Besuch.«

»Mmh ...« Die Bedeutung dieser Worte realisiere ich erst, als ich meine Küche betrete. Dort sitzt die letzte Person, die ich im Moment sehen will, ein Wasserglas in der Hand als hätte ich sie eingeladen. Sie muss nichts sagen; ihr bemüht vertrautes Lächeln sagt mir schon alles.

Fast gebe ich dem übermächtigen Drang nach, mich einfach umzudrehen und wieder zu gehen.

Ausgerechnet jetzt. Wirklich. Ausgerechnet. Jetzt.

Ich begrüße sie nicht. Gehe wortlos in die Küche, fülle ein Glas mit Leitungswasser, setze mich ihr gegenüber an den Tisch und lasse demonstrativ eine Kopfschmerztablette in das Glas fallen. Das Zischen klingt noch dreimal lauter, als erhofft. Ich ringe mir ein süßliches Lächeln ab. Eigentlich bin ich längst viel zu müde für solche Geschichten. Diese Frau und ihre

Bemühungen, sie kommen mir so unendlich bedeutungslos vor.

»Du hast keinen Grund mit solchen Psychospielchen anzufangen«, sagt Frau Arla. Fährt sich mit nervösen Fingern durch ihre Frisur, die sie nie ganz hinkriegt. »Langsam wird es echt Zeit, erwachsen zu werden, Java.« Ich hasse die Art, wie sie meinen Namen an die Enden ihrer Sätze hängt. Sie könnte mir genauso gut ihren erhobenen Zeigefinger ins Gesicht bohren.

»Mmh.« Ich trinke mein Glas in einem Zug leer, ohne den Blickkontakt abzubrechen.

»Deine Entwicklung gefällt mir nicht«, sagt sie mit hektisch flackernden Augen. Sie scannt meine Timeline.

»Das ist nichts Neues«, sage ich trocken. »Warum sind Sie hier?«

»Gut, machen wir es kurz«, sagt sie. »Wir stellen dir ein Ultimatum.«

Scheiße. Ich schlucke hart und trocken.

»Ein Ultimatum«, wiederhole ich papageienartig.

»Ein Wort, das ich wirklich nicht gern benutze, aber anders kann ich es nicht ausdrücken.« Sie lächelt bitter. »Die Stadt ist so lange für dich verantwortlich, bis du dein achtzehntes Lebensjahr erreicht hast. Das wäre dann in exakt einem Monat und drei Tagen. Falls du dich daran noch erinnern kannst?« Ihr Blick bohrt mich an. »Genau so lange zahlt sie für dich. Keinen Tag länger. Und es ist unseren großzügigen Sponsoren zu verdanken, dass wir unseren Schützlingen noch drei oder vier Monate länger einen Wohnort stellen, ihre Weiterbildung finanzieren, sie unterstützen können, bis sie wirklich in der Lage sind, sich ein eigenes Leben aufzubauen. Und du kannst dir vorstellen, dass Citrus Inc. nicht begeistert von dir ist.«

Mein Sponsor ist schon lange nicht mehr begeistert von mir. Seit Wochen ist mein lächelndes Gesicht von der Website ihres Förderungsprogramms verschwunden. Kein hübsch lächelndes Waisenmädchen Java mehr, das allein durch das Geld und die Mühen des Unternehmens eine Schule besuchen und eine Timeline haben konnte.

Seit Vista gestorben ist, bin ich längst nicht mehr vorzeigbar. Ich bin ein Skandal, ein Fehler im System. Meine darauffolgenden Eskapaden haben daran auch nichts mehr geändert. Trotzdem trifft mich das, was sie nun sagt, wie ein Schlag: »Nun ist ihre Geduld wohl endgültig am Ende gewesen. Sie haben dir das Geld komplett gestrichen«, sagt sie. »Das heißt, du verlässt diese Wohnung in exakt einem Monat und drei Tagen.« Ihr Blick ist dunkel. Bitter. Fast ein bisschen traurig. »Ich würde sagen, dass es mir leidtut, aber …« Sie schüttelt den Kopf. Der Funken naiver Hoffnung eines Gutmenschen, den ich sonst immer in ihrem Gesicht gesehen habe: Verschwunden wie meine Doppelgängerin.

Mein Herz sinkt. Selbst sie glaubt nicht mehr daran, dass ich es noch packe. Und ich sehe auch kein oberflächliches Interesse, kein pflichtbewusstes Bemühen mehr in ihrem Gesichtsausdruck. Sie ist offensichtlich fertig mit mir.

»War das klar genug?«, fragt sie.

Mein Herz hämmert. Mir ist gar nichts klar. Mein Schädel ist eine beschissene Nebelmaschine.

»Ich verstehe dich nicht«, sagt sie. »Ich verstehe nicht, warum du deine Chancen nicht genutzt hast.«

»Chancen?«, frage ich mit einem plötzlich aufkeimenden Wutgefühl. »Ich kann mich nicht daran erinnern, je welche aufgegeben zu haben.«

Frau Arla öffnet noch einmal den Mund, als wolle sie noch etwas sagen. Doch sie belässt es bei einem Kopfschütteln. Steht auf und schwingt sich ihre Handtasche über die Schulter.

»Ich wäre vorsichtig an deiner Stelle, Java«, sagt sie im Gehen. »Mit meinem Leben. Und damit so viel zu … verschlafen.«

Fruchtlos

Vielleicht ist es möglich meine Timeline widerherzustellen. Aber vermisse ich sie? Diese Frage werde ich nicht mehr los.

Ich glaube, ich vermisse den Gedanken an sie. Den Gedanken, so zu sein, wie all die anderen Menschen. Den Gedanken, einen Platz in dieser Welt zu haben. Dieses Leben zu führen, das alle zu führen scheinen.

Ich habe mir unendlich viele Timelines angesehen, in so vielen verwirrten Nächten und so vielen Versuchen, etwas von mir selbst zurückzuholen. Und niemand auf dieser Welt scheint einsam zu sein, unglücklich, verzweifelt. Ihr Leben bildet sich so rund und lückenlos auf ihren Timelines ab. Und alle leben genau so, dass es in diese digitalen Bahnen passt.

In so vielen traurigen Momenten stelle ich mir meine eigene Timeline vor, meine eigene gläserne Identität, eingefügt in dieses gigantische, gleißend helle Netzwerk, voller uneingeschränkter Möglichkeiten und fühle mich plötzlich verzweifelt isoliert. Einsam.

Ich bin nur ein Betrachter von außen. Alles spielt sich vor meinen Augen ab, ohne dass ich fähig bin, einzugreifen. Ich bin identitätslos, ein Niemand in dieser Welt und die einzige Person, die sich in meinem Netzwerk wiederfindet, ist Linux.

Ja, in diesen Momenten vermisse ich meine Timeline. Aber letztendlich weiß ich nicht, wie es sich anfühlt, eine Timeline zu haben. Vor allem weiß ich nicht, wie es sich anfühlt meine Timeline zu haben. Meine eigene Timeline, die zu irgendeinem Zeitpunkt existiert hat.

Am Ende vermisse ich wohl mich selbst. Meine Erinnerungen. Meine Identität. Und muss mich fragen, wie viel von dieser Identität zurückkehren würde, wenn man meine Timeline wiederherstellen könnte. Würden meine Erinnerungen zurückkehren? Würde ich zurückkehren? Wer würde sich an mich erinnern?

Ich denke wieder an Linux, an seine zwei Identitäten, bipolar zwischen digital und analog. Vielleicht wäre meine Timeline-Identität auch ein bisschen zu künstlich, um wirklich wahr zu sein.

Kapitel 23

Das Hotel *Stardust* bemüht sich ein bisschen zu sehr, aus seiner Umgebung herauszustechen. Eingerahmt in leerstehende Ruinen, ragt es hervor wie ein einzelner Goldzahn in einer fauligen Mundhöhle. Sein Schriftzug glimmt rot, wie ein sterbender Stern, überstrahlt die bröckelnde Fassade. Hinter der gläsernen Eingangstür brennt genug Licht für den ganzen Straßenzug.

Es hat den nostalgischen Glamour einer gescheiterten Hollywood-Diva, die noch hell genug strahlt, damit die Zeitungen über sie schreiben.

Als ich die Lobby betrete, nehme ich mir den Hut ab, schüttele mein Haar in Form und ziehe mir den Handschuh von den Fingern.

Am Empfangstresen steht eine steife Frau mit knallroter Maske und komisch geschnittener Uniform. Ich wusste, dass sie so eine Person haben würden. Solche Orte füllt man nicht mit Robotern und Automaten.

Mein Plan ist mäßig durchdacht, aber besser als nichts.

Ich trete an den Tresen heran und warte die Sekunden ab, bis diese reizende Dame mich wirklich ansieht. Fahre mir dann sehr auffällig mit der linken Hand durch die Haare. Lege dann wortlos meine Hände auf dem Tresen ab.

»Hallo«, flöte ich.

Die Frau mustert mich.

»Wollen Sie einchecken?«, fragt sie. Kneift hinter ihrer Maske die Augen zusammen.

»Richtig. Ich habe mich nur gefragt, ob Sie sich vielleicht an mein Zimmer vom letzten Mal erinnern können?« Ich blinzele. Sie blinzelt zurück. Zögert.

»Das letzte Mal ...« Sie starrt mich an.

»Genau, das letzte Mal, als ich hier war«, sage ich mit eindringlichem Blick. »Erinnern Sie sich daran?«

Die Frau murmelt irgendwas Unverständliches, dann wendet sie sich ihrem kleinen Holoschirm zu und scrollt durch irgendeine Datei. Ich bin mir sicher, dass sie nicht wirklich hinguckt. Sie kennt die Zimmernummer noch genau.

Als sie sich wieder aufrichtet, starrt sie mich noch einmal an, Augenbrauen so eng zusammengeschoben, dass es selbst unter ihrer Maske zu sehen ist.

»Zimmer 637«, sagt sie dann endlich und schiebt einen kleinen elektronischen Schlüssel über den Tresen in meine Richtung. Übergießt mich dabei mit misstrauischen Blicken. »Wie lange wollen Sie bleiben?«

»Wie viel kostet eine Nacht?«, frage ich. Ich ziehe das jetzt durch.

»Dreißig«, sagt die Frau kühl. Ich zahle. Mit Cullinans Geld.

»Vielen Dank«, sage ich mit dem breitesten Lächeln, das ich zustande bekomme und verlasse die Lobby so schnell ich kann. Setze mir meinen Hut wieder auf, steige in den nächsten Fahrstuhl und fahre in den sechsten Stock. Währenddessen lasse ich wieder die Stimme der ominösen Toten durch das kleine Gerät in meiner Hand erklingen.

»Ich glaube, ich habe herausgefunden, wo sie in Deep City wohnt und schläft. Das war kein leichtes Unterfangen, sie ist ziemlich geschickt. Unterzieht sich mehreren Identitätswechseln und Maskeraden auf ihrem Weg. Nur diesen verdammten Handschuh legt sie nicht ab. All die absurden Geschichten, die darüber kursieren, wie sie ihn angeblich verloren hat ... Dabei verdächtigen wir sie schon lange, komplett intakte Hände zu haben. Wie auch immer. Sie ist dann in einem ziemlich schäbigen Hotel verschwunden. Komisches Ding am Rande der Innenstand in einer richtig heruntergekommenen Gegend. Ich wäre ihr am liebsten gefolgt, aber verdammt, ich bin nicht lebensmüde.«

In einer längeren Pause rasselt ihr Atem ins Mikrophon, als müsse sie nach ihrem Wortschwall erst wieder mit dem Atmen aufholen. *»Wer ist natürlich kaum fünf Minuten später aufgetaucht? Unser Identitätsdieb Glass. Er hat da eine Weile lang rumgelungert. Und dann ist sie plötzlich erschienen. Sie haben sich eine Weile lang unterhalten, oder gestritten, so genau konnte ich es nicht beobachten. Und sind dann einfach wieder getrennte Wege gegangen. Alles sehr merkwürdig. Ich habe angefangen, Fotos zu schießen. Niemand will mir glauben ...«*

Wusste ich's doch. Ich hatte recht. Das muss tatsächlich ihr Hotel sein.

Ich eile einen langen Flur entlang in Richtung meines gesuchten Zimmers, die Stimme einer Toten im Ohr, zu der ich fast eine Art seltsame Bindung aufgebaut habe. Ihre Stimme hat sich irgendwie verändert. Der weinerlichen Angst ist kühle Paranoia gewichen. Sie spricht nun fast ein bisschen lauter, ein ruhiges, kontrolliertes Flüstern.

»Sie verhält sich immer merkwürdiger. Spricht immer wieder davon, dass das der letzte Deal ist, den sie abschließen wird. Dass es Zeit wird, Cullinan umzubringen. Dieser verfluchte Deal, diese verfluchte Software. Es zerstört sie, es zerstört uns alle. Nur das Verrückte, das Idiotische ist, dass niemand will, dass Cullinan stirbt. Und das nicht, weil es ein verdammt gigantisches Netzwerk und für viele die Haupteinnahmequelle ist, sondern weil wir nicht mehr loslassen können.«

Ich sehe sie vor meinem inneren Auge, mit blassen, aufgeschwemmten Lippen und glasig-feuchten Augen. *»Diese Software ist nicht richtig. Und ich glaube, sie weiß das, ich glaube, sie hat realisiert, was für einem Irrsinn sie sich da verschrieben hat. Ich kann nicht glauben, dass es das ist, was wir wollen. Alles preiszugeben, all unsere dunkelsten Gedanken. Oder sind wir wirklich so besessen von dieser Maschinerie, von dieser Selbstdarstellung, von dieser Art der Kommunikation, dieser Bequemlichkeit? Wären wir vielleicht bereit, alles von uns dafür zu opfern? Die Timelinekonzerne jedenfalls sind bereit, Milliarden für die Technologie auszugeben. Das würde ein neues Zeitalter für sie bedeuten. Eine schier endlose, ungefilterte Datenflut. Bisher kannten wir uns selbst am besten. Mit* *dieser Erweiterung der Timelines könnten sie uns bis ins letzte Detail analysieren, auswerten, ausnutzen ... Uns besser kennenlernen, als wir selbst es tun. Der gläserne Mensch in seiner Reinform. Er ist in greifbarer Nähe. Der Weg in ein neues Zeitalter. Ich glaube, es ist ein Schritt in Richtung Untergang.«*

Ich erreiche das richtige Zimmer am Ende des Flurs. Meine Finger sind zittrig wie ihre Stimme und ich habe angefangen, diese seltsame, paranoide Geschichte vor mir zu sehen wie einen Film. In langen Schatten tanzt sie über die bröckeligen Flurwände, mit ihrem surrealen, maskierten Deep-City-Personal. Verfolgt mich, lässt mich immer wieder nach hinten sehen.

Der winzige Schlüssel fühlt sich in meinen Händen an wie glitschige, warme Butter. Ich atme. Ein und wieder aus. So ruhig und flach wie möglich.

Das Trauma meines letzten Hoteleinbruchs sitzt noch tief.

»Das Unheimliche ist, dass ich genau weiß, wen Cullinan, diese Maske, diese Persona darstellt.«

Meine Hände verkrampfen sich.

»Den perfekten, gläsernen Menschen. Ein Surface-City-Idealbild. Paradiser-Puppengesicht. Man hätte ihr zugetraut, einfach eines ihrer hübschen Tänzermädchen nachzubilden, die nachts zu ihr ins Hotelzimmer kommen. Aber es musste das sein. Ein zynischer Kommentar auf unsere Gesellschaft. Das perfekte, unschuldige, verlorene Mädchen in Deep City.« Atemreiche Pause. *»Wann hat irgendjemand wirklich geglaubt, dass es den gläsernen Menschen gibt? Gläser sind hohl. Aber was in einem Menschen vorgehen kann ...«*

Die Tür springt auf. Das laute Klicken lässt mich zusammenzucken.

Das Zimmer dahinter liegt dunkel. Als ich das Licht einschalte, wird es nur minimal heller. Trübes Licht bepisst den Raum und überzieht die Möbel mit gelblichen Tönen.

Ein breites Bett, ein dunkles Schmetterlingssofa, ein in die Wand eingelassener Schrank.

Das Badezimmer ist lediglich mit einem Vorhang vom Rest des Raumes getrennt. Das Ganze bewegt sich auf einer sehr merkwürdigen Ebene zwischen schick und absolut ranzig.

Ich horche. Absolute Stille. Leise schließe ich die Tür hinter mir und beginne, mich umzusehen.

Eigentlich ist das Zimmer leer. Verlassen. Alle Schränke, die ich aufreiße sind leer, es liegt nichts mehr in den Schubladen. Nichts auf dem Nachttisch, nichts im offenen Safe. Das hier ist nicht mehr ihr Zimmer, das ist einfach nur ein Zimmer. Ein leeres Hotelzimmer.

Plötzlich – ein Knacken. In einem Anfall von Paranoia weiche ich ein paar Schritte ziellos im Zimmer zurück, sehe mich gehetzt um. Ich muss sichergehen.

Mit einem Ruck reiße ich den Badezimmervorhang zur Seite – nichts.

Lasse mich auf die Knie fallen, um unter das Bett zu gucken – vergesse das Knacken. Reiße die Augen auf.

Zeitlupe.

Ich schlucke so hart, dass es weh tut.

Wie vorgegeben, strecke ich meine Hand aus, angele mit dem Arm unter dem staubigen Bett, bis ich den Gegenstand zu fassen bekomme. Ich ziehe ihn hervor, bleibe vor dem Bett knien und lasse ihn vom Licht des Raumes überschwemmen, das sich tausendfach darin bricht. Ich blinzele.

Parfümflasche.

Eine Parfümflasche.

Das ist eine Parfümflasche.

Mit dem Daumen wische ich den Staub vom Kristallglas. Schraube den Deckel ab. Rieche daran.

Kein Geruch. Nur Staub und altes Glas. Sie ist leer und sie war auch immer leer. Sie ist nicht schwarz, sie ist ganz durchsichtig. Aber diese Form ... Sie ist mir so vertraut. Lang und schmal und leicht geschwungen, fast eine angedeutete Sanduhr, wie der Körper eines Paradiser-Mädchens ...

Da knackt es wieder. Dieses Mal lauter. Dieses Mal besteht kein Zweifel.

Reflexartig springe ich auf, lasse die Parfümflasche fallen, die klirrend über den Boden davon rollt.

Für einen Moment vergehen die Sekunden in Zeitlupe, während mein Blick ziellos durch den leeren Raum hetzt, irgendwo hängen bleibt, weiter flackert.

Dann sehe ich einen Schatten. Der Schatten sieht mich. Und im nächsten Moment liegt er auf mir und drückt mich hart auf den Boden.

Das Gewicht quetscht mir die Luft aus den Lungen und alle Spannung aus meinen Muskeln. Mein Gehirn fasst keinen klaren Gedanken. Wild strampele ich mit den Beinen, schnappe mit den Zähnen nach den Fingern, die meine Schultern umklammern. Kann mein Knie gerade ein wenig bewegen, verpasse meinem Angreifer einen festen Tritt. Der stöhnt auf, weicht für einen kurzen Moment von mir und lockert seinen

Griff. Ich befreie meine Hände, schlage in die Richtung, in der ich sein Gesicht vermute. Es klatscht. Es knallt.

Mein Angreifer stöhnt auf.

Ich angele nach der Parfümflasche, kriege sie gerade zu fassen. Versuche, damit noch einmal nach seinem Gesicht zu zielen.

Um mich herum alles Unschärfe.

Nur Sekunden später liege ich halb auf meinem Angreifer, die schwere Parfümflasche erhoben, bereit sein Bewusstsein ins Nirwana zu schicken, als ich plötzlich innehalte. Die Muskeln meines Angreifers entspannen sich und für einen Moment höre ich zwei leicht versetzte Herzschläge in meinen Ohren dröhnen.

Der Hut ist mir beim Kampf vom Kopf gerutscht, das Haar hängt mir zerzaust und schwitzig ins Gesicht. Meine Lippen beben.

»Glass«, quetsche ich zwischen zusammengebissenen Zähnen hervor. Lasse die Parfümflasche sinken.

Unsere Gesichter sind sich so nah, dass unser Atem miteinander kollidiert. Für ein oder zwei kurze, adrenalingeladene Lidschläge wird sein Blick fast weich. Seine Augen flackern über mein Gesicht hinweg. Beinahe hilflos liegt er unter mir. Der Moment scheint ewig zu dauern. Ich sauge seinen Geruch auf, den Geruch seines schnellen Atems, den Geruch seiner Haare …

»Lass mich los!«, zischt er plötzlich, versucht sich aus meinem Griff zu befreien. Also lasse ich ihn los, reflexartig, rappele mich auf, greife nach meinem Hut, ordne meine Klamotten. Schwer atmend stehen wir uns gegenüber. Sein Haar ist Chaos, sein Jackett hängt nur noch auf einer Schulter, ein Teil seines Hemdes ist ihm aus der Hose gerutscht. Sein Blick flackert wild über mich hinweg, seine Augen sind dunkel.

Meine Beine fühlen sich nicht mehr verlässlich an. Stille.

»Warum bist du hier?«, knurrt er.

»Die Frage steht eher mir zu«, erwidere ich im gleichen Tonfall. »Ich ... wohne hier.«

Wieder Stille. Komische Stille.

»Merkwürdig«, sagt er laut. Und dann etwas leiser: »Wirklich verdammt merkwürdig.« Sein Blick flackert unruhig, von hell zu dunkel. Sein angespannter Körper zittert ein wenig.

»Was ist merkwürdig daran?«, frage ich und weiche einen Schritt zurück. »Ich bin nicht die Einzige, die Deep Citys Hotellandschaft in Anspruch nimmt.«

Seine Augen werden klein und stockfinster, sein Kiefer spannt sich. Sieht aus, als hätten ihm diese Worte einen Messerstich versetzt. Seine Brust bebt heftig auf und ab, scheint fast seine Hemdsknöpfe sprengen zu wollen.

Eine lange, elektrisierte Stille zwischen uns.

»Warum dieses Spiel?«, fragt er dann und verzieht das Gesicht. »Ich verstehe es nicht.«

»Sag du es mir.«

»Ich dachte, ich weiß, was hier abläuft«, sagt er und leckt sich flüchtig über die Lippen. »Ich dachte, ich weiß, wer du bist. Aber diese Geschichte, mit ... dir – sie ist verdammt merkwürdig geworden.«

Ich beiße mir auf die Unterlippe. Er hat recht. Diese Situation ist verdammt, verdammt merkwürdig.

Er fährt sich durch die chaotischen Haare. In diesem hässlichen Licht haben sie fast einen Goldstich.

Er zieht die Brauen zusammen. Nachdenklich.

Ich habe die unerklärliche Intuition, dass er plötzlich einfach die Bombe platzen lassen wird. Besser, ich lenke das Ganze wieder auf ihn.

»Wieso bist du hier?«, frage ich noch einmal.

Sein Gesicht verdunkelt sich. »Kannst du dir das nicht vorstellen?«

Ich wünschte, ich könnte es, denke ich. Ich wünschte, ich wüsste, was in dir vorgeht. Ich zucke hilflos mit den Schultern und er schnaubt. Schüttelt den Kopf.

»Dieser Anruf ...« Doch er schüttelt schnell den Kopf. »Wie auch immer. Ich verschwinde.« Er neigt kurz seinen Kopf. »Die ... Störung tut mir leid.«

Mein Herz dröhnt in meinen Ohren. Der Anruf ... Ich weiß sofort, dass er meinen betrunkenen Anruf meint. »Passt«, sage ich.

Er dreht sich um und lässt mich sehr verloren mitten im Zimmer stehen. Wie eine abgestellte, nackte Schaufensterpuppe. Wie ein kleines Mädchen auf dem Spielplatz.

Ich merke ihm an, dass es ihm schwerfällt, sich nicht noch einmal umzudrehen. Seine Schritte sind langsam, als könnte er sich noch nicht wirklich entscheiden, ob es noch etwas zu sagen gibt, oder nicht. Und er tut es doch.

Sein Blick flimmert über mich hinweg.

Meine Gedanken, eben noch am Drehen, am Rattern, am Aufkochen, stehen plötzlich still. Er gibt mir Zeit, sie neu zu sortieren.

Er bringt eine Erleichterung, eine Ruhe in meine aufgeschwemmten, schlecht ineinandergreifenden Gedankenzahnräder wie nie jemand zuvor. Er nimmt mir die Beklemmung, die mich überall hinbegleitet.

Und vielleicht gibt er mir das Gefühl, echt und unverändert und dunkel sein zu können.

Dann ist er weg.

Warum war er hier? Was wollte er an diesem Ort? Was verbindet ihn so sehr mit meiner Doppelgängerin?

Ich falte meine Hände hinter meinem Kopf, schließe die Augen und wandere rastlos durchs Zimmer. Meine Haut kribbelt, steht in Flammen; ich würde sie mir jetzt gern vom Leib reißen. Zu viele Gedanken für meine dünne, gläserne Hülle, manchmal ist es so schwer, sie zusammenzuhalten.

Mein Blick fällt wieder auf die Parfümflasche, die staubig und leer und geruchslos auf dem Boden liegt – und alles in mir verkrampft.

Es gibt nur zwei Wege für mich im Leben, entweder ich explodiere, oder ich implodiere eines Tages. Irgendwann bin ich schwarz und ausgebrannt und nur noch der zähe, unzerstörbare, verschmorte innere Teil von mir bleibt übrig. Und die ganze Welt kann sehen, wie hässlich ich eigentlich bin.

Und dieses Zimmer? Es hat mir überhaupt nichts gesagt. Was tue ich hier eigentlich noch? Ist das nicht der verzweifelte Versuch, die zerbrochene Ming-Vase wieder zusammenzukleben, obwohl man weiß, dass sowieso Stücke fehlen werden?

In drei Monaten bin ich raus aus meiner Wohnung, die sich hier unten in Deep City verdammt fern anfühlt, ich bin gesellschaftlich geächtet. Ich habe kein Geld, keine Kontakte mehr, nichts an dem ich mich festhalten kann. Ich stehe vor dem Nichts.

»Scheiße!«

Mit der Fußspitze schieße ich die Parfümflasche einmal quer durch den Raum. Das Klirren, mit dem sie gegen die Wand schlägt, schießt Übelkeit in meinen Körper.

Die Hände tief in die Taschen geschoben, laufe ich durchs Treppenhaus zurück in die Lobby.

Der Schatten meines Hutes fällt mir übers Gesicht, verdunkelt mein Gesichtsfeld. Lässt Platz für meine niemals enden wollenden Gedankenkaskaden. So viele Fragen, so wenige Antworten. Und das, obwohl ich das Gefühl habe, allem so nah zu sein. Den Antworten, dieser Software ...

Für ein paar Minuten bin ich blind in meinem Hutschatten und meinen verzweifelten Überlegungen. Bewege mich nicht mehr durchs Hotel, sondern durch einen brüchigen, schlecht konstruierten Gedankenpalast. Völlig verwinkelt und bis in den letzten Stein des feuchten Fundaments einsturzgefährdet.

Fast blind nehme ich die letzten Treppenstufen. Und als ich in die Lobby einbiege, muss ich von einem Blinzeln zum nächsten wieder Sehen lernen.

Sie warten schon auf mich. Und überrumpeln mich völlig. Drei Gestalten, aufgebaut wie Statuen einer Miniaturarmee. In ihrer Mitte: Cache. Mein Entführer. Der Geschäfte mit Cullinan gemacht hat und nun glaubt, ich schulde ihm die Software. Der vermutlich nach meinem Leben trachtet.

Ich erstarre.

»Da ist sie!«

Ich weiche einen Schritt zurück. Und noch einen. Mein Blick hetzt hin und her, sucht verzweifelt nach Rettung. Mein Körper verarbeitet die Situation schneller als mein Kopf.

»Schuldest du uns nicht noch etwas?« Cache zieht seine Pistole aus der Tasche. Richtet sie wie in Zeitlupe auf mich. Ich blicke in den schwarzen Lauf. »Das Versteckspiel ist jetzt zu Ende. Offiziell.«

»Scheiße«, spucke ich aus.

Drehe mich um. Und renne. Reflexartig. Kein Nachdenken mehr möglich.

Ich flüchte die Treppe hinauf, springe immer drei Stufen auf einmal. Ein Schuss schlägt irgendwo hinter mir ein.

Zerreißt meine Trommelfelle.

Scheiße. Scheiße. Scheiße. Ich bin so gut wie tot.

Ich weiß, dass er mich nicht erschießen kann. Aber wenn ich ihm in die Finger komme …

Laufen, laufen, laufen.

Hinter mir trommeln die Schritte meiner Verfolger über die Treppenstufen. Kommen näher.

Ich bin nicht schneller als drei erwachsene Männer, keine Chance. Kann nur hoffen, dass sie sich dumm genug anstellen.

Gleich haben sie mich, gleich haben sie mich, gleich … Es reicht schon, wenn sie mir einmal ins Bein schießen. Mich zu Fall bringen. Meine Füße überschlagen sich schon. Und ich kann den Phantomschmerz fast spüren. Ich bin wahrscheinlich zum Greifen nahe. Aber ich kann mich nicht mehr nach ihnen umdrehen.

Meine Rettung ist ein offener Fahrstuhl im fünften Stock.

Ohne einen klaren Gedanken zu fassen, weiche zur Seite auf.

»Sehe euch unten«, spucke ich leise aus. Springe leichtfüßig in den offenen Fahrstuhlschlund. Meine Hand hämmert wie von allein gegen den Knopf, der die Türen verschließt.

Die vielen Knöpfe und Zahlen verschwimmen vor meinen hektischen Augen, mein Gehirn flackert, rattert auf und ab, als wolle es selbst ein Fahrstuhl sein.

Scheiße, scheiße, scheiße.

Ich drücke wahllos.

»Im Fahrstuhl!« Sekunden dehnen sich. Die Finger des Mannes verfehlt die sich schließende Tür nur knapp. Und ich fahre abwärts.

»Wieder runter, wieder runter!«, höre ich noch, bevor meine Fahrt die Geräusche meiner Verfolger erstickt.

»Denkt ihr«, murmele ich. Stoppe im dritten Stock, flüchte aus dem Fahrstuhl, laufe in Richtung Treppenhaus, stoppe unweit davon. Drücke mich mit dem Rücken gegen die abgenutzte Tapete. Horche. Atme. So flach wie möglich.

Mein Herz dröhnt wütend gegen meinen Brustkorb.

Einige Sekunden später höre ich sie schon.

»Sie entkommt uns nicht noch einmal.« Caches Stimme. »Dieses Mal ist sie fällig.«

Mein Atem geht schnell und hektisch. Ich halte ihn an. Ich wünschte, ich könnte auch mein verdammtes Herz anhalten.

Und dann sind sie auch schon an mir vorbei.

Ich schöpfe Hoffnung. Sie stellen sich dumm genug an.

Ich zähle, dreiundzwanzig, vierundzwanzig, fünfundzwanzig, sechsundzwanzig …

Dann laufe ich ihnen hinterher, versuche dabei, so wenig Lärm zu machen wie möglich. Gelingt nicht ganz.

»Ich höre sie! Sie ist über uns!«

Ich springe die letzten Stufen zum ersten Stock, renne weiter. Zeit für den Notausgang. Ich bete, dass die Tür offen ist.

Hinter mir – Schritte. Schon wieder. Die Notausgangstür am Ende des Flurs taucht auf wie ein leuchtendes Portal in eine andere Welt. Staubig grün flackert das Schild in scheinbar endlos weiter Ferne. Pastellgrüne Tapete flackert an mir vorbei. Türen, Türen, Türen.

»Bleib stehen! Ich schieße, ich schieße!« Caches Stimme ist hoch und hysterisch. »Wir hatten einen Deal! Du schuldest mir *Thoughtspace*! Du schuldest mir diese verdammte Software!«

Schon wieder hinter mir ein Schuss. Ich weiß, dass sie nicht wirklich auf mich zielen, sonst hätten sie mich längst getroffen.

Haltlos werfe ich mich mit der Schulter gegen die Tür, kneife die Augen zusammen, mache mich fast schon auf eine gebrochene Schulter gefasst – die Tür gibt nach.

Kalter Wind bürstet über meine Haut, fegt mir fast den Hut vom Kopf. Ich schwebe auf einem rostigen Gitter ein paar Meter über der Straße. Lichter fluten meine Augen.

Kurz erfasst mich der Schwindel, ich schwanke, breite die Arme aus. Ringe nach Luft.

Scheiße, scheiße, scheiße. Mein verdammtes neues Lebensmotto.

Die Tür wird aufgerissen.

»Da ist sie, da ist sie!« Ach, wirklich? Die Panik in meinen Augen leuchtet wahrscheinlich, wie das Notausgangsschild, ich bin wohl nicht zu übersehen.

Und so gut wie tot.

Wenn die Feuertreppe mich jetzt nicht hält, bin ich am Arsch.

Schon wieder Schüsse.

»Bleib verdammt noch mal stehen! Du weißt nicht, was du tust.«

Weiß ich sehr, sehr genau. Meinen verzweifelten Arsch retten!

Halb im Sprung erreiche ich die Feuerleiter. Das Metall quietscht unter meinem Gewicht, schreit laute Klageschreie in die kalte Luft.

Halb rutschend, halb kletternd, mache ich meinen Weg abwärts.

Die letzten zweieinhalb Meter springe ich einfach. Ein lauter Aufschrei jagt durch meine Knöchel; ich werfe den Kopf in den Nacken. Und starre direkt in den Lauf einer Pistole. Ich reiße die Augen auf, mein Gesicht gefriert zu einer Maske.

»Bleib. Stehen!« Caches hysterisch aufgeblähte Stimme hallt zwischen den Häuserwänden. »Wir sind noch nicht fertig!«

Glaubt er wirklich, dass ich stehen bleiben werde?

Ich renne. Irgendwo unter dem rostigen Gitter hindurch, von dem meine Verfolger mich beschießen.

Meine Lungen bersten gegen den Druck, den ich aufbaue, mein Atem rasselt durch meinen Hals, als wäre mein Auspuff kaputt. Sie sind nur Surface Citys Laufbänder und gut temperierte Fitnessräume gewohnt. Nicht Deep Citys kaltes Mistwetter. Ich kann nicht mehr atmen.

Ich weiß, dass sie mir schon wieder auf den Fersen sein werden. Wenn Cache wirklich immer noch glaubt, dass ich dieses beschissene Programm noch irgendwie bei mir habe, dann wird er nicht einfach so aufgeben.

Mein Mantel wallt hinter mir im Wind meiner weiten Schritte auf wie ein Umhang. Hektisch fliegt mein Blick hin und her. Kein Taxi in Sicht, die Subwaystation ist unerreichbar weit entfernt. Ich biege in eine Seitenstraße ein, in dem Wissen, dass sie mich längst gesehen haben. Keine Chance.

Bis plötzlich: »Steig auf!«

Ich sehe nur die Silhouette eines Motorrades durch meinen tränenverschwommenen Blick.

Glass.

»Steig. Auf.«

Jeder rationale Gedanke ist sehr weit von mir entfernt, mein Körper läuft im Autopiloten. Ich schwinge mich hinter ihn und werde kaum einen Nanomoment später schon wieder fast runtergerissen. Der plötzliche Fahrtwind zerrt an meinem Körper, ich muss meine Arme um ihn schlingen und meine Finger in seine Rippen bohren, es wundert mich, dass er nicht protestiert. Drücke meine Wange fest gegen seinen Rücken, um nicht von meinem Sitz zu fliegen.

Irgendwo hinter mir höre ich noch unverständliche Schreie. Ich sehe über die Schulter zurück. Cache steht auf der Straße. Ein Auto hält direkt neben ihm, eine Tür wird aufgestoßen, er steigt ein. Braust los. Ein schwarz glänzender Sportwagen, er blendet mich fast und er sieht beschissen schnell aus.

Ich sterbe. Ich sterbe, ich sterbe, ich sterbe.

»Fahr!«, brülle ich Glass ins Ohr. »Fahr, fahr, fahr!«

Glass fährt, aber das Auto schließt zügig zu uns auf, holt uns fast ein. Glass wirft seinen Blick immer wieder nach hinten, fährt Schleifen, biegt in die nächste Seitenstraße ein. Und in die nächste.

Sie sind nicht abzuschütteln.

»Halt dich fest!«, schreit Glass gegen den Fahrtwind.

Ich versuche, mich nicht umzudrehen, versuche, mein Gesicht gegen seinen Rücken zu drücken. Versuche, nicht zu denken.

Wir biegen in eine breitere, industriellere Straße ein. Mehrere Ebenen aus dicken Stahlgerüsten spannen sich über sie hinweg, bilden Brücken zwischen den Häuserwänden. Immer wieder schneiden wir scharfe Kurven, meine Oberschenkel schleifen fast über den Boden.

Wind und Spritzwasser schlagen mir ins Gesicht. Die Räder wirbeln Dreck auf, der mir gegen die fast ungeschützten Beine schlägt, tiefe Pfützen überschwemmen meine Schuhe.

Wir sind so schnell, dass ich die Umgebung kaum noch erfassen kann. Sie rauscht an mir vorbei, in einem einzigen verschwommenen Pinselstrich. Verwischt alle Farben.

Fahr, fahr, fahr.

Mein Gehirn fasst keinen richtigen Gedanken mehr.

Das Auto hat uns mittlerweile fast eingeholt, die Scheiben werden heruntergefahren. Ich sehe zur Seite, sehe in Caches Gesicht, das einen merkwürdigen Ruhepunkt in dieser verschwommenen Umgebung bildet. Ein Gesicht überflutete von Wut, von Lichtern, rot aufgeschwemmt von der Kälte des Fahrtwinds. Seine Maske bedeckt nur den oberen Teil seines Gesichts und ich kann seine bebenden Lippen sehen.

»Ich bin noch nicht fertig mit dir!«, schreit er mich an und es kommt nur in Fetzen in meine Ohren. Das Rauschen der Fahrt verschmilzt alles zu einem Laut.

»Fahr!«, schreie ich. »Scheiße, fahr!« Mein Herz rast. Es rast seine eigene Verfolgungsjagd und meine Muskeln brennen. Ich hoffe, dass ich diesen Höllenritt überhaupt überstehe.

»Halt dich fest!«, schreit Glass plötzlich gegen den Fahrtwind an und ich bohre meine Finger noch zäher in seine Rippen. »Halt dich ...«

In diesem Moment biegt er scharf zur Seite ab, schneidet die Fahrbahn und schießt plötzlich eine schmale Rampe hinauf.

Mir wird schwindelig.

Die Stahlroste quietschen unter unserem Gewicht, dicke Schrauben drohen zu bersten. Die Räder finden auf der glatten Oberfläche kaum Halt, immer wieder rutschen wir leicht zur Seite.

Ich klammere mich noch fester an Glass fest, der sein Motorrad in fast unvorstellbarer Geschwindigkeit über einen breiten Stahlträger auf die dritte Ebene bringt. Mir bleibt die Luft weg.

Unter uns das Auto, in gleicher Geschwindigkeit. Ich kann Cache sehen, der sich weit aus dem Fenster lehnt, so weit, dass ich glaube, er müsste jeden Moment rausfallen.

»Was tust du?«, schreie ich Glass ins Ohr, unter uns schwindelige Tiefen. Die nasse Fahrbahn quietscht und gibt nach.

»Ich rette dir den Arsch«, schreit er zurück, auch wenn ich mir gerade nicht sicher bin, ob er uns nicht eher umbringt.

Glass steuert direkt auf einen sehr schmalen Stahlträger zu ... Was hat er vor?

Er packt das Lenkrad fester, ich packe ihn fester und wir rutschen auf kaum fünfzig Zentimeter breiter Glitschigkeit über ein schmales, zweigeschossiges Gebäude hinweg, das aus der Straße unter uns eine Sackgasse macht.

Ich muss die Augen schließen. Die Welt dreht sich in eine andere Richtung, als sie sollte. Ich drücke mein Gesicht an seinen Rücken, kneife die Augen zusammen, mache mich schon darauf gefasst abzustürzen. Und zu fallen.

Als ich sie wieder öffne, haben wir plötzlich wieder festen Boden erreicht.

Das Auto haben wir irgendwo hinter uns zurückgelassen und zumindest für den Moment abgehängt.

»Fahr, fahr, fahr!«, hauche ich tonlos in Glass' Rücken. Mein Körper fühlt sich an, als würde er nicht mehr lange durchhalten.

Tatsächlich dauert es kaum zählbare Momente, bis Caches Wagen aus einer Seitenstraße schießt und die Verfolgung wieder aufnimmt.

Ich drehe kurz den Kopf nach hinten, sehe in die verspiegelten, dunklen Scheiben ... Wie eine giftige, lackschwarze Tarantel, die uns verfolgt.

Wir erreichen die Main Street, als Caches Auto wieder weiter zu uns aufschließt und in einiger Entfernung taucht ein sehr bekannter Ort auf. Die zentrale Fahrstuhlhalle. Wir steuern direkt darauf zu. Das ist sein Plan.

»Mach dich bereit!«, ruft Glass. »Wir steigen ab.«

Quietschend kommen wir zum Stehen, der Motor des Motorrads heult kurz auf, bevor Glass die Zündung zieht. Der Motor verstummt.

Wir springen ab.

Nur knapp hinter uns und nur Sekunden später kommt Caches Wagen zum Stehen, die durchgedrehten Reifen spritzen in hohen Fontänen Pfützenwasser auf. Die Türen werden aufgerissen, die Männer springen aus dem Wagen.

Und ich renne.

Schubse im Lauf die Leute beiseite, bahne mir, Haken schlagend, meinen Weg durch die Menschenflut, die auf dem Weg nach draußen ist.

Hämmere noch im Sprung durch die erste offene Fahrstuhltür gegen das Feld, das ihn schließen soll. Glass hechtet mir hinterher. Sehe Cache auf mich zu laufen, seine Pistole wie eine Streitaxt erhoben. Nur noch wenige Meter. Mein Atem setzt aus, mein Herz rast gegen meine Brust.

Als die Fahrstuhltüren sich endlich schließen, setzen meine Überlebensinstinkte einfach aus. Schnellabschaltung. Mein Gehirn fährt einfach runter. Alle Spannung fällt von meinen Muskeln, ich rutsche unkontrolliert zu Boden, kollabiere in hektischer Hyperventilation. Ein panischer Heulkrampf grollt in meiner Brust, Tränen steigen mir in die Augen, die sich kaum wegblinzeln lassen.

Für Sekunde gebe ich meinen unkontrollierbaren Emotionen nach. Koche auf. Trete gegen die Fahrstuhlwand, nur um die Anspannung irgendwie loszuwerden.

Mein ganzer Körper zittert als Rache für die ganze Scheiße, durch die ich ihn treibe. Meine Lungen fühlen sich implodiert an, brennen vor Kälte, meine Haut ist ein taubes, prickelndes Chaos, völlig überreizt.

Ich fühle mich fiebrig. Fiebrig und gesprungen wie ein Glas, das man zu viel Hitze ausgesetzt hat.

Glass sieht auf mich herab, mit flimmerndem Blick und zittrigen Lippen. Und ich sehe zu ihm hinauf. Seine Augen sind große, helle Spiegel und ich sehe mich wie in einem trüben Spiegelbild. Sehe all meine Emotionen abgebildet. Sein Haar ist fahrtzerzaust, das Hemd hat er noch nicht wieder in die Hose gesteckt.

Er sagt nichts. Bleibt stumm. Sieht mich nur an, schonungslos. Keine Chance, mich selbst vor diesem Blick zu verstecken. Keine Chance.

Und ich bekomme Angst, auseinanderzureißen. Zu zerspringen. Eine Urangst in mir, etwas für das ich alle Energie aufbringen muss. Meine Hülle bekommt Risse und ich habe Angst, dass sie mein Inneres nicht mehr zusammenhalten kann. Dass meine Gedanken einfach rausfallen.

»Scheiße!« Ich lasse meinen Hinterkopf gegen die Fahrstuhlwand in meinem Rücken krachen, schließe meine Augen und versuche mit geöffnetem Mund, die

Explosion weg zu atmen. Ich will meine Stirn gegen die Wand schlagen.

Atmen. Atmen, atmen, atmen.

Warum muss es so sein? Warum muss alles, was ich anfasse, zu diesem riesigen, unbezwingbaren Monster werden? Warum falle ich immer weiter, egal wie viele Fallschirme ich aufspanne? Warum falle ich?

Nun lässt sich Glass ebenfalls zu Boden gleiten, gegenüber von mir, mit lang ausgestreckten Beinen. Unsere Waden berühren sich.

Wir sehen uns an.

Sein Gesichtsausdruck ist ein bisschen verzweifelt, ein bisschen sorgenvoll, ein bisschen resigniert. Aber keine Bewertung. Und er sieht mich an, als wüsste er genau, was in mir vorgeht. Wahrscheinlich tut er es irgendwie auch.

Ich weiß nicht was es ist, aber seine Anwesenheit beruhigt mich. Als würde der Moment erfordern, dass er hier ist. Er füllt mich mit einer inneren Ruhe, die ich nicht beschreiben kann. Nicht so, als könne er mich retten, oder als wäre er das Gegengift. Er lässt mich nur sein. Verurteilt mich nicht.

Ich sehe mich in den spiegelnden Wänden des Fahrstuhls und muss beinahe lachen. So scheiße sah ich seit Ewigkeiten nicht mehr aus. Dreckig, nass, chaotisch. Zerstörte Frisur, zerstörte Klamotten … Und meine Augenringe sind so tief geworden, dass es aussieht, als würde ich sie mit Absicht tragen. Mein neues Accessoire.

Resigniert lasse ich den Kopf auf die Brust fallen und massiere meine Schläfen.

»Manche Tage sind einfach beschissen«, sage ich. »Aber man soll ja nicht jammern.« Sehe auf.

Ein dumpfes Lächeln zuckt über sein Gesicht. Überträgt sich auf meines. Wird breiter. Und wir beginnen plötzlich beide zu grinsen.

»Willkommen in Deep City«, sagt Glass.

»Willkommen in dieser Stadt«, korrigiere ich. Er lächelt. Etwas kleiner, aber echter. Für einen dehnbaren Moment verschwindet das Flackern aus seinen Augen.

»Übermorgen ist die Maskenparty«, sagt er. »Was macht die Feierlaune?« Er zieht die Augenbrauen hoch.

»Hält sich in Grenzen«, erwidere ich mit einem schmalen Lächeln. Er lacht leise auf.

Kurze Stille.

»Ich bin übrigens eigentlich nicht der Typ, der sich retten lässt«, sage ich. »Nur um das klarzustellen.«

»Du hast mir den Arsch gerettet, ich erwidere nur den Gefallen«, sagt er.

»Dann sind wir ja quitt«, sage ich.

Es sind lange Sekunden, in denen wir nicht in unseren Rollen stecken. In dem nur ein Wort nach dem anderen existiert. In dem wir einfach wir beide sind. Zwei Menschen, die sich verstehen. Zwei Menschen, deren Gehirne auf der gleichen Wellenlänge laufen. Und mein Herz klopft. Es klopft aber nicht mehr panisch, es klopft in einer seltsamen inneren Ruhe, die ich bisher nur mit einem Menschen erreicht habe: Ihm.

Irgendwo zwischen Deep und Mid City, wo es tatsächlich seltsam leer ist, halte ich den Fahrstuhl an.

Glass ist längst ausgestiegen, längst wieder verschwunden.

Und ich bin allein mit mir selbst.

Die Erschöpfung hat vollständig Besitz von mir ergriffen. Ich hänge frierend und dreckig und leer an der Fahrstuhlwand und starre ins Nichts. Mein Kopf zieht seine Gedankenschleifen.

Ich hole meinen Revolver aus meiner Tasche, drehe ihn im kalten Licht. Mit seiner schimmernden Reflektion verschmilzt er in meiner Hand. Ich blinzele. Drehe und wende ihn hin und her. Wiege ihn in meiner Hand. Drehe die Trommel. Seltsames Gefühl.

Ich hebe ihn, strecke meinen Arm aus, ziele auf etwas Unsichtbares. Kneife meine Augen zusammen, sodass alles andere um mich herum ein bisschen verschwimmt. Mein Finger liegt weich auf dem Abzug.

»Peng«, flüstere ich in die Stille. Ahme einen kleinen Rückstoß nach. »Peng, peng, peng.«

Gegen Abend kehre ich noch einmal nach Deep City zurück. In anderer, aufwändigerer Verkleidung und in der Hoffnung, dass Cache mir nicht noch einmal auflauern wird.

Eine Dose Kodas in der Hand stehe ich bei den Schließfächern und höre weiter den seltsamen Aufnahmen der toten Cullinan zu. Ihre Stimme gräbt sich ins Innere meiner Gehirnwindungen.

»Wir könnten bald ein Zeitalter erreichen, in dem selbst unsere Gedanken nicht mehr uns gehören. Ist das dann der Höhepunkt der Datenflut? Können wir dann überhaupt noch mithalten?« Ihr leiser Atem rasselt ins Mikrophon. *»Funktioniert diese Welt dann noch? Passen wir*

das, was wir denken, dann an? Was für Menschen sind wir, wenn selbst das, was wir denken, zur Selbstdarstellung wird? Ist das dann freie Kommunikation, oder ein Gefängnis? Ist es Beklemmung oder Befreiung? Sind wir echter oder falscher?«

Ich starre ins matte Halbdunkel der Halle. Denke. Ihre Worte schmecken bitter.

Klick. Nächster Eintrag.

»Sie ist wie besessen von diesem Jungen. Glass. Treibt sich ständig in seiner Nähe rum, versteckt sich in irgendwelchen schattigen Ecken, beobachtet jeden seiner Schritte. Irgendwas ist passiert. Der Verkauf dieser Software soll der große Deal, der große Schlag sein. Ihr persönliches Meisterstück. Die letzte Explosion, in der Cullinan einfach verpufft. Stattdessen fühlt es sich an, als würde alles implodieren. Sie fällt einfach in sich zusammen. Und immer wieder ist da er. Es hat mit dieser Liste zu tun, ich bin mir sicher.«

Klick. Nächster Eintrag.

»Ich habe heute herausgefunden, was es mit dieser Liste auf sich hat«, flüstert sie. Sie klingt aufgeregt, fast panisch. *»Was die Leute auf der Liste auf diese gebracht hat. Nicht, dass ich es mir nicht längst hätte denken können, aber jetzt weiß ich es mit Sicherheit.«* Es wird interessant. Verdammt interessant. Für einen Moment blende ich das Zimmer um mich herum aus, kneife die Augen zusammen.

»Es war schwierig und es hat mich einiges gekostet, aber ich weiß es jetzt. Jeder von ihnen hat an einem, nennen wir es, Experiment teilgenommen. Ein Experiment im Unternehmen, abgeschirmt von den Timelines dieser Welt.« Ihre Stimme ist atemlos. *»Jeder von ihnen hat*

einen Prototyp dieser Software eingepflanzt bekommen. Wie ich es verstanden habe, ist das kein besonders aufwändiges Verfahren. Ein bisschen digitale DNA in flüssiger Form wird knapp am obersten Wirbel ins Rückenmark gespritzt. Von dort aus wandert es dann irgendwie die Nervenstränge entlang und breitet sich im Gehirn aus. Gruselig, komplizierte Technik, jahrelange Arbeit. Irgendwie muss die Liga der Masken Wind von diesen Experimenten bekommen haben. Natürlich wollen sie diese lebendigen Versionen der Software loswerden. Eine Warnung aussprechen. Fortran wird Deep City nicht kampflos aufgeben. Ich weiß, dass all diese Menschen keine wirklich funktionierende Version des Programms in sich tragen. Vielleicht fließen einzelne ihrer Gedanken bereits auf einen geheimen Server, aber ansonsten laufen wahrscheinlich nur die rudimentärsten Funktionen. Vermutlich weiß das auch Fortran. Trotzdem sind diese Menschen die Wegbereiter. Fortran weiß, irgendwann werden die Kinderkrankheiten ausgemerzt, die richtigen Updates vorgenommen worden sein. Und dann wird die Welt auch Deep City sehen, ungeschützt von Anonymität, in aller Öffentlichkeit. Und es wird ihr Untergang sein.«

Ich halte inne, um diese Information zu verarbeiten. Vieles ergibt plötzlich so viel mehr Sinn: Diese seltsame Anhäufung von Leuten, die sonst nichts miteinander zu tun haben. Ich sehe Q vor meinem inneren Auge und Pin und Vala. Und Glass ... Glass.

Nächster Eintrag.

»Es ist passiert. Gestern sollte der große Deal über die Bühne gehen. Alles war bis ins Detail durchgeplant, alles lief perfekt. Es wäre das vielleicht größte Geschäft aller Zeiten geworden. Und dann hat sie die Bombe platzen *lassen. Sie sagt, sie habe die Software zerstört. Die finale Version der Software. Habe jede existente Kopie vernichtet. Ohne jede Erklärung. Wir mussten den Käufer erneut vertrösten, er ist außer sich. Aber das verzwickteste an der Sache ist ... Ich glaube ihr nicht.«*

Klick.

»Ich weiß, dass es noch eine Kopie geben muss. Ich weiß es. Deshalb ihr absurdes Verhalten. Deshalb diese seltsame Show, die sie abzieht. Es muss diese eine Kopie geben, an die sie nicht rankommt. Die sie nicht zerstören kann. So muss es sein.«

Klick.

»Es wird immer schwerer, sie zu verfolgen. Sie spürt etwas, sie spürt meine Anwesenheit.«

Mit der Zeit werden ihre Einträge immer wirrer, immer kürzer, immer zusammenhangsloser. Paranoider. Sie erklärt ihre Schritte nicht. Sie springt von einer Schlussfolgerung zur Nächsten. Erklärt nicht genauer, wie sie an ihre Ergebnisse gekommen ist und haucht im nächsten Moment ihre gelebte Paranoia ins Mikrophon. Es ist ein einziges nervöses Netz aus wirren Ideen und einer absurden Verfolgungsjagd, bei der ihre Motivation nie ganz klar wird.

Und trotzdem presse ich dieses kleine Ding wie eine Besessene an mein Ohr, sauge alles, was sie sagt, auf und habe das Gefühl, dieser einen brauchbaren Antwort immer näher zu kommen. Ich kann nicht jedes Hotel von Deep City durchsuchen, in der Hoffnung, dass irgendwo eine Kopie dieser Software oder ein Handbuch mit der Lösung all meiner Fragen herumliegt. Ich verliere Zeit, mit jedem Tag, der vergeht, verliere ich mehr Zeit, mein Leben noch in der letzten

Kurve wieder in die Bahn zu bringen, aus der es geflogen ist.

»*Ich habe das Gefühl, sie weiß, was ich tue. Sie weiß, dass ich ihr auf der Spur bin.*« Nun spricht sie wieder, als wäre ihr ganzes Leben verwanzt. Die Stimme auf ein Minimum reduziert, sodass sie nur noch ein undeutliches Krächzen, zwischen weißem Rauschen ist. Wasser strömt im Hintergrund.

»*Ich komme dieser Sache immer näher. Sie will diese Software vernichten, weil sie realisiert hat, dass es Wahnsinn ist. Sie will es vernichten und sie kann es nicht. Was hat dieser Junge damit zu tun?*«

Klick. Nächster Eintrag. Stille. Ich werfe einen kurzen Blick auf mein Gerät. Es läuft weiter. Die Zeit läuft weiter.

Ich starre das Gerät einen Moment lang an, halte es mir dann wieder ans Ohr.

Rauschen. Leiser Atem.

»*Ich weiß es jetzt*«, flüstert sie. »*Ich weiß es. Ich weiß, was die Dämonen sind, die sie jagen. Ich weiß, wovor sie so große Panik hat; die Kopie, die letzte, finale Kopie dieser Software.*« Sie macht eine lange tonlose Pause. »*Ist eine Person.*«

Besinnungslos

Swift, der Mann, der mich untersucht, kommt nun regelmäßig zu uns. Und regelmäßig finde ich mich auf dieser Liege wieder.

Ich lasse ihn meine Nähte befühlen und meine Kopfhaut mit glimmenden Geräten abtasten. Lasse ihn endlose Minuten lang ins Leere starren, schnelle, unleserliche Notizen machen und hin und wieder unverständliches Zeug murmeln. Wenn ich ihn frage, ob sich meine Timeline wiederherstellen lässt, sagt er stets nur: »Ich arbeite daran.«

Manchmal befällt mich dabei die seltsame Paranoia, er würde meine Gedanken selbst abtasten und wortwörtlich nach meinen Erinnerungen suchen. Einfach jede Ecke meines leeren Gehirns durchleuchten und die wichtigen Dinge zu seinen Notizen kritzeln, damit er sie am Ende zu einer Timeline zusammensetzen kann. Manchmal lächelt er so, als könnte er das.

Wäre das nicht, was du dir wünscht? Willst du nicht einfach nur dich selbst wiedersehen?

Ich habe öfter darüber nachgedacht, Linux von meinen wachsenden Erinnerungen zu erzählen, doch ich bringe es nicht über mich. Alles daran widerstrebt mir.

Diese Erinnerungen sind so zart und verletzlich und unsortiert. Je mehr ich mich erinnere, desto fragiler fühle ich mich, als würde plötzlich ein anderes Gewicht auf mir lasten. Als müsste ich mich erst an die Schwere einer wachsenden Identität gewöhnen. In diesem zerbrechlichen Stadium kann ich niemanden an diesem Prozess teilhaben lassen. Es würde das komplexe Wachstum stören und vielleicht mich selbst.

Stattdessen werden sie zu meinem privaten Garten, in dem ich sie heranzüchte, wie kleine, dunkle Pflänzchen, die aus meinem blanken Gedächtnis brechen und langsam in meine Gehirnwindungen wachsen. Manche wachsen unkontrolliert und ungebremst, manche verwelken, bevor ich sie ansehen kann und manche will ich mir gar nicht erst ansehen.

Noch wächst alles wild ineinander und ich frage mich immer wieder, was passieren würde, wenn sich alles ordnet. Ob ich das wirklich will.

Kapitel 24

Es ist die Nacht der Maskenparty, auf die mich Opera in Chans Geheimnisclub eingeladen hat, nachdem ich ihm verraten habe, dass ich auf der Suche nach der Software bin. Oder besser: Es ist die Nacht verzweifelter Dummheit.

Es ist ein Fehler, auf diese Party zu gehen, erst recht zusammen mit Glass. Das weiß ich. Aber vielleicht ist es auch unsere, oder meine, letzte Chance, der finalen Explosion wieder einen Schritt voraus zu sein. Und diese Explosion wird kommen: ob Cache mich erschießt, die Liga, oder Vala ... Oder ich selbst.

Du verlierst die Kontrolle.

Ich habe alles unter Kontrolle.

Ich muss mit jemandem sprechen. Am besten mit Fortran. Ich brauche Hilfe.

Ich sitze auf der Rückbank eines Taxis, meinen Revolver in beiden Händen, den Kopf gegen das Fenster gelehnt. Starre mit verschwommenem Blick aus der

Scheibe. Meine Finger streichen über das Metall und saugen die lindernde Kühle auf.

Ich fühle mich bleischwer und gleichzeitig aufgekratzt. Als hätte ich einen Rausch nie richtig ausgeschlafen, irgendwo zwischen Kater und betrunkener Energie. Und mein überladener Kopf hämmert. Hämmert mit einem Verdacht; immer wieder derselbe Gedanke.

Das Taxi hält und der Fahrer lässt mich wortlos aussteigen. Die Straße ist nass, funkelt in blauweißen Lichtern, spiegelt meinen langen Schatten.

Glass lehnt zwischen zwei Kasinoeingängen, eingefangen vom blassbunten Schein der Lichter und dem fortwährenden Nieselregen, dem man hier nicht entkommt.

Und er sieht gut aus. Seine dunkelblonden Haare liegen in einem glatten Seitenscheitel, in perfekter Form, nur eine einzelne Strähne hat sich herausgelöst. Kein Hut. Sein Anzug sieht so glatt aus wie nie.

»Glass«, sage ich schlicht, als ich auf ihn zukomme. Bleibe kaum einen Meter vor ihm stehen und schiebe die Hände in die Hosentaschen.

Er sieht mich nur an. Langer Blick. Kühles Gesicht. Trotzdem habe ich das Gefühl, eine gewisse Distanz zu ihm verloren zu haben. Um seine Lippen scheint fast ein Lächeln zu zucken. Ein feiner, brennender Schmerz schießt durch meinen Körper. Reißt an meiner Haut. Ich schlucke hart.

Wo soll diese Nacht hingehen? Mit ihm? Bringe ich ihn vielleicht um?

Er setzt eine Maske auf, was ein sehr ungewohnter Anblick ist.

»Lass uns gehen«, sagt er leise, fast flüsternd und wir laufen wortlos los, nebeneinander her durch die Straße.

Wir spiegeln uns in allen Pfützen.

Wir ähneln uns nicht, wie Linux und ich. Aber wir sehen auf eine Art gut zusammen aus. Als würden wir die gleiche Energie ausstrahlen.

Ich in hochgeschnittener Hose und ausgestelltem Bein. Trage meine High Heels zum ersten Mal seit Langem wieder auf eine Art, die ihnen würdig ist. Und die Haare ins Gesicht gekämmt. Bin ein bisschen mehr ich als sonst.

Er in seinem Anzug. Unsere Arme schwingen locker nebeneinander her.

Ich kann uns nicht in Surface City zusammen sehen, nicht wirklich. Nur hier. Aber hier gefällt es mir irgendwie.

Und ich weiß nicht, was ich gerade eigentlich denke.

»Sind wir hier, um alles aufzulösen?«, fragt Glass plötzlich und sieht mich von der Seite an.

Ich weiß nicht genau, was ich sagen soll.

»Vielleicht«, sage ich, ohne ihm dabei in die Augen zu sehen. Und füge dann etwas leiser hinzu: »Ich hoffe es ...« Ich hoffe es wirklich sehr.

Schon lange, bevor wir unser Ziel erreichen, schmeckt die Luft nach *Maskenspektakel.* Die Menschen auf den Straßen verändern sich, die Stimmung verändert sich. Ich weiß nicht, was es ist, aber es ist seltsam elektrisierend. Fast ein bisschen zu still.

Das ändert sich in der letzten Straße, als basslastige Musik durch meine dünnen Schuhsohlen zu vibrieren beginnt.

»Wir sind da«, haucht Glass und wir bleiben vor einem riesigen Gebäude mit gewaltigen Fenstern stehen, gläserne Wasserfälle, so hell, dass sie es schaffen, die ganze Straße zu beleuchten. Blicken auf.

Bässe hämmern wie Gefangene von innen gegen die Wände, dringen aus allen Ritzen, tropfen in gedämpften Fetzen auf die Straße. Der hohe Eingang steht sperrangelweit offen, fast wie eine Einladung für alle. Und die Menschen strömen hinein.

Ich habe mein erstes Maskenerlebnis noch glasklar vor Augen. Und das glasklare Gefühl, dass es durch dieses hier noch übertroffen wird.

»Komm«, sagt Glass und legt eine Hand in meinen Rücken. Die kurze Nähe prickelt auf meiner Haut. Wir laufen mit langen Schritten den Aufgang hinauf, er öffnet uns die Tür und lässt uns von knallender Musik erschlagen.

»Wir sind mit Opera hier«, sage ich dem Türsteher, der uns in der Eingangshalle schweigend anhält. Er mustert uns kurz. Winkt uns durch.

Eine breite Treppe führt ihren Weg hinauf ins Spektakel, das in tosender Musik versinkt, die sich wie Gischt an jeder Kante bricht.

Schwarzgrüne Schlingpflanzen begleiten unseren Weg nach oben, Menschen laufen auf und ab. Aufwändige Kleidung, aufwändige Masken, aufwändiger Gang.

Glass hat noch immer seine Hand auf meinem Rücken liegen und ein Teil meines endorphinsüchtigen Gehirns hofft, dass er sie nicht wegnimmt. Er gibt mir eine seltsame Sicherheit und kurz fühle ich mich fast, als wäre ich einfach so hier. Zum Spaß.

Glass scheint sich eher weniger sicher zu fühlen. Er sieht immer wieder hin und her. Achtsam. Als dürfte nichts seinem wachen Blick entgehen, scannt er jeden Menschen von Kopf bis Fuß. Die Situation macht ihn nervös, das spüre ich. Vermutlich ist es genau wie mit Chan, er hat Angst, die falschen Leute zu treffen. Er hat Angst vor den Masken. Noch auf eine andere Art als die anderen auf der Liste.

»Ich sollte eigentlich nicht hier sein«, sagt Glass. Er übertönt die Musik kaum. Ich bin mir nicht ganz sicher, ob er wirklich mit mir gesprochen hat.

»Niemand wird dich erkennen«, sage ich ruhig und beschleunige dann meine Schritte zu kleinen, schnellen Sprüngen die Stufen hinauf.

Ich will diese Veranstaltung so schnell wie möglich verlassen, bevor mir alles außer Kontrolle gerät, bevor die kalte Paranoia überhandnimmt, bevor Deep City und die Masken mich in ihr schwarzes Loch ziehen können. Glass weiß ja nur die Hälfte ...

Gerade kommt uns eine junge Frau entgegen, strahlt uns an. Dreht sich kokett von einer Stufe auf die andere um die eigene Achse. Ihr Kleid weht mit ihrer Bewegung. Sie wirft Glass ein Zwinkern zu. Ein kurzer Ruck geht durch seinen Körper, als hätte ihn das körperlich getroffen. Weicht zur Seite aus, bleibt stehen. Als müsse er wieder zu Atem kommen. Seine Hände greifen suchend nach dem Treppengeländer, sein Blick flimmert hinter seiner Maske.

Ich bleibe stehen. Die Musik dröhnt in meinen Ohren. Greller Neo-Swing, die Bässe laufen auf einem Level, das Gedanken manipulieren kann. Es ist schwer sich zu konzentrieren, wenn man sich sonst in solchen Situationen immer selbst vergessen hat.

»Komm«, sage ich. Nicke in Treppenrichtung. Meine Hände sind kalt und feucht.

»Ich sollte wirklich nicht hier sein«, sagt er, sein Blick flieht wieder in Richtung Tür. Seine Kiefer mahlen. Das hier ist eindeutig einer seiner schwächeren Momente.

»Ich bin hier sicher auch kein gern gesehener Gast«, zische ich und greife nach seinem Arm. Er lehnt sich dagegen. Irgendetwas scheint ihn fast physisch davon abzuhalten weiterzugehen.

»Du trägst eine Maske, die Leute hier sind völlig zugedröhnt, niemand wird dich erkennen.«

»Das bezweifle ich leider ...«

»Warum?«, rutscht es mir einfach von der Zunge. »Was ist das Problem?«

Mein Verdacht hämmert in meinem Kopf. Ich wünschte, er wäre ehrlich zu mir. Das würde vieles einfacher machen. Glaube ich.

»Zu viele Menschen«, erwidert er ausweichend.

»Ich habe das Gefühl, es geht um ganz bestimmte Menschen.«

»Das ist wirklich unwichtig«, sagt er. Zwingt sich sichtlich weiterzugehen und läuft an mir vorbei. Ich hole wieder auf.

»Ich glaube, du verschweigst mir ... uns ... eine ganze Menge«, sage ich.

»Was soll ich sagen?«, fragt er und flieht dabei vor meinem Blick. »Du etwa nicht?«

»Ich ...«

Wir werden vom Anblick der Haupthalle im ersten Stock unterbrochen. Werden überrollt. Ich bin kurz so gefangen davon, dass alles, was gesagt werden will, irgendwo auf meiner Zunge erstirbt und ich nichts mehr von dem sehe, was ich vorher gesehen habe. Die Eindrücke machen meinen Kopf zum Kreisel.

Was ich jetzt sehe, ist ein trübes Spiegelbild im lichtzerfressenen Halbdunkel. Ein Spiegelbild von Surface City.

Die Haupthalle gleicht einem riesigen Garten. Dunkle, exotische Pflanzen wie riesige, schattige Gestalten bilden ein Labyrinth um die ekstatischen Tänzer. Blüten regnen von der Decke.

»Das ist Paradise-Park«, hauche ich. Es ist tatsächlich eine düsterere, verkleinerte Version von Surface Citys gigantischem, berühmtem Dachgarten. Dunkleres Grün, dunklere Blüten, dunklere Atmosphäre. Aber unverkennbar. Wie ein zynischer Kommentar: Das seid ihr. Das seid ihr wirklich und ihr seid es auch in Surface City. Es spricht zu mir.

Kalte Schauer fallen über auf meine Haut, ich fröstele in der fiebrigen Hitze der Musik. Erinnerungen kratzen an der Oberfläche meiner Gedanken. Ich kämpfe sie runter.

»Sie sparen nicht an der Deko«, kommentiert Glass und sieht mich von der Seite an. Ein schlichtes Lächeln auf dem Gesicht. Er sieht so unwirklich aus in dieser Umgebung. Das erstarrte Maskengesicht, die im Licht flackernden Augen dahinter. Harte Schatten fliegen über seine Konturen.

Wir gehen in Richtung Bar. Mit den Fingern streiche ich an einer der vielen Pflanzen entlang. Unecht. Ein mattes Plastikgefühl bleibt auf meinen Fingern zurück.

»Stellt sich die Frage, ob die Masken an irgendwas sparen«, erwidere ich.

»Sie könnten anfangen, an Listen zu sparen.« Ein feiner Schmerz in meiner Brust. Ich wünschte, ich hätte diesen Verdacht nicht …

»Wo treffen wir ihn?«, fragt Glass schließlich.

Ich kann ihm nicht antworten, denn er zuckt plötzlich zusammen und noch bevor ich sehen kann, wovor er erschrocken ist, wen er gesehen haben könnte, greift er nach meiner Hand, dreht uns beide einmal um hundertachtzig Grad und schiebt mich in Richtung Tanzfläche. Navigiert mich geschickt zwischen die Massen, bis wir untergetaucht sind, zwischen Beinen und verschwitzten Körpern in schönen Klamotten.

Meine Umgebung gerät aus dem Fokus, verschwimmt ein bisschen, alles dreht sich. Nur ihn sehe ich noch ganz scharf.

Sein Blick flimmert hinter seiner Maske, ein hastiges Hin und Her. Der Mann ohne Maske. Er wirkt noch viel unruhiger als sonst, als würde ihm seine plötzliche Anonymität alle Sicherheit nehmen.

Dann sieht er mir auf einmal fest in die Augen. Die Sekunden dehnen sich. Eins, zwei … Und er zieht mich eng zu sich heran, so schnell, dass ich kaum reagieren kann, drückt seine Lippen dicht an mein Ohr. »Bitte lass uns hier so schnell wie möglich wieder verschwinden. Versprochen?«

Sein heißer Atem an meinem Ohr. Seine Stimme klirrt gegen die überlaute Musik. Ich greife ganz automatisch nach dem Kragen seines Jacketts und meine Finger verhaken sich darin. Nicke. Mein Atem geht schnell.

»Gut.« Sein Atem streicht über mein Ohr. »Und jetzt ... Tanzen wir!«

In einer schwungvollen Bewegung stößt er mich von sich, wirbelt mich herum.

Ich weiß, dass er versucht, mit mir in der Menge unterzugehen, dass er nur gegen seine Angst, von wem auch immer entdeckt zu werden, antanzt, aber mich elektrisiert es. So sehr, dass ich kaum spüre, wie meine Beine sich bewegen, nur wie mein Herz tobt. Kalter Schweiß steht auf meiner Stirn. Meine Haut kribbelt und kribbelt, aber nicht auf schlechte Art.

Wir tanzen ein bisschen schneller, ein bisschen ekstatischer. Ich versuche, mich dem Tanzstil meiner Umgebung anzupassen, den Bewegungen, der Geschwindigkeit. Und fühle die Musik. Ein gebrochenes Klavier kämpft gegen den fast übermächtigen Bass und meine Beine kämpfen mit der Geschwindigkeit. Und es fühlt sich gut und schrecklich zugleich an. Ein berauschendes Gefühl. Ich fühle mich lebendig und das Blut rast durch seine Bahnen.

Er greift nach meiner Hand, zieht mich wieder zu sich und seine Augen blitzen. Als würde er lächeln. Als würde er unter seiner Maske wirklich lächeln.

Ich erhasche Pflanzen, ich erhasche Blütenblätter, ich erhasche flüchtige, maskierte Gesichter. Und immer wieder lande ich bei ihm. Er ist die Person, die ich sehen will. An seinen Augen bleibe ich ganz automatisch hängen. Er fasziniert mich. Und wir haben diese seltsame Verbindung, mit jedem Blick fühlt es sich an, als wäre ich von Erinnerungen ergriffen.

Es ist so schön, dass ich ihm so viel ansehen kann. Nie verlieren wir uns wirklich aus den Augen.

Bis ich aus dem Augenwinkel eine vertraute Maske sehe. Mein Blick flackert noch kurz weiter. Wieder zurück. Er ist es. Er ist es tatsächlich. Opera. Mit den spiegelnden Maskenaugen. Er sieht mich an und ich kann mich sehen. Beängstigend.

Meine Hände brechen in kalten Schweiß aus, meine vom Tanzen ausgelaugte Lunge zieht sich ein bisschen zusammen.

Ich sehe zu Glass und wieder zu ihm und wieder zu Glass.

Opera beginnt sich durch die Menge zu arbeiten, kommt direkt auf mich zu. Ein bizarrer Anblick. Er, mit dieser gruseligen Maske, zwischen den tanzenden Leuten. Er bewegt sich ganz ruhig durch die Menschenmenge, als wäre sie gar nicht da.

Als er mich erreicht, wirft er Glass einen Blick zu, lächelt, greift dann nach meiner Hand und dreht mich. Einmal. Zweimal. Lacht.

»Entschuldigung!«, ruft er Glass über die laute Musik hinweg zu.

Zieht mich dann zu sich heran, lehnt sich dicht zu mir und bewegt seinen Mund nah an mein Ohr. Das löst widerstrebende Gefühle in mir aus.

»Da ist jemand, der sich gerne mit dir unterhalten würde.« Er lehnt sich wieder zurück. Lächelt. »Allein.«

Mein Atem setzt kurz aus. Ich schlucke hart. In mir zieht sich schon wieder ein harter Knoten zusammen.

Ich starre ihn an.

Sehe kurz rüber zu Glass, versuche ihm anzusehen, was er denkt, wie er die Situation bewertet. Sein Blick gilt Opera, doch der zuckt nicht. Sieht eher ein wenig verwirrt aus. Er scheint ihn nicht zu kennen oder zumindest nicht zu erkennen.

»Wer?«, frage ich.

Doch er antwortet nicht. Zuckt nur mit den Schultern und geht wieder. Dreht sich nach einigen Schritten wieder um, sieht mich an und nickt in Richtung der Bar. Ich soll ihm folgen.

Ein Teil von mir zögert. Will nicht mitkommen, weil ich das Gefühl habe, mir mein eigenes Grab zu schaufeln. Nur ist mein verzweifeltes Ich für solche Signale längst nicht mehr zu haben. Für ein paar Sekunden stehe ich wie versteinert auf der Tanzfläche herum, umgeben von ekstatischen Menschen, wie eine der Marmorstatuen, die bemüht zwischen der überbordenden Pflanzendeko stehen. Starre Opera nach, wie er, ohne weiter Notiz von mir zu nehmen, von der Tanzfläche verschwindet. Lasse Gedanken durch meinen Kopf rattern. Es gibt für mich keine zufriedenstellende Lösung. Jetzt bin ich hier.

Also nicke ich Glass zu, setze mich wieder in Bewegung und folge Opera in Richtung Bar. Glass zögert noch kurz, folgt mir dann aber.

An der Bar bleibt Opera nicht stehen, sondern geht um den Tresen herum hinter die Bar, wo sich vier oder fünf verchromte Fahrstühle reihen, versteckt hinter gigantischen Fake-Pflanzen, die sich bis zur Decke strecken.

In einen der Fahrstühle steigen wir ein. Wortlos. Mit einem leisen Klingeln, fast vollständig von der grellen

Musik übertönt, schließt er sich hinter uns und wir fahren aufwärts.

Stille.

Keine Frage kommt über meine Lippen. Stattdessen verschränke ich angespannt die Arme vor meiner Brust und drücke den Rücken durch. Kämpfe gegen ein nervöses Zucken in meinem Gesicht.

Glass' fragende Blicke ignoriere ich. Habe selbst keine Antworten. Weiß nicht, was uns erwartet.

Eine seltsame Atmosphäre ergreift mich. Ich fühle mich rastlos und aufgekratzt. Irgendwie so, als würde etwas nicht stimmen.

Der Fahrstuhl kündigt den zehnten Stock an, als wir anhalten und aussteigen. Bis hierher ist die Party nicht vorgedrungen. Ein langer, einsamer Flur liegt vor uns, zugig und ungeheizt. Und hinter den trüben Fenstern scheinen sowohl Deep Citys, als auch Surface Citys Lichter sehr weit entfernt. Eine unheimliche Stimmung.

Glass wirft mir einen langen, vielsagenden Blick zu, doch ich nicke nur, als wüsste ich ganz genau, was ich tue. Irgendwie weiß ich es ja auch.

Die Stille ist fast spürbar, während wir Opera durch den Flur folgen.

Schließlich bleibt er stehen. Lächelt ein Lächeln unter seiner Maske, das ich nicht bewerten kann.

»Du kannst dich später bedanken«, sagt er und scheint mich durch das Spiegelglas seiner Maske eindringlich anzusehen. Dann öffnet er die Tür, neben der er steht und hält sie für uns auf. Legt den Kopf schief.

Stummer Blickwechsel. Mein Herz rast in hektischer Erwartung. Und ich gehe sehr langsam auf die Tür zu.

Ich habe das Gefühl, ganz genau zu wissen, wer dahinter auf uns wartet.

Aber tatsächlich ist der Raum leer. Keine Möbel, keine Vorhänge, keine Tapeten an den Wänden. Nur eine dunkle Silhouette, gefangen vom Halblicht.

Er steht mitten im Raum. Ein Mann mit Gasmaske.

Er ist ein ganzes Stück kleiner als ich. Ein graues T-Shirt hängt an ihm, viel zu groß für seinen Körper, seine Hose schlackert ihm um die Beine. Kurzgeschorene schwarze Haare. Nichts an ihm strahlt Macht aus. Nichts an scheint wirklich furchteinflößend. Und trotzdem weiß ich sofort, wen ich vor mir habe.

Diese Maske ... Ein kalter, kribbelnder Schauer fließt in schmalen Wellen über meinen ganzen Körper.

Die Stille ist greifbar.

»Scheiße«, zischt Glass in der gleichen Sekunde. Er steht noch halb in der Tür, die Augen weit aufgerissen. »Scheiße.«

Fortran bleibt still. Still und reglos. Es ist ein bizarrer Anblick. Dieses schmächtige Individuum mit grotesker Maske im Halblicht des Raumes, vollkommen still und bewegungslos. Und mein Herz rast gegen meine Brust. Ich weiß nicht, was ich denken soll.

»Ich kann nicht bleiben«, zischt Glass. Er weicht wieder ein Stück zurück, sein Blick spiegelt Panik. Ich greife nach seinem Arm.

»Zu spät«, erwidere ich im gleichen Tonfall. Kneife die Augen zusammen.

»Nein, du musst bleiben!«, ruft Opera und lacht. »Das ist etwas, was du jedem weitererzählen kannst. Auch wenn ich es dir nicht unbedingt empfehlen würde.«

Fortran, wenn er es denn ist, rührt sich noch immer nicht. Bleibt nur eine schattige, stumme Silhouette.

»Habe ich zu viel versprochen?«, fragt Opera lachend. Er steht noch immer in der Tür, mit diesem unwirklichen Grinsen auf dem zerschnittenen Gesicht.

Plötzlich geht seine Silhouette in unruhiges Flackern über, verschwindet kurz, taucht wieder auf. Pixel ordnen sich neu. Ein Hologramm. Er ist nur ein Hologramm.

Glass scheint es auch bemerkt zu haben, denn er hält plötzlich inne. Bleibt stehen. Starrt in den Raum und auf die Illusion in seiner Mitte.

»Nachricht abspielen!«, ruft Opera. Seine Stimme hallt an den kahlen Wänden wieder.

Plötzlich gerät das Hologramm in Bewegung, wie ein Geist, den er zum Leben erweckt hat. Ein Zucken in seinem Gesicht, ein Pixelflackern. Fortran ist tatsächlich Fortran.

Und eine kontrastreich tiefe Stimme trifft auf die leeren Wände. »Ich gehe mal davon aus, dass ich mich nicht vorstellen muss. Nicht, weil ich glaube, dass man mich so oft zu sehen bekommt, dass man mich erkennen müsste. Aber weil ich glaube, dass die Person, an die diese Nachricht gerichtet ist, nur die Tage gezählt hat, bis das hier passiert.«

Gänsehaut überfällt meinen Körper und breitet sich überall aus.

Seine Stimme ist das Gegenteil seiner Erscheinung. Sie ist groß, rau, kräftig. Muss nicht laut sprechen, um laut zu sein. Und sie hat die Ausstrahlung, die ich von jemandem wie ihm erwarte. Jemandem, von dem man glaubt, dass er eigentlich gar nicht existiert. Und darüber bin ich mir selbst jetzt, beim Anblick dieser flackernden Hologrammgestalt, nicht ganz sicher.

Was, wenn ich doch nur träume? Oder alles nichts weiter ist, als eine absurde Illusion. Manchmal habe ich das Gefühl, einfach nicht mehr mitzukommen, gedanklich. Zu unwirklich alles. Zu schnell.

»Und ich gehe auch davon aus, dass diese Nachricht auf die richtige Person trifft. Die junge Frau mit dem fehlenden Finger ... Ich wusste, du würdest Ärger machen, es war nur eine Frage der Zeit. Du hast dich mir so lange entzogen. Ich hatte so lange keine Ahnung, welche Rolle du in dieser ganzen Sache spielst. Irgendwann hat jedes Versteckspiel ein Ende. Und das sagt ein Mann, der sein Leben unter einer Gasmaske verbracht hat.« Er lacht und es schmeckt wie zu viel künstlicher Süßstoff. Ich erschauere. Starre ihn an, als wäre er real. Als könnte er mich tatsächlich sehen. »Ich hätte dir das hier auf tausend Wegen übermitteln können. Denn so viel habe ich nicht zu sagen, die Dinge sind schließlich einfach. Ich bilde mir ein, sie sind fast schwarz-weiß. Wie unsere Stadt.« Leises Lachen. »Aber ich habe mich für die ... persönlichste Methode entschieden, die mir noch möglich ist. Vielleicht hat das eine größere Wirkung.« Seine Stimme wird schwach, er scheint außer Atem geraten. Lässt seine Worte wieder in einer langen Pause zergehen. Fährt dann fort. Noch ein bisschen leiser, ein bisschen eindringlicher als zuvor.

»Ich möchte diese Person wissen lassen, dass ich alles, was diese verdammte Software betrifft, sehr ernst nehme. Das meine ich so wie ich es sage. Ich nehme es *sehr* ernst. Jeder kann sich denken, warum.« Er macht noch eine lange Pause, die tausend Gedanken schluckt. Es klingt, als würden ihn die paar Worte sehr müde machen. Er sucht Luft zwischen seinen Worten. »Es gibt Dinge, die dürfen nicht existieren. Wir haben uns eine Welt ausgesucht, in der wir Schwarz und Weiß trennen. Aber wo Licht ist, muss auch Schatten sein, so gern ich mich über solche Klischees hinwegsetzen würde. Deep City muss weiter existieren.« Er ringt nach Atem. »Es *muss*. Wann versteht ihr das endlich? Wann verstehen das Surface Citys große Software-Genies? Wann hört ihr auf, Ideen zu haben, die unsere Oberfläche verschönern, aber unser Skelett zerstören wollen? Das was uns ausmacht? In einem Ganzen zusammenhält?«

Ich sehe nur seine Maske und er ist nur ein Hologramm, doch er scheint mich anzusehen. Durch mich hindurchzusehen. Er ringt erneut nach Luft. »Ich sehe mich wirklich nicht als Saubermann unserer Unterstadt, auch wenn mich viele so sehen wollen. Mir könnte so vieles nicht gleichgültiger sein. Aber ich weiß, dass wir diese Stadt brauchen, weil wir nicht nur eine Person sein können. Weil wir Einseitigkeit so schön finden, aber unsere Komplexität nicht aufgeben können. Weil wir eine Oberfläche haben und alles was darunter ist.« Seine Worte klingeln in meinen Ohren. Sie klingen wie eine Telefonklingel. »Also – Cullinan –

oder wie auch immer du heißt. Ich würde mir wünschen, dass du einfach verstehst.« Seine Worte klingeln und klingeln und es fällt mir schwer, sie zu verarbeiten.

»Und weil du das nicht tun wirst, weil niemand, der
solche Programme verkauft, wirklich verstehen kann,
werde ich dich dazu bringen müssen.« Rasselnder
Atem. »Ich werde müde ...«, sagt er, presst seine Finger
gegen die Schläuche um seinen Hals. »Das hier soll
keine Drohung sein.« Seine Stimme klingt matt. »Eher
eine Warnung. Aber eine Warnung, die man ernst
nehmen sollte.« Er macht eine atemreiche Pause. »Ich
will diese Software. Ich will nicht nur das Versprechen, sie zu bekommen, ich will nicht das Versprechen, dass sie zerstört wird. Denn ich weiß, dass ich
das bekommen würde. Nein. Ich muss wissen, wie sie
funktioniert. Ich muss die Möglichkeit haben, ein
Gegengift zu schreiben, das wirkt, bevor alles in sich
zusammenfällt.« Er hustet. Trocken und hektisch, das
Geräusch tut mir selbst im Rachen weh. »Wir brauchen keine schönere Oberfläche. Und vor allem brauchen wir keine dünnere. Sonst fällt irgendwann alles
einfach in sich zusammen. Warum habe ich immer
das Gefühl, der Einzige zu sein, der diese Stadt wirklich versteht? Und nun sieh, was sie aus mir gemacht
hat.« Und er löst wortlos die Maske von seinem Gesicht. Die Illusion verschwimmt ein bisschen. Flackert.
Ordnet sich neu. Ich sehe ein Gesicht. Und verstehe,
warum die Leute glauben, dass er nicht existiert.

Weil er tatsächlich nicht mehr existiert. Er ist nicht
einmal mehr der Schatten eines Mannes, nur noch ein
Scherbenhaufen.

Hohlgefressene Wangen, die durchscheinende Haut scheint über seinen scharfen Wannenknochen zu zerreißen. Dünne Schläuche ziehen sich wie eine Kette um seinen mageren Hals, verschwinden in seiner Nase, irgendwo unter seiner Kleidung, irgendwo in seinem Hinterkopf. Aufgedunsene, bläuliche Lippen.

Ein paar dehnbare Sekunden lang steht er nur so im Raum, blickt mit trüben, eisblauen Augen.

Deep City frisst ihn von innen auf.

»Es ist Zeit, ehrlich mit uns selbst zu sein, was?« Er lächelt ein gebrochenes Lächeln. »Ich nehme meine Maske nicht gerne ab, weil ich selbst nicht mehr in den Spiegel sehen kann. Der Anblick ist mir unerträglich geworden. Aber im Grunde weiß ich: Eigentlich brauche ich keine Maske mehr. Deep City hat mich absorbiert. Diese Stadt ist mein Tumor und ich werde wohl für sie sterben.« Wieder hustet er, als müsse er seinen Punkt noch unterstreichen. »Aber ich bin ehrlich zu mir selbst und ich weiß, was ich tue. Diese Liste, die anfangs niemals das Licht der Öffentlichkeit erreichen sollte, ist ganz zufällig mein einziges Vehikel geworden, die Menschen zu erreichen, die dabei sind, unser Fundament zu zerstören. Aber es muss nicht sein. Es muss keine billige Liste geben. Du musst nur verstehen. Und du musst ehrlich zu dir sein, dass du diese Stadt brauchst. Und dass du gerade dabei bist, sie zu zerstören. Und dich selbst.« Er macht eine lange Pause. Ringt nach Atem. »Verstehst du das?«

Stille. Das Hologramm stoppt. Flackert. Seine eingefrorenen Augen ruhen auf mir.

Das Hologramm flackert noch einmal auf, eine kurze Bildstörung. Und verschwindet. Es bleibt nur der kleine Projektor auf dem Boden liegen, als hätte er Fortran verschluckt.

Ich weiß nicht warum, aber ich habe plötzlich Linux' Gesicht vor Augen, seine Worte im Kopf. *Diese Stadt macht uns krank. Sie macht ihn krank.*

Starre. Perplex und verstört, meine Gedanken irgendwie runtergefahren, meine Beine zittrig.

»Was hast du gemacht?«, fragt Glass. In seiner Stimme vibriert Panik. »Was hast du gemacht?«

»Das fragst *du* sie?«, fragt Opera von der Tür aus. Er lehnt noch immer dagegen, scheinbar ganz entspannt und lässt nichts aus seinem Gesicht lesen.

Ich kann ihm nicht antworten, denn in diesem Moment kommt der Projektor wieder in Gang. Lichter flackern durch den Raum, er surrt leise, taucht alles in weißes Rauschen.

Dieses Mal erscheint kein Hologramm. Dieses Mal erscheint eine Liste.

Und ich stehe ganz oben.

»Was hast du getan? Was hast du getan, verdammt noch mal? Was passiert hier?« Glass schreit. Ich renne.

Renne den Flur entlang, Gedanken völlig übersteuert, Glass dicht hinter mir. Renne, renne, renne. Opera haben wir irgendwo hinter uns zurückgelassen.

»Was ist das Problem?« Glass' Stimme kracht gegen die Flurwände, hallt in meinen Ohren. Ich würde sie mir am liebsten zuhalten. »Gib ihm endlich die Software!«

Zu viel. Viel zu viel. Zu viel Information, zu viel Druck, zu viel ... »Was soll das? Was soll dieses Spiel?«

Ich laufe weiter. Rufe den Fahrstuhl. Ich bin kurz davor, einfach loszuheulen.

Ich muss hier weg. Ich muss ...

»Sprich mit mir!«, schreit Glass. Er bekommt kein Wort aus mir heraus. »Was ist *los* mit dir? Was soll dieses Hin und Her? Warum stehst du auf dieser verdammten Liste? Warum stehen wir alle immer noch auf dieser verdammten Liste?«

Er reißt sich die Maske vom Gesicht. Sein Gesicht leuchtet hellrot, die Adern an seinem Hals pulsieren. Er reißt die Arme in die Höhe, schlägt sich die Hände vors Gesicht. Starrt mich an, mit aufgerissenen Augen.

»Komm schon, komm schon ...« Immer wieder schlage ich gegen den Fahrstuhlschalter.

Ich muss hier weg.

Überall um uns herum ist diese Liste.

Als der Fahrstuhl endlich kommt, bin ich schon durch die Tür, bevor sie sich richtig geöffnet hat.

»Was. Ist. Passiert?«

Ich antworte nicht. In diesem Moment packt mich Glass an den Schultern, drückt mich gegen die Fahrstuhlwand. Klemmt mich fest. Sein heißer Atem weht mir ins Gesicht. Sein gerötetes Gesicht in verschwommener Nahaufnahme.

Er spricht unter zusammengebissenen Zähnen. »So lange halte ich die anderen hin«, zischt er. »So lange nehme ich dich in Schutz, immer in der Hoffnung ...«

»Du hast doch in Schwierigkeiten gesteckt. *Du* hattest den Kontakt zu den Masken verloren!«, unterbreche ich hysterisch. Vor meinen Augen flackert nur die Liste.

»Ich glaube, du brauchst überhaupt keine Kontakte.« Sein Atem in meinem Gesicht. »Was spielst du hier für ein Spiel?«

»Ich habe alles unter Kontrolle«, krächze ich.

Seine Halsschlagader pulsiert. »Beende die Sache endlich! Beende endlich diesen verdammten Scheiß, du bist die Einzige, die das kann!«

»Ich ...«

»Sie werden uns umbringen. Sie werden *dich* umbringen!«

»Ich weiß«, hauche ich. Rutscht einfach raus. *Ich habe nichts unter Kontrolle.*

»Warum tust du dann nichts?« Seine Lippen zittern. Seine Lippen zittern und seine Adern pulsieren und ich sehe den Kampf in seinen Augen. Seinem flackernden Blick. Verzweiflung mit jedem Wimpernschlag. Ich kann nichts sagen, bleibe stumm. »Warum? Ich will es wirklich wissen. Denn ich dachte, du würdest verstehen.« Seine Augen glitzern. »Ich dachte, du würdest verstehen, was du angerichtet hast. Was du mit dieser Software anrichtest.«

»Ich habe nichts angerichtet!« Das klingt selbst in meinen betäubten Ohren ziemlich bescheuert.

Er ringt nach Luft. »Und verdammt, es ist nur eine Software. Es ist nur eine Software und sie hat mein Leben zerstört! Ihretwegen bin ich gefallen.« Er verstummt sofort, als hätte er zu viel gesagt. Bebende Lippen. »Zerbrochen ...«, fügt er kaum hörbar hinzu.

Ich fühle mich erstickt. Erstickt in meiner eigenen Haut. Als hätten meine Lungen einfach aufgegeben. Ich weiß nicht ganz genau, was mich davon abhält, einfach die Wahrheit auszukotzen. Ob es sein Blick ist, dem ich nicht sagen will, dem ich nicht das letzte Fünkchen Hoffnung austreiben will. Oder weil ich mich selbst noch so an meine letzte Hoffnung festklammere.

»Tu. Etwas«, knurrt er. »Bitte.«

»Ich kann nicht!« Nun schießen mir Tränen in die Augen. Meine Stimme ist ein Wrack.

»Wieso nicht?«, schreit er. Lässt mich los, tritt einen Schritt zurück. Wirft die Hände in die Luft. Sein Blick trifft mich mit ungeahnter Härte.

Ich ringe nach Luft.

»Weil du die Software bist!« Ich klinge weinerlich. »Du bist die letzte existente Kopie.«

Stille. Er kneift die Augen zusammen. Öffnet die Lippen. Schließt sie wieder.

»Was meinst du?«

»Das«, sage ich.

Sein Blick flackert über mich hinweg. Verwirrung im ganzen Gesicht.

»Das ... warum glaubst du das?«, fragt er.

Ich schlucke hart. Zucke mit den Schultern. »Ist es nicht so?«, flüstere ich. »Immer Angst vor den Masken, immer in Deep City. Der Erste auf der Liste.«

Er weicht von mir zurück. Schüttelt den Kopf. Starrt mich wieder an.

»Ich weiß nicht ... Wieso ... Das kann nicht sein.«

»Sag mir einfach, was Sache ist«, krächze ich. »Sag mir die Wahrheit über dich. Ich ... Ich habe Angst um dich.« Ich weiß – das ist meine Verzweiflung, die da gerade spricht.

Ping. Der Fahrstuhl ist unten angekommen. Die sich öffnenden Türen bringen mich zum Schweigen.

Wir sehen uns noch an – drei Sekunden lang – aufgerissene Augen, flackernde Blick. Dann setzt Glass seine Maske wieder auf und stürmt mir voraus aus dem Fahrstuhl. Drängt sich an den Leuten vorbei, zurück auf die Tanzfläche.

Ich bleibe noch eine Sekunde lang stehen. Starre in die Halle. Bin mir nicht ganz sicher, ob die Party noch wahnsinniger geworden, oder zum Erliegen gekommen ist. Aus der Maskenparty ist eine verdammte Listenparty geworden. Und sie ist überall. Strahlt von jeder Wand und bricht sich an jedem Pflanzenblatt. Betäubt die Musik.

»Sie«, steht da nur.

Ich habe alles unter Kontrolle.

Glass ist dabei zu verschwinden. Ich laufe ihm nach. Spüre, wie die Blicke der Leute mir folgen.

»Wir müssen ehrlich sein!«, sage ich, als ich ihn irgendwo auf der Treppe zur Eingangshalle wieder einhole. »Ich weiß nicht, was ich tun soll.« Ich greife nach seinem Arm. Habe das Gefühl, dass die Verzweiflung gerade meine Eingeweide in kleine Stücke zermahlt. Ich kriege keine Luft.

»Dann lass dir was einfallen.« Er läuft weiter. Wir haben fast das Ende der Treppe erreicht.

»Ich habe doch alles versucht«, rufe ich verzweifelt. Das ist keine Rolle, die da spricht. Das bin ich.

»Du glaubst das wirklich?«

»Ich ...«

»Du hast wirklich keine Ahnung, oder?« Nun bleibt er doch stehen. Durchdringender Blick. »Du ... Wer *bist* du?«

»Niemand, der hier stehen sollte«, flüstere ich, für mich selbst kaum hörbar und sein Blick tut mir weh. Ich will nicht, dass er mich hasst. Ich will nicht, dass er nur diese Rolle sieht, in die ich einfach hineingefallen bin. Es könnte sein, dass er der einzige Mensch ist, der mich in dieser abgefuckten Stadt und dieser besessenen Welt versteht. Und er hasst mich.

Ich habe das Gefühl, meine Wände brechen in sich zusammen. Alles explodiert, mitsamt mir selbst.

»Ich kann bald nicht mehr«, sagt Glass. »Ich weiß nicht mehr, wie es hier weitergehen soll.«

Ich will ihn noch unterbrechen, etwas erwidern, etwas zusammensetzen, doch den letzten Teil des Satzes höre ich nicht mehr. Ich blicke die Treppe hinunter.

Nein, nein, nein, nein, nein.

Und ein Schuss. Noch ein Schuss. Noch einer. Die Kugel knallt irgendwo in die massive Decke, hallt an allen Wänden wieder. Tausendmal so laut.

Friert mich ein.

Cache.

Er ist allein. Nur er und seine Waffe, die er hoch erhoben über seinen Kopf hält.

Ich sehe ihn an und er sieht mich an. Wir blinzeln. Er wird mich kaltmachen.

Ich weiche ein paar Stufen auf der Treppe hinauf, angespannt.

Mein Herz dröhnt gegen meinen Brustkorb, ein stetiges, bleiernes Hämmern.

Er wird mich kaltmachen.

Meine Timeline.

Er macht ein paar Schritte auf mich zu, seine Pistole noch immer hoch erhoben. Sie bricht das Licht auf eine ganz seltsame Art. Das fällt mir auf, als wäre dieses Detail tatsächlich von Bedeutung, während ich realisiere, dass rückwärts oder vorwärts und zu beiden Seiten kein Entkommen möglich ist. Egal was ich mache, er hat mich in der Mangel.

»Die Masken werden dich nicht umbringen«, ruft er mit hallender Stimme. »Eher werde ich ...«

Ich greife nach dem Revolver in meiner Tasche. Es ist mehr ein Reflex statt eines Gedankens. Und trotzdem ist mir alles ganz klar. Ein Moment des Fallens. Ich kneife die Augen zusammen. Mein Mantel weht. Und ich schieße. Ich schieße, schieße, schieße, schieße, schieße.

Er sackt zusammen. Sackt einfach in sich zusammen. Als hätte sein Körper nie Spannung gehabt. Als wäre er immer nur eine leblose Puppe gewesen, deren Schnüre jetzt jemand losgelassen hat. Und die Pfütze, die sich um ihn herum ausbreitet, ist nur Farbe. Kann nur Farbe sein.

Ich bin wie betäubt.

Schüttele meinen Kopf, um den Nebel zu vertreiben. Das weiße Rauschen. Alles so verschwommen ...

Oder sehe ich alles ganz klar?

»Wir müssen gehen«, sage ich laut und sehe kurz zu Glass. Sein Blick dringt nicht mehr richtig zu mir durch. Ich glaube, er ist fassungslos. Oder erfreut. Oder so.

Ich lasse leichtfüßig die letzten Stufen hinter mir, im Rhythmus der Musik im Hintergrund, durchquere die Eingangshalle. Neben Caches leblosem Körper bleibe ich kurz stehen. Blicke auf ihn hinab mit unbewegtem

Gesicht. Der Revolver schwingt noch immer in meiner Hand.

Sie ist nur noch eine Leiche. Geborgen irgendwo am Boden der Stadt. Zerschellt.

Ich nicke automatisiert, als würde mich mein Unterbewusstsein davon überzeugen wollen, dass alles so stimmt, wie es ist. Die zerfetzten Löcher in seiner Kleidung, die hellrote Blutlache, die immer dunkler wird. Die verdrehte Haltung, in die er gefallen ist.

Mein Hals ist so zugeschnürt, dass ich nicht schlucken kann. Speichel überschwemmt meinen Mund. Ich spucke auf den Boden. Gehe einfach weiter. Ignoriere die Blicke des Türstehers und aller anderen Menschen. Lasse das Gebäude hinter mir. Die kalte Straßenluft schneidet in meinen Atem.

Alles verschwommen. Alles so klar. Ich weiß es nicht.

Den Blick geradeaus gerichtet laufe ich die Straße entlang. Schnellen Schrittes. Ich spüre Glass' Präsenz neben mir. Lange sagt er nichts. Bis wir die Party weit hinter uns gelassen haben.

»Du hast ihn erschossen«, sagt er dann. Nüchterner Ton. Aber seine Stimme vibriert.

»Ich weiß.«

Und ich klappe zusammen. Mentale Tiefentladung. Und mein Körper scheint zu explodieren.

»Ich habe ihn erschossen«, kreische ich. »Ich habe ...« Meine Stimme erlebt ihre ganz eigene Eruption. »Ich habe jemanden erschossen. Ich habe ihn umgebracht!«

Und sie.

Ihre Leiche liegt vor mir. Mit all den Quetschungen und Brüchen und mit zerstörtem Gesicht. Zerschellt wie ihre Parfümflasche.

»Du hast sie umgebracht!«

Mein Körper sackt in sich zusammen, ich lande auf hartem, feuchtem Boden. Ein hysterischer Heulkrampf schüttelt meinen ganzen Körper durch. »Ich will das nicht mehr! Ich will nicht ...«

Glass sieht auf mich herab.

»Was soll das?«, fragt er unter zusammengebissenen Zähnen. »Er ist sicherlich nicht der Erste, den du umgebracht hast.«

Seine Worte gehen durch meinen Körper wie Schüttelfrost. Kriege keine Luft mehr. Die lauten Schluchzer bäumen sich in mir auf, rollen hart aus meinem geschwollenen Hals.

Wenn er wüsste, wie recht er damit hat.

Ich bringe nur kein klares Wort mehr raus. Mein ganzer Körper schüttelt sich, erstickt jeden richtigen Gedanken. Ich höre ihre Stimme und meine.

»Ich kann das nicht mehr!«, schreie ich. Ihr Gesicht ist fassungslos, Tränen laufen über ihr Gesicht.

»Wenn du wirklich gehst ...«

»Ich kann das nicht mehr.« Meine Stimme ist schmal und hysterisch. Kein Satz in meinem Kopf ergibt einen Sinn.

Glass sieht überfordert aus.

»Du kannst nicht hier sitzen bleiben und heulen!«, sagt Glass. »Steh auf!«

»Ich kann nicht ...« Meine Stimme wird erstickt von verzweifelten Schluchzern.

»Jetzt steh endlich auf!« Er packt meinen Arm, versucht mich hochzuziehen.

»Lass mich los!«

»Nein, sag mir was los ist! Was läuft hier falsch?« Nun zieht er mich tatsächlich auf meine Beine, drückt mich gegen die Hauswand, stabilisiert mich irgendwie.

Meine Augen brennen. Ich sehe ihn nur verschwommen. Mein Kopf überschlägt sich.

»Ich will das nicht mehr!«, schreie ich, kämpfe gegen seinen Griff.

»Du musst!«, schreit Glass. Sein Atem heiß in meinem Gesicht. »Du musst das hier endlich beenden. Du musst endlich verstehen!« Ich will nicht, dass er mich hasst.

»Ich kann nicht. Ich will nicht. Ich will nicht mehr existieren.«

»Warum?« Er schüttelt mich. Schreit. »Warum?«

Nur giftige Erinnerungen in meinem Kopf.

»Wenn du wirklich gehst, kann ich nicht weiterleben! Wenn du gehst, bringe ich mich um!«

»Ich habe sie umgebracht«, kreische ich. »Sie umgebracht.« Ich stehe nur auf wackeligen Beinen, mit dem Rücken gegen die Hauswand gelehnt. Weiß nicht so genau, was ich überhaupt sage.

Die Telefonklingel schrillt, aber ich gehe nicht ran.

»Verdammt, wen hast du umgebracht?«, schreit er.

»Vista«, flüstere ich. Sehe ihn an, mit von Tränen verschwommenem Blick. »Sie denken, ich hätte sie umgebracht. In den Selbstmord getrieben.«

Er ist still. Kneift die Augen zusammen.

»Wer ist Vista?«, fragt er leise. Seine Augen sind tiefe Swimmingpools. Ich will nicht, dass er mich hasst. Ich will das hier nicht. Ich will doch nur jemand anders sein.

»Ich bin nicht Cullinan«, bricht es aus mir heraus. In schwacher, erstickter Stimme. Ich ringe nach Luft.

»Was?! Was sagst du da?«

»Deshalb kann ich euch nicht helfen.« Ich rede einfach weiter. Ich bin aufgerissen. Und mein Inneres fällt zu seinen Füßen. »Ich bin nicht wirklich sie. Nur eine schlechte Doppelgängerin. Die echte Cullinan ist verschwunden. Vielleicht ist sie tot. Ich weiß es nicht. Ich weiß überhaupt nichts. Außer, dass ich nicht sie bin und dass ich dir nicht helfen kann und dass ich dir niemals werde helfen können. Ich habe dich niemals angerufen, ich hatte diese Software niemals in den Händen. Habe jeden von euch in diesem Kasino zum ersten Mal gesehen. Ich habe nur versucht, meinen eigenen Arsch zu retten, weil ich nicht anders kann. Aber ich bin nicht sie und ich kann euch nicht helfen und ...« Meine Stimme gibt irgendwo in meiner Atemlosigkeit einfach auf.

Er sieht mich an und ich sehe die Realisation in seinen Augen. »Du bist wirklich nicht sie«, sagt er tonlos. Sein Blick flackert. Er lässt mich los. »Konntest uns nie helfen ... All die Tage ... Alles ... alles nur gespielt.«

»Nur ein Spiel«, flüstere ich.

»Nur ein Spiel«, wiederholt er leise.

Der Revolver hängt noch immer lose in meiner Hand und für eine Millisekunde schwebt sein Blick darüber. Und ich würde es ihm nicht übelnehmen, wenn er mich jetzt umbringen würde.

Ich habe sie alle in der Hoffnung gelassen, ihr Leben retten zu können, dabei konnte ich ihnen niemals helfen. Und ich kann noch nicht einmal sagen, dass es mir leidtut.

»Du hast nur ein Spiel mit uns gespielt ... Niemals die Software in der Hand gehabt ...«

Ich schüttele den Kopf. Die Tränen fließen. Scheiße.

Sein Gesicht verzerrt sich.

»Du bist nicht sie«, sagt er noch einmal und ich weiß nicht, ob er es wirklich glaubt. »Du bist ... du.«

Wir sehen uns in die Augen, in unsere Spiegelglas-Augen. Und plötzlich zieht er mich zu sich heran.

Seine Hände sind überall, fassen überall über meinen Körper, als müssten sie sich jede Rundung einprägen, jede Ecke, jede Kante, jeden seltsam hervorstehen Knochen. Sein Blick klebt an mir, sein Atem rauscht in meinen Ohren. Die Hitze seiner Haut ... Meine Lippen werden gegen seine Kehle gepresst. Er riecht nach dem kühlen Parfüm, dass man nur trägt, wenn man Surface City liebt, es riecht gut und ich weiß, dass er darunter noch viel besser riecht.

Kurz drücken sich seine Lippen gegen meine Wange. Nur ganz kurz, nur flüchtig, streifen sie darüber. Aber die Wärme bleibt auf meiner Haut, wie ein Lippenstiftfleck und ich will meine Hand dagegen pressen. Will sie für immer konservieren.

Kaum einen Gedanken später drückt er mich ein Stück von sich, hält mich an den Schultern auf Abstand. Konflikt im Blick. Seine Augen flimmern in tausend Gedanken, die alle auf einmal rauswollen und gegen seine Pupillen rennen. Laufen fast über.

Er schüttelt den Kopf. Schüttelt den Kopf, als müsste er sich selbst davon überzeugen, dass es falsch ist, was er tut.

Ich lasse meinen Kopf nach vorn fallen, drücke meine Stirn gegen seine; unsere Nasen kollidieren fast miteinander. Unsere Lippen sind höchstens zwei Zentimeter voneinander entfernt. Seine Hände noch immer überall. Überall, überall.

»Deshalb«, flüstert er, als wäre das eine Erklärung für alles. Seine Stimme vibriert in meinem ganzen Körper.

»Hasst du mich?«, frage ich. Meine Augen können seinen Blick nicht halten. Er drückt mich von sich, tritt einen Schritt zurück.

»Ich habe es versucht«, sagt er. Holt Luft, tritt zurück, glättet sein Gesicht. Es ist rot durchflutet und erhitzt. Streicht hastig seine Kleidung glatt. Weicht von mir zurück. Sein Blick flieht über mich hinweg. Dann dreht er sich um

Jede Emotion in meinem Körper ist überfordert, unterschiedliche Hormone prallen gegeneinander.

Ich starre ihm nach, Kehle zugeschnürt. Ein überwältigend tröstliches Gefühl überschwemmt meinen Körper, während ich realisiere. Ich sehe ihn an und mein verdammter Schädel gibt Ruhe. Er versetzt meine Gedanken in eine Leichtigkeit, die ich nicht beschreiben kann. Jede Erinnerung verschwimmt, gerade so, dass ich nicht aufhören will zu existieren, wenn sie meine Gedanken überwältigen. Das ist nichts Neues, das wusste ich schon. Zum ersten Mal realisiere ich es wirklich. Aber viel wichtiger ist – mein Kopf muss nicht Ruhe geben. Ich schreie und kreische und heule und platze auf, sodass ihm mein ganzes giftiges Inneres vor die Füße fällt, aber es distanziert ihn nicht. Es bringt ihn näher. Meine Echtheit zieht ihn an, stößt ihn nicht weg.

Plötzlich bleibt er wieder stehen. Dreht sich um.

»Ich bin nicht die letzte Kopie«, sagt er. Sein Blick ist durchdringend. Kreiert eine lange Pause. »Ich kann es nicht sein.«

Er blinzelt. Ich blinzele.

»Woher bist du dir so sicher?«, frage ich.

»Weil ich einmal die einzige funktionierende Version war. Und sie dann selbstständig gelöscht habe.«

Ich ziehe die Augenbrauen zusammen. Mein Gehirn ist überfordert. Das Gefühlschaos hat alles eingenommen.

Er sieht mich noch ein paar Sekunden lang an, dann kommt er wieder auf mich zu. Lehnt sich neben mir mit dem Rücken an die Wand, lässt den Hinterkopf gegen die Steine sinken.

»Ich weiß nicht, warum ich dir das erzähle. Hab das Gefühl, ich muss.« Er sieht mich an.

»Ich werde verstehen«, sage ich.

»Ich weiß.« Wir wissen beide. Wir laufen auf der gleichen Frequenz. Kein Verurteilen. Nur Wissen.

Er stößt einen leisen Seufzer aus. »Wir brauchen Klarheit. Nicht wahr?«

Ich nicke. »Vermisse ich hier unten schrecklich.«

Er schmunzelt fast ein bisschen. Ein schmales, bitteres Schmunzeln.

»Also, wollen wir ehrlich miteinander sein?«

»Das ist wohl das einzig Richtige«, antworte ich. Sehe ihm dann ein paar Sekunden lang ungefiltert in die Augen. »Was ist passiert? Mit dir? Mit der Software?«

»Ich bin gefallen«, sagt er. Und sein Blick driftet ins Leere. »Das ist das Einzige, worin ich mir noch sicher bin.« Unruhiges Augenflackern. »An den Rest kann ich mich nicht mehr erinnern.«

»Wie meinst du das? Du kannst dich nicht erinnern?« Ich bin verwirrt. »An was kannst du dich nicht mehr erinnern?«

»An nichts«, sagt er und seine Stimme bricht. Klingt plötzlich klein und zerbrochen und unwirklich. »Diese Software hat mir meine Erinnerungen genommen. Meine Identität. Mein ganzes Ich. Ich weiß nicht mehr, wer ich bin.« Er reibt sich mit beiden Händen übers Gesicht.

»Wie konnte das passieren? Dass du deine Erinnerungen verloren hast?«

»Ich habe meine Timeline gelöscht«, sagt er leise. »Und es gibt Gründe, warum man eine Timeline nicht löschen kann. Du musst wissen, Erinnerungen sitzen nicht auf irgendeiner Festplatte. Erinnerungen sind nicht mehr als kreisende Signale im Gehirn, Verschaltungen, die immer wieder dieselben Bahnen ziehen. Die gelöschte Timeline muss einen ähnlichen Effekt gehabt haben wie ein starker Aufprall mit dem Kopf. Mein Gehirn muss kurzfristig ... überladen gewesen sein. Kurzschluss. Puff.« Er formt mit seinen Händen eine kleine Explosion. »Ich bin ohnmächtig geworden und irgendwann mit dröhnenden Kopfschmerzen wieder aufgewacht. Erinnerungslos.«

»Erinnerungslos«, wiederhole ich leise und ziehe die Augenbrauen zusammen.

»Timelinelos. Identitätslos.« Er sieht mir in die Augen. »Ich bin niemand mehr.« Seine Stimme ist kratzig. »Ich bin zersprungenes Glas.«

»Aber warum? Warum hast du das getan?«

»Das weiß ich selbst nicht genau. Aber ich muss geahnt haben, dass ich meine Erinnerungen verlieren würde. Dass irgendwas passieren würde. Habe mir selbst eine Nachricht hinterlassen, mit den gröbsten Informationen. Den Rest musste ich mir über die Zeit zusammenreimen.« Er macht eine kurze Pause. »Ich muss eine Art Testlauf gewesen sein. Für diese Software. Vielleicht mit meinem Wissen, vielleicht ohne. Und ich weiß nicht warum, aber es muss mich dazu gebracht haben meine Timeline zu löschen. In dem Wissen was ich mir damit antue. Puff. Nun stehe ich hier.« Seine Augen glänzen feucht. Er starrt ins Leere, als würde er versuchen, etwas zu sehen, was er nicht mehr sehen kann. Und ich erkenne, warum er solche Schmerzen spürt. Er ist nicht mehr er. Ich kann das so gut verstehen. Den Identitätsverlust. Den Selbstverlust. »Ich habe versucht, alles herauszufinden, was passiert ist. Wer mir das angetan hat. Warum ich jetzt hier bin. Das meiste führte ins Leere.« Er schluckt hart.

In diesem Moment sehe ich ihn vor mir und Q und Vala und die tote Pin. Fortran. Cache. Und mich. Wir alle sind gefallen. Diese Stadt hat uns zu Fall gebracht. Wir alle sind zersplittert.

»Warum hast du nicht versucht, dir eine neue Timeline zuzulegen?«, frage ich.

Er zuckt nur mit den Schultern.

»Hat nicht funktioniert«, antwortet er knapp und ich weiß, dass er mir die wahre Antwort nicht geben will.

Stille.

Meine Hand berührt seine ein wenig, ein kurzes Übereinanderstreifen. Dann umschließen seine Finger meine.

Schale Tränen laufen über meine Wangen, unbemerkt und unkontrolliert.

»Was machen wir jetzt?«, frage ich. Meine geschwollenen Lippen zittern. Ich muss schrecklich aussehen.

»Wo ist die echte Cullinan?«, fragt er. »Weißt du das?«

»Ich habe nicht die leiseste Ahnung.« Mit beiden Händen reibe ich mir übers Gesicht. Sie sind zittrig. »Ich weiß nicht, was mit ihr passiert ist. Es ist so seltsam. Jeder hat mir mein Spiel abgekauft und nie ist mir jemand in die Quere gekommen. Niemand scheint zu wissen, dass sie verschwunden ist. Sie ist einfach weg. Als hätte sie sich von einer Sekunde auf die andere aufgelöst. Vielleicht ist sie untergetaucht, vielleicht hat sie jemand ermordet, von dem wir nicht einmal wissen, dass er mit der ganzen Sache etwas zu tun hat.«

Glass kaut auf seiner Unterlippe. Schweigt ein paar Sekunden lang nachdenklich.

»Du siehst ... aus wie sie«, sagt er dann. »Die Haare, dieser Finger ... Selbst dein Gesicht ähnelt dieser Maske irgendwie. Ich glaube, sonst hätte ich schon so viel früher Zweifel gehabt.«

»Kann das ein Zufall sein?«, frage ich.

Er zuckt mit den Schultern. »Vielleicht. Was soll es sonst sein?«

Ich lasse meinen Hinterkopf gegen die Wand fallen. Schließe die brennenden Augen.

»Steht unser Deal noch?«, frage ich plötzlich.

Glass sieht mich an. Perplex. Seine Augen flackern. »Ich breche nie ein Versprechen«, sagt er dann mit festem Blick. »Und du?«

Ich will schon antworten, doch ein kurzes Vibrieren an meinem Handgelenk lenkt mich. Lenkt meine Konzentration auf etwas ganz anderes. Ich blicke hinab auf meinen Kommunikator und da steht nicht viel. Nur drei Wörter.

»Ich muss gehen«, sage ich. Ganz plötzlich.

Ruf mich an. Und ein kleiner, lächelnder Smiley.

Er lächelt.

Lichtlos

Mittlerweile kommt es mir nicht mehr so vor, als hätte man mir das Gedächtnis leergewischt. Eher fühlt es sich so an, als hätte man einen dünnen, elastischen Mantel um mein Gehirn gelegt, blank und blütenweiß, unter dem all meine Erinnerungen sitzen. Wie eine dünne zweite Haut, gegen die sie ihre schwarzen Finger stemmen. Sie entzünden sich, schwellen an in ihrem Gefängnis.

An manchen Stellen ist sie aufgeplatzt, hat klaffende Risse bekommen und die Erinnerungen sprudeln mit beängstigender Düsternis in meinen Kopf, füllen ihn wieder mit dunklen Schwaden.

Meine Erinnerungen sind düster.

Diese grässliche Realisation überfällt mich mitten in der Nacht, im schwitzigen Stadium von Beinahe-Schlaflosigkeit, in dem ich aus meinem unruhigen Dösen immer wieder von neuen Gedanken aufgeschreckt werde.

Ich habe die Erinnerungen zunächst nicht bewertet. Habe sie nur ungebremst in mein Gehirn sprudeln lassen und sie auf die rational möglichste Art sortiert, fast so, als wären es gar nicht meine eigenen. Aber ich bin ganz allein mit ihnen und es werden nicht weniger und irgendwann bin ich so überfordert mit ihnen, dass ich nicht anders kann, als sie nur zu fühlen. Und sie sind düster.

Sie ergeben noch nicht den Ansatz eines richtigen Bildes und fühlen sich schon an wie zähflüssiger, schwarzer Schleim, der sich um meine Gehirnwindungen legt, oder wie Parasiten, die mein Gehirn befallen.

Die Nächte vergehen und ich werde dieses beklemmende Gefühl nicht mehr los. Ich bin dunkel. Ich.

Es ist nur eine Sekunde, aber in dieser Sekunde sehne ich mich nach der orientierungslosen Welt der vollständigen Amnesie zurück, in der nur körperliche Schmerzen existiert haben. Ich wusste es nicht, aber die Amnesie hat mir eine Leichtigkeit verliehen, die ich jetzt nie wieder erreichen werde. Ich werde immer schwerer werden und mit immer unerträglicheren Bildern leben müssen.

Ich war wie ein Neugeborenes, völlig unfähig, die Welt zu verstehen und zu meinem Übel mit der übermächtigen, fatalen Eigenschaft versehen, sie verstehen zu wollen. Und jetzt, wo ich beginne, alles zu sortieren und die blassen, unzusammenhängenden Erinnerungen in mein Gehirn strömen, wo mir wirklich bewusst wird, dass ich die Welt vielleicht nie wieder wirklich verstehen werde, bin ich erschüttert von meinem eigenen Wissen und würde es am liebsten wieder loswerden. Es fühlt sich alles so falsch an.

In jedem Moment, in dem ich allein mit meinem Gedächtnis bin, steigert sich dieser Gedanke und reißt an allem, was ich vorher geglaubt habe.

Und in einer Nacht sitze ich, aufgeschreckt aus einem Albtraum, plötzlich weinend in meinem Bett und ich weine und weine und kann mich kaum beruhigen, ohne zu wissen, wo diese überwältigenden Emotionen wirklich herkommen.

Jemand zu sein, scheint plötzlich schmerzhafter, als niemand zu sein. Und nichts scheint so schwer auf mir zu lasten, wie meine eigene, blasse Identität. Sie erstickt mich. Presst mich in einen düsteren, erinnerungsgeprägten Rahmen, sperrt mich in meinem eigenen Kopf ein.

Ich konnte nicht realisieren, wie frei ich identitätslos war. Ich hätte alles erfinden können, ich hatte keinen Rahmen und keine Grenzen.

In dieser Nacht kommt mir zum ersten Mal der Gedanke, dass sie, die meine Timeline und meine Erinnerungen gelöscht haben, vielleicht ich selbst war.

Könnte das sein?

Kapitel 25

»Linux«, flüstere ich ins Telefon. Meine Stimme zittert. Meine Hände zittern. Meine Gedanken zittern auch. Aber ich muss mit ihm sprechen.

»Ich wusste, du würdest gleich anrufen«, sagt er. Ich höre ihn nur, aber ich kann das süßliche Lächeln auf seinem Gesicht überdeutlich sehen.

»Was willst du?«, frage ich. Aggressiver Unterton.

»Dir helfen natürlich«, antwortet. »Wie ich es immer wollte. Du steckst knietief in Schwierigkeiten.« Er lacht leise.

Ich schweige. Mein Atem geht hart.

»Was hast du getan? Warum stehe ich auf der Liste?« Ich versuche, meine Stimme zu kontrollieren, doch es gelingt mir nur mäßig.

Leises Lachen am anderen Ende der Leitung

»Wo bist du, Java?«, fragt er, ohne auf meine Fragen einzugehen.

Ich weiß, ich habe keine Wahl.

Er kommt mit einem Taxi, das in einer tiefen Pfütze zum Stehen kommt. Spritzwasser regnet über mich, als wolle es eine Metapher über meinen momentanen Zustand machen.

Ich stehe mit verschränkten Armen und hartem Gesicht am Straßenrand. Zitternd. Mache mir nicht die Mühe, mir das Pfützenwasser vom Gesicht zu wischen.

Seit zwanzig Minuten habe ich mich nicht mehr von der Stelle bewegt. Meine Gedanken überschlagen sich. Meine Mordpläne auch.

Linux steigt leichtfüßig aus, springt über die Pfütze hinweg und kommt auf mich zu.

»Java, Java, Java …« Ein blasses Lächeln spielt über seine Lippen. »Wo bist du da nur reingeraten?« Er lacht. Seine Zähne strahlen im blassen Straßenlicht fast ekelhaft weiß.

»Was hast du getan?«, frage ich. Kneife meine Augen zusammen und balle meine Hände zu Fäusten. »Warum stehe ich auf der verdammten Liste?«

»Warum fragst du mich das?«, fragt er. »Ich habe dich nicht auf die Liste gesetzt. Das warst wahrscheinlich nur du.«

»Ich glaube, ich wiederhole mich, aber du redest nur Müll«, erwidere ich gepresst. Meine Fingernägel graben sich in meine tauben Handflächen.

»Im Gegenteil. Und das weißt du auch«, antwortet er. »Du hast dich ganz allein in diese Situation manövriert. Ich hatte nichts damit zu tun.«

Meine Kiefer mahlen, das Blut in meinen Ohren pulsiert. Er hingegen sieht mich nur an, mit leicht schief gelegtem Kopf. Das Veilchenblau seiner Augen gibt seinem schönen Gesicht fast einen weichen Ausdruck.

»Komm, lass uns ein Stück gehen«, sagt er dann, hakt sich mir unter und zieht mich sachte mit sich. Wir verfallen in einen merkwürdigen Gleichschritt, der mich einfach mitzieht. Ich kann diesem Menschen nicht entkommen. Es ist entsetzlich.

Ein paar Minuten lang laufen wir schweigend die Straße entlang, untergehakt wie ein Pärchen. Spiegeln uns in jeder Pfütze, mit unseren hellen Haaren und unseren aufgeschossenen, androgynen Silhouetten.

Ich fühle mich erstickt.

»Du hast mir die Kontakte vermittelt«, sage ich schließlich. »Du hast mich direkt ins offene Messer laufen lassen.«

Er sieht mich fest an. »Niemand hat jemals von dir verlangt, dass du mir vertraust.« Er bläst ein feines Kältewölkchen in die neblige Lichterluft. »Du bist ein intelligentes Mädchen, Java. Sonst wärst du jetzt schon nicht mehr am Leben. Ach, was rede ich, natürlich wärst du noch am Leben. Du würdest dein feines, kleines Leben leben, irgendwo im unteren Drittel von Surface City. Aber du wolltest eben höher hinaus. Nicht wahr?«

Meine Eingeweide sinken mir zu den Füßen. Mein Schädel hämmert. Wieder versuche ich, mich an ihn zu erinnern und das, obwohl ich mich nicht gerne erinnere. Ich schlucke hart.

Er lässt seine Frage eine rhetorische sein. »Stell dich jetzt nicht dumm.« Er grinst. »Du hättest wissen müssen, dass so etwas passiert. Es ist Deep City.«

Wieder schlucke ich hart. Meine Kehle fühlt sich wund an und abgerieben. Ich weiß nicht wirklich, was ich antworten soll.

»Natürlich wusste ich es«, erwidere ich.

»Und? Du bist trotzdem ins offene Messer gelaufen, wie du es sagst. Du wusstest die ganze Zeit, was du tust. Und jetzt stehen wir hier.«

»Wir laufen«, erwidere ich und versuche meinen Arm aus seiner Armbeuge zu ziehen. Keine Chance.

»Keine Zeit für dumme Scherze«, sagt er, plötzlich eiskalt. Zieht mich noch fester zu sich heran. »Wir wussten beide ganz genau, was hier läuft. Die ganze Zeit.«

»Bitte klär mich auf«, sage ich.

Er bleibt abrupt stehen. Sieht mich an. Sein Gesicht ist starr und böse. »Ich muss dich wieder aus der Scheiße ziehen.«

»Was hast du getan?«

»Was habe ich getan? Es hat doch alles ganz wunderbar geklappt. Mein Plan ist aufgegangen. Und es war so viel leichter, als ich dachte. Du hast dich mir anvertraut, aus welchen Gründen auch immer, und ich musste nur darauf warten, dass du in Schwierigkeiten gerätst. Hab dich vielleicht in die richtige Richtung geschubst, aber den Rest hast du für mich erledigt.« Sein Lächeln ist blass und unheimlich. Verschafft mir eine Gänsehaut. »Dass du es mir so leicht machen würdest ...«

»Du bist ein widerlicher Manipulator«, zische ich.

»Das habe ich nie abgestritten.«

Stille. Sein Blick zittert leicht

»Was willst du, Linux?«, frage ich mit zusammengebissenen Zähnen. Weiche stur seinem Blick aus und blicke weiter geradeaus.

In diesem Moment fällt ihm seine Maske vom Gesicht. Grob schubst er mich zur Seite, stößt mich rückwärts einen dunklen Treppenabgang runter. Ich kann mich geradeso fangen, krache mit dem Rücken gegen eine Tür. Werde kaum einen Gedanken später von einem langen Arm in meiner Position fixiert.

Ich ringe nach Luft.

»Hör auf, dich dumm zu stellen«, zischt er. Mahlender Kiefer. »Java. Du weißt ganz genau, was ich will!«

Mit einem freien Arm angele ich nach meinem Revolver. Versuche irgendwie meine Tasche zu erreichen. Schaffe es nicht.

»Nein, ernsthaft, ich habe keine Ahnung«, zische ich zurück. Spuckefetzen fliegen durch die Luft. Er verzieht das Gesicht.

»Hör endlich auf, so zu tun, als wüsstest du nicht, wer ich bin. Lass dieses Spiel sein. Es hilft dir nicht weiter.«

»Ich habe keine Ahnung, wer du bist. Ich habe dich nie zuvor gesehen.«

Sein Gesicht verdüstert sich noch. »Ich mache dir jetzt ein Angebot«, presst er hervor. »Und du tust besser daran, es anzunehmen, sonst bist du in den nächsten Tagen wahrscheinlich tot.«

»Lass mich los!«

»Wo ist diese Software?«, fragt er.

»Woher soll ich wissen, wo die verdammte Software ist? Ich war die ganze Zeit auf der Suche danach. Du hast mir dabei geholfen.« Meine Lippen vibrieren. »Wenn man das so bezeichnen kann.«

»Du musst es wissen!« Seine Stimme verliert alle Kontrolle. Er schreit. »Du musst wissen, wo sie ist!«

»Woher?«, schreie ich zurück. Versuche mich verzweifelt, aus seinem Griff zu befreien.

»Du musst es wissen, sie hat es dir gesagt!«

»Wer hat mir was gesagt? Wovon redest du?«

»Du weißt genau, von wem ich spreche.«

»Nein!« Ich kreische.

»Vista!«

Er lässt mich los und ich sacke beinahe in mich zusammen. Mit beiden Händen muss ich mich an der Tür stabilisieren.

Er tritt einen Schritt zurück. Glättet seine Kleidung, glättet sein Gesicht.

Ich starre ihn an. Und starre und starre.

»Was hast du gesagt?«, frage ich leise. Mir geht fast die Stimme aus.

»Vista. Cullinan. Der Blutdiamant«, erwidert er. »Sie hat dir gesagt, wo die letzte Kopie der Software ist.«

Ich schnappe nach Luft. Nichts davon scheint in meiner Lunge anzukommen.

»Vista ist tot«, flüstere ich.

»Richtig«, erwidert er. Sein ganzer Körper bebt.

»Sie kann nicht Cullinan sein ... Sie hat nichts mit der Sache zu tun.« Ich bin wie erstarrt. Seine Worte kommen gar nicht richtig bei mir an.

Linux schüttelt den Kopf. In seinen Augen spiegelt sich Verwirrung. Er zieht seine Augenbrauen zusammen.

»Was soll das, Java?«, fragt er.

»Ich habe keine Ahnung«, flüstere ich. »Ich habe keine Ahnung ...« Natürlich habe ich eine Ahnung. Es passt perfekt.

»Ich weiß nicht, was du da erzählst«, flüstere ich. »Ich habe keine Ahnung, wovon du redest.« Ich will es ihm nicht glauben. Aber ich tue es. Ich weiß es. Es ist alles klar.

»Du weißt ganz genau, wovon ich rede. Du weißt, wer sie ist. Und sie hat dir gesagt, wo die Software ist, sie hat es dir gesagt!«

Ich rutsche an der Tür entlang gen Boden. Langsam und unaufhaltsam, während mein Körper all seine Spannung verliert. Augen aufgerissen.

Versuche, mich zu erinnern. Aber da sind immer wieder dieselben Bilder.

Ihr Gesicht. Aristokratisch. Wie aus einem Marmorblock geschnitten. Ihre Lippen kräuseln sich leicht. Ich weiß, was mich erwartet. Ich weiß immer, was mich erwartet, ich kann es nur nicht kontrollieren. Ich kann es niemanden wissen lassen. Das ist diese eine Sache nur zwischen uns beiden, wo sie am liebsten alles zwischen uns hätte.

Ihre Hand fährt durch mein Haar, über meine Wange, unter mein Kinn ... Biegt meinen Kopf zurück, bis mein Hals ganz frei liegt.

Ich bin taub.

»Was hat sie dir gesagt?«, frage ich zittrig.

»Dass du es bist«, sagt er mit gebleckten Zähnen. »Dass du die einzige Person bist, die weiß, wo die letzte Kopie der Software liegt. Ständig warst du mit ihr in Deep City oder einem ihrer abgeschirmten Labore, oder wo auch immer. Es ist so lächerlich offensichtlich.«

»Sie hat mir nichts davon gesagt! Ich habe keine Ahn-«

»Halt den Mund! Ich muss mir keine billigen Lügenmärchen anhören.«

Ihre Lippen kommen meinen ganz nahe. Ein gehauchtes Flüstern ... Die Parfumflasche in ihren Händen.

Sie sprüht. Und alles verschwimmt. Alles verschwimmt und alles löscht sich aus.

Ich zittere. Und ich realisiere.

Vista ist Cullinan. Cullinan ist Vista.

Vista, das größte Informatikgenie unserer Zeit. Niemand sonst hätte diese Software erschaffen können. Es ist alles klar. Sie hat *Thoughtspace* erschaffen und wollte es als Cullinan auf dem Schwarzmarkt in Deep City verkaufen.

Ich breche auf. Meine Erinnerungen bahnen sich knackend ihren Weg nach draußen, ich spreche wie ferngesteuert.

»Linux, ich weiß nichts über diese Software. Und ich kann verstehen, dass du mir das nicht glauben kannst. Denn wahrscheinlich hast du recht, wahrscheinlich hat sie mir alles darüber erzählt, hat mich mitgenommen, hat mir alles gezeigt. Wahrscheinlich müsste ich auch dich kennen. Aber ich werde mich daran erinnern können. Nicht an dich, nicht an diese Software, nicht an Deep City oder geheime Labore oder Vistas Pläne. Und ich werde dir sagen warum.« Das Zittern in meiner Stimme wird unkontrollierbar. Ich bin ein zitterndes, aufgeplatztes, beschissenes Wrack.

Sie hebt die Parfumflasche und ich weiche zurück. Will nicht wieder die Kontrolle verlieren, nicht schon wieder.

»Ich kann mich an nichts von all dem erinnern, weil ich dabei die ganze Zeit komplett unter Drogen stand«, quetsche ich hervor. »Filmriss. Alles weg.«

Kurze Stille.

»Sie hat dich unter Drogen gesetzt?« Er ist plötzlich ganz leise geworden. Kneift die Augen zusammen, als würde er sich an etwas erinnern. Als würde ihm plötzlich etwas klarwerden.

Ich schlucke. Hart und schmerzhaft. Schlucke brennende Tränen runter.

»Was erzählst du mir da? Wie kann es sein, dass niemand etwas davon mitbekommen hat?«, fragt er.

»Es war eine Kontaktdroge«, krächze ich. »Sie hatte diese Parfümflasche. Sie war mit der Droge befüllt. Sie hat mich damit besprüht, hat es aussehen lassen wie ein neckisches Spiel. Und alles danach ... Blackout.« Ich wische mir mit dem Handrücken über die geschwollenen Lippen. Versuche Luft in meine kollabierten Lungen zu saugen.

»Warum hat sie das gemacht?«, fragt er.

Ich zucke mit den Schultern. Tränen laufen über meine Wangen. »Sie wollte die Kontrolle ... Die Kontrolle über mich.« Ein paar Sekunden lang schweigen wir uns an, dann hole ich tief Luft. Meine Stimme klingt rau und verzweifelt. »Ich weiß nicht, wo diese beschissene Software ist, Linux. Ich weiß es nicht.«

Er leckt sich über die Lippen. Auf einmal sind ihm alle Sicherheit und alles Selbstbewusstsein aus dem Gesicht gefallen. Sein Blick geht unruhig hin und her.

»Du weißt es wirklich nicht.«

»Nein.«

Und ihm scheint plötzlich alle Kraft auszugehen. Lässt sich rückwärts auf eine der Treppenstufen fallen. Ringt nach Luft.

»Er stirbt«, krächzt er und ich brauche ein paar Sekunden, um zu verstehen, dass er über Fortran redet. »Verstehst du? Er stirbt.« Seine Lippen zittern. »Ich brauche dieser Software. Ich brauche sie jetzt. Und du musst sie mir geben. Du musst mir jetzt sagen, wo sie versteckt ist.«

»Kann ich nicht«, antworte ich. Es fällt mir schwer, mich aufrecht zu halten.

Und während ich ihn so ansehe, sekundenlang, realisiere ich, was für verzweifelte Menschen hier zusammengekommen sind.

Er sieht auf.

»Dann finde sie.« Seine Augen sind kalt und verzweifelt und veilchenblau. »Rette uns beide. Rette ihn.« Er vergräbt sein Gesicht in den Handflächen. »Das ist mein Ultimatum, Java.«

Ich starre ihn an und weiß nicht, was ich sagen soll. Jeder Gedanke in meinem Kopf kocht auf und jeder Gedanke scheint zu ersticken.

Ich sehe Vistas Gesicht vor mir und ich sehe die Verzweiflung in ihren Augen.

Mir kommt plötzlich ein ganz grässlicher Verdacht.

»Ich weiß nicht, wo die Software sein soll«, flüstere ich.

»Dann suche danach! Du bist die einzige Person, die sie finden kann. Sie war besessen von dir. Du kennst sie besser als jeder von uns. Und wenn du jeden Club und jede Person und jedes Schließfach in ganz Deep City danach durchsuchen musst.« Er beißt die Zähne aufeinander. Schweiß steht ihm auf der Stirn. »Es ist mir egal. Aber ich hoffe für dich, dass du es findest.«

Den Rest höre ich schon nicht mehr. Der Rest ist nur noch Matsch.

Und wenn ich jedes Schließfach durchsuchen muss ...

Ich habe eine Zahl vor Augen. Die Zahl, die Cullinan – Vista – auf das Telefon in ihrem Hotelzimmer geschrieben hat. Eine dreistellige Zahl, wie eine Zimmernummer oder ... die Nummer eines Schließfachs.

Ich habe plötzlich einen ganz schrecklichen Verdacht.

Schließfächer rauschen an mir vorbei. Ich zähle mit. 234, 235, 236 ...

Linux hatte recht, ich bin die Einzige, die ihre letzte Kopie finden kann. Ich weiß es jetzt. Ich weiß, wo ich finde, was alle suchen. Auch wenn es nicht die Art sein wird, die alle erwarten. Sich alle erhoffen.

Vor Schließfach 354 bleibe ich stehen. Kalter Schweiß auf der fiebrigen Stirn.

Es sieht aus wie das Opfer einer Schlägerei. Lack abgeplatzt, so verbeult, es müsste längst aus den Angeln fallen. Tut es nicht. Es hat jedem verzweifelten Versuch, es aufzubrechen, standgehalten.

Ich muss es nicht aufbrechen. Es kostet mich genau drei Versuche, den Code einzugeben.

Zunächst versuche ich es mit meinem Geburtstag. Ein Tag, an dem sie mich mit Geschenken überhäufte, ihr ganzes Haus eine einzige, riesige Party war.

Dann mit dem Tag, an dem wir uns getroffen haben. Auf einer repräsentativen Gala von Citrus Inc., auf denen wir Waisen und Heimkinder den großen Köpfen des Unternehmens vorgestellt wurden. Der Tag, an dem sie entschied, dass sie mich will. Der Tag, an dem ich in die Oberschicht Surface Citys aufstieg.

Als Letztes versuche ich es mit dem Tag, an dem ich sie verlassen wollte. An dem ich die Kontrolle, die sie über mich hatte, nicht mehr ertrug. Der Tag, an dem sie die Parfümflasche mit ihren Drogen fallen ließ. Der Tag, an dem sie mir sagte, sie würde sich umbringen, wenn ich gehe. Der Tag, an dem sie ihre Kontrolle über mich fallen ließ. Der Tag, an dem sie selbst fiel. Der Tag, an dem mein Leben zersplitterte, wie die Parfümflasche.

Klick. Das Schließfach springt auf.

Sie war besessen von mir.

Mein Blick verschwimmt über den verwaschenen Zahlen auf meiner Handfläche, der richtigen Schließfachnummer, während die Tür langsam aufschwingt.

So oft man auch versucht hat, dieses Schließfach aufzubrechen, sein Inneres ist so pedantisch geordnet, dass es nur zu ihr passen kann.

Ein Holzkopf steht in der Mitte. Mit Perücke. Mit Maske. Ein Holzkopf mit platinblondem Bubikopf, zur scheitellosen Perfektion geföhnt. Feines, geschliffenes Gesicht aus glänzendem Metall mit spitzer Nase, glatten Lippen und hohen Wangenknochen. Vistas Obsession.

Ich.

Der Anblick lähmt mich. Es dauert Sekunden, bis ich mich überwinden kann, danach zu greifen. Streiche durch die künstlichen Haare, fahre mit den Fingerspitzen die metallenen Gesichtszüge entlang.

Deshalb hält mich jeder für Cullinan. Deshalb konnte dieses Spiel so perfekt funktionieren. Ich war die Inspiration für diese Verkleidung, für diese Figur.

In diesem Schließfach liegt Cullinans Existenz. Alles was sie zu Cullinan gemacht hat. Ihre Kleidung, ihre Handschuhe, ihre Perücke, ihr Gesicht ...

Und eine Brille. Diese Brille gehört nicht zu mir. Es sind Vistas *DigiGlasses*. Bei ihrer Arbeit hat sie nie Linsen getragen, es war immer diese Brille.

Warum hat sie all das hiergelassen?

Ich drehe das filigrane Gestell in beiden Händen hin und her und erzittere innerlich.

Manchmal spiegeln sich die Projektionen, die sie um sich hat, in den Gläsern. Wie feine, bunte Lichtreflexe. Aber sie sieht daran vorbei. Sie sieht nur mich.

Diese Brille muss alles gesehen haben.

Mit zwei Fingern fahre ich den Bügel entlang, schalte sie ein. Setze sie dann auf und sehe durch ihre Augen.

Es entsteht die komplexe digitale Welt Surface Citys um mich herum. Die Benutzeroberfläche, die sich irgendwo im freien Raum abbildet. Vieles bleibt dabei in ewiger Verbindungssuche hängen. Kein Wetter, keine Nachrichten, keine Blutwerte, keine Timelines.

Dafür Vistas gespeicherte Daten. Viel ist nicht mehr übrig. Aber das, was übrig ist, wird wichtig sein.

Ich navigiere fast intuitiv durch die Überbleibsel ihrer Gedankenwelt. Durch ein paar Notizen und Bilder, viele von mir.

Ich ende bei einem Video. Es ist eine Liveaufnahme der Brille, die man normalerweise seiner Timeline zugänglich macht. Diese hat sie verschlüsselt und einfach abgespeichert, nie für die Öffentlichkeit bestimmt.

Start.

Die Aufnahme öffnet sich, breitet sich im leeren Raum leinwandartig aus, nur blass durchzogen vom Hintergrund der Schließfächer. Und die Halle wird zu einem anderen Raum.

Blendendes Licht. In der Mitte des Raumes ist eine Art Liege aufgebaut. Provisorisch, kalt, steril. Ein Mädchen liegt darauf. Platinblondes, scheitelloses Haar, sedierter Blick.

Ihre losgelassenen Augen driften durch leeren Raum. Ihr schmaler Körper ist spannungslos, ein langer Arm hängt über den Rand der Liege, ihr Hals ist überstreckt.

Der Fokus liegt ganz auf ihr.

Sie hatte nur Augen für mich. Ich war die formvollendete Ästhetik, die ihr sonst immer gefehlt hatte. Ich war das Einzige, an das sich ihre Augen je wirklich gewöhnen wollten.

»Java.« Die winzigen Lautsprecher der Brille rauschen ein wenig. Die Brille hat viel zu lange im kaltfeuchten Schließfach gelegen.

Plötzlich sieht mir das Mädchen direkt ins Gesicht. In die Augen.

Sie sieht aus wie eine Puppe. Wie der Versuch, lebendig zu sein, ohne diese Illusion wirklich zu erreichen.

Ich habe immer versucht, die widerlichen Momente zu vertreiben, in denen ich schweißgebadet aufgewacht bin, vom Alarm meiner Timeline. Ein schwarzes Loch im Schädel. Filmriss.

»Java, wollen wir anfangen?«

Das Mädchen blinzelt, ihr Blick flackert. Ich weiß nicht, wie viel wirklich zu ihr durchdringt. Ob sie alles versteht oder weit weg ist.

Manchmal kommen blasse Erinnerungen zurück. Verschwommene, surreale Bilder von ausgewaschenen Situationen. Voller Unstimmigkeiten. Und immer mit dem Gefühl, in einem Traum zu stecken, über den man sich plötzlich bewusst wird.

Ich fühle mich körperlos. Als würde diese Situation genau jetzt stattfinden und ich mich von oben betrachten. Ich schwebe über allem. Es kommt nicht richtig an mich ran. Ich bin unendlich distanziert.

Eine Spritze taucht in meinem Blickfeld auf, gehalten von schlanken, behandschuhten Händen. Ich sehe die Welt durch Vistas Augen. Sie zieht eine schwere, milchige Flüssigkeit auf. Präpariert die Spritze mit einer langen Nadel. Dann hebt sie sanft den Kopf des Mädchens an, ohne ihren Blick dabei aus den Augen zu verlieren. Und sie versenkt die lange Kanüle in der blassen Haut ihres Nackens und mit ihr die Flüssigkeit. Es geht ganz schnell. Nur ein paar Sekunden. Aber ich sehe ganz klar.

»Du darfst nicht gehen, Java!«, weint sie. Greift verzweifelt nach meinem Arm, doch ich schüttele ihn ab.

»Du stiehlst mir mein Leben«, sage ich.

Das Mädchen liegt flach auf der Liege mit weit aufgerissenen Augen, unfähig, sich zu rühren. Ihre Stirnvene pulsiert, ihre Haut glüht fleckig auf. Sie beißt die Zähne zusammen, gräbt die Hände in die Seiten der Liege.

Mein ganzer Körper zittert.

»Ich liebe dich, Java. Du bist mein Diamant.«

Brennende Tränen laufen über mein taubes, verkrampftes Gesicht, tropfen von meinen Lippen, tropfen von meinem Kinn. Und ich bebe.

Die Augen des Mädchens verdrehen sich, flimmern, verlieren jeden Fokus. Sie bleckt die Zähne, stößt ein langes Knurren aus.

Ein hässlicher Fleck hat sich in rötlichblauen Schlieren in ihrem Nacken ausgebreitet, er schmerzt. Er wird noch die nächsten Tage schmerzen, ohne dass sie weiß warum.

Aber sie kann nichts tun. Sie hat die Kontrolle verloren. Sie fällt.

Ich spüre mich selbst kaum, alles weicht einer aufgeweichten Taubheit, entfernt mich von mir selbst.

Die Spritze ist leer.

Mein Blick kommt ihrem Gesicht ganz nahe wie zu einem langen Kuss.

»Ich muss wissen, was du denkst … Ich brauche dich, es tut mir leid. Es tut mir so leid.«

Sie wusste, was sie tut.

Meine Lippen beben. Zittern. Bittere Tränen laufen mir zwischen die Zähne. Ich bin erstarrt.

Und immer wieder: »Ich liebe dich, Java, ich brauche dich. Ich muss wissen was du denkst.«

Jetzt weiß ich genau, warum die Sachen noch hier sind. Warum es noch eine Kopie von diesem Programm gibt. Vista konnte all das nicht zerstören. Sie konnte mich nicht zerstören.

Und vielleicht hat sie sich deshalb umgebracht. Weil sie die Kontrolle verloren hat. Die Kontrolle, die ihr immer am wichtigsten war – die Kontrolle über mich.

Vista hat Linux nie gesagt, ich wüsste, wo die Software ist. Sie hat ihm die Wahrheit gesagt, er hat sie nur nicht verstanden.

Die Software, die letzte funktionierende Kopie, bin ich.

Glücklos

»Bist du glücklich?«, frage ich Linux. Seine Timeline zeigt an, dass er es ist. Entspannt. Zufrieden. Gut ausgeruht. Sein Puls schlägt im ruhigen Rhythmus.

Er sieht von seiner dampfenden Teetasse und den für mich unsichtbaren Projektionen auf, die er bisher konzentriert angesehen hat. Zieht die Augenbrauen zusammen.

»Warum fragst du mich das?«, fragt er verwirrt.

Ich zucke mit den Schultern. »Weiß nicht.«

Linux verdreht ein kleines bisschen die Augen und lässt seine Tasse sinken. »Warum sollte ich nicht glücklich sein?«

Warum sollte er nicht glücklich sein? Sein Leben, seine Timeline sehen ganz perfekt aus. Er sieht absurd gut aus, lebt in einem absurd großen Haus, scheint unendlich viele Freunde zu haben. Menschen, die ihm mehr Interesse entgegenbringen, als man es für möglich halten würde.

Er muss wirklich, wirklich glücklich sein. Ich müsste ihm diese Frage nicht stellen.

Aber ein paar Stunden zuvor habe ich etwas im Badezimmerschrank gefunden. Etwas ganz Unspektakuläres. Eine handgroße Dose, bedruckt mit der Aufschrift »Vita-

mine – für ein leistungsstarkes Abwehrsystem und einen leistungsstarken Menschen«. Ganz unspektakulär. Ein paar Fingerkuppen große Pillen in verschiedenen Farben und Formen, nichts weiter. Bis ich mich erinnert habe.

An künstliche Glücksgefühle und Stimmungsaufheller. An Schmerztabletten und Schlafmittel. An ein schales, schrecklich verkatertes Gefühl, wenn man aus diesem Cocktail wieder rausgerissen wird.

Ich weiß nicht, woher das kam, aber ich war mir plötzlich aus tiefster Überzeugung sicher, dass ich da alles, nur keine Vitaminpräparate in der Hand hatte. Und vielleicht irre ich mich und meine Erinnerungen spielen mir einen Streich

Aber die Dose war fast leer.

Ich glaube, ich stelle mir in diesem Moment nicht wirklich die Frage, warum er solche Medikamente nehmen sollte. Viel mehr stelle ich mir die Frage, was für ein Mensch ich war, wenn ich weiß, was das für Medikamente sind. Und wenn von allen Erinnerungen ausgerechnet diese mein eingesponnenes Gedächtnis durchstößt.

Seine Timeline kommt mir plötzlich vor, wie durch einen bunten Pillenfilter kreiert. Und so unecht, wie nie zuvor.

Kapitel 26

»Bitte geh ran, bitte geh ran, bitte ...«

Ich stehe im eiskalten Regen an irgendeiner Telefonsäule. Zitternd. Die Tropfen perlen von meiner fiebrigen Stirn.

Endlich hebt er ab.

»Hallo?« Seine Stimme hat einen ganz merkwürdigen Nachhall.

»Glass?«, flüstere ich kaum hörbar. »Ich muss ...«

»Ich versuche seit einer Stunde, dich zu erreichen!«, schreit er mir ins Ohr, noch bevor ich ein klares Wort fassen kann.

»Glass, ich muss dir -«

Doch er lässt mich nicht ausreden: »Vala ist tot!«

Ein seltsamer Kopfschmerz pocht hinter meinen Schläfen, ein dumpfes Drücken überall. Als könnte ich die Software jetzt spüren.

»Sie ist tot«, sagt Glass und reißt mich aus meinen Gedanken. Ich kann seine Bitterkeit kaum ertragen. »Noch eine ... tot.«

Mir ist schlecht und schwindelig, friere, stehe seit drei Minuten hier und nehme Valas Leiche nur durch einen merkwürdigen Filter wahr.

Sie ist ein furchtbarer Anblick. Sitzt erstarrt an die Hauswand gelehnt, schmieriger Lippenstift um den Mund verteilt, geöffnete Augen. Totes Starren ins Leere. Ein Schuh ist ihr vom Fuß gerutscht, überall klebt Glitzerstaub an ihrem leblosen Körper, es ist beinahe ironisch. Glass hat ihr sein Jackett übergeworfen, wahrscheinlich im verzweifelten Versuch ihr noch zu etwas wie Würde zu verhelfen.

Über ihr flackert mühsam der verblassende Neonschriftzug eines schäbigen Stripclubs. Ihrem wahrscheinlich.

Jetzt haben ihre Geschwister in Surface City niemanden mehr. Es geht mir fast nahe.

»Wie hast du sie gefunden?«, frage ich. Ich kann Glass nicht in die Augen sehen. Am liebsten würde ich es einfach ausspucken, auskotzen wie Verdorbenes. Diesen Gedanken von mir trennen. Was würde er tun? Würde er mich ausliefern? Was würde *ich* tun?

Ich kann nicht.

»Sie hat mir eine Nachricht geschickt«, sagt er.

Und statt auf meinen fragenden Blick zu antworten, geht er mit abgewandtem Gesicht auf sie zu und zieht ihr das Jackett vom halbnackten Körper. Über ihren Bauch hat sie mit knallrotem Lippenstift etwas geschrieben.

Ich bestimme.

»Sie hat sich umgebracht«, sage ich.

»Sie hat bestimmt«, sagt Glass mit bebenden Lippen. »Sie hat nicht daran geglaubt, dass wir sie da rausholen können.«

»Ich«, sage ich. »Sie hat nicht geglaubt, dass *ich* sie da rausholen kann.«

Glass schweigt und breitet sein Jackett wieder über ihr aus.

Ich fühle mich ohnmächtig.

»Wissen die anderen davon?«, frage ich. Verschränke die zittrigen Arme vor der Brust.

»Q weiß es«, sagt er. Und seine Lippen zittern. »Er wäre der Nächste.«

Ich reibe meine eiskalten Hände an meiner Hose.

»Nein«, murmele ich. »Ich glaube, die Nächste bin ich.«

Glass starrt mich an. Seine Augen gehen unruhig hin und her, flackern immer wieder zurück zu Valas Leiche, ohne dass er sie sich wirklich ansehen kann.

»Niemand sollte der Nächste sein«, sagt er zittrig. »Das muss aufhören.« Er presst sich die Finger gegen seine Schläfen, als versuche er, irgendetwas in ihm abzutöten.

»Ich weiß«, sage ich schwach.

Die pure Verzweiflung in seinem Blick ist fast unerträglich. Sie tut mir weh. So sehr ich auch versuche, mich davon zu distanzieren, es fühlt sich an, als würde ich mir selbst dabei zusehen, wie ich auseinanderfalle.

Ich könnte meine Timeline löschen, ich könnte es alles beenden ... Aber ich muss an Glass denken, der all seine Erinnerungen verloren hat. Und es könnten noch viel schlimmere Dinge passieren.

Glass geht derweil auf und ab. Ruhelos, gehetzt. Fast panisch. Schweißperlen stehen ihm auf der Stirn.

Schließlich bleibt er stehen, starrt mich an.

»Hast du herausgefunden, wo die Software ist?« Er macht einen Schritt auf mich zu. »Wir müssen das jetzt beenden. Wir müssen alles in Bewegung setzen.«

Ich zittere. »Ich weiß nichts«, krächze ich schwach. Ich klinge nicht besonders überzeugend. Wann habe ich nur das Lügen verlernt?

»Das kann doch nicht sein«, sagt er. »Du kannst nicht einfach so in diese Sache reingerutscht sein, ohne irgendwas zu wissen. Du kannst nicht die ganze Zeit hier gewesen sein ...« Sein Blick durchdringt mich.

»Ich habe dir die Wahrheit gesagt«, flüstere ich.

»Die Wahrheit ist doch nie die ganze Wahrheit ...« Er sieht wirklich verzweifelt aus.

Ich sehe ihn an und weiß nicht, was ich sagen soll. Meine eigenen Gedanken sind zu laut.

»Ich bin verwirrt«, sagt er kratzig. »Mir ist alles entglitten.« Seine brutale Ehrlichkeit schickt eine Gänsehaut über meinen Körper. »Weißt du, es muss einfach irgendwas geben. Ich klammere mich an jeden Strohhalm und du warst mein einziger. Jetzt haben wir nichts mehr.«

»Ich habe auch nichts«, erwidere ich kaum hörbar. Verziehe das Gesicht zu grotesken Grimassen. Mein Körper wehrt sich aktiv gegen meine Worte, als wäre er das Lügen und Spielen leid.

»Ich wünschte, ich könnte ...«

»Ich weiß nicht warum«, unterbricht er mich. »aber ich vertraue dir. Ich habe dir die ganze Zeit vertraut. Die ganze Zeit über. Und ich vertraue dir immer noch.

Ich habe versucht, mich dagegen zu wehren. Ich habe es … wirklich versucht.« Er sieht mich an, mit einer Intensität, die mein Inneres aufschütteln. Blinzelt. Augen ganz dunkel im Halblicht. Verschwitztes Haar fällt ihm in die Stirn. Ich versuche, den Blick abzuwenden und schaffe es nicht.

Er schüttelt nur den Kopf, blickt dann wieder auf die Leiche hinab, die sich einen feuchten Dreck für unsere Probleme interessiert. Ihre Probleme hat sie endgültig gelöst. Absolut und endgültig.

»Ich hätte mich verraten fühlen sollen, aber ich tue es nicht.« Er schluckt hart. Sein Atem ist so laut, ich kann ihn ganz deutlich hören. Noch immer sieht er sie an, als könnte sie ihm eine Antwort geben. »Ich hätte mich wirklich verraten fühlen sollen, aber …«

»Niemand zwingt dich, mir zu vertrauen«, flüstere ich.

Glass lehnt sich an die Hauswand, irgendwo neben Valas Leiche, lässt den Kopf nach hinten fallen und sieht nach oben. Sein Hemd spannt unter seinen heftigen Atemzügen, scheint fast zu bersten.

»Tu doch etwas!« Seine Stimme hallt an den Häuserwänden nach.

»Was soll ich tun?« Meine Stimme fühlt sich heiser an. »Ich kann nichts machen, verstehst du? Ich bin genauso verloren wie du!«

Glass schlägt sich die Handflächen vor die Stirn, ringt verzweifelt nach Luft.

»Ich weiß es nicht!« Er kneift die Augen zusammen. »Aber du hast diese Situation hier verursacht! Du hast …«

»Was hätte ich denn tun sollen?« Meine Stimme klingt fast weinerlich. Heiser und weinerlich.

Er stößt sich von der Wand ab, kommt einen Schritt auf mich zu, sieht mich an.

»Du hättest die Wahrheit sagen können!«, schreit er. »Du hättest uns so viel Zeit ersparen können. Zwei Tode vielleicht! Und weißt du, was du mir hättest ersparen -« Er verstummt und presst die zitternden Lippen aufeinander. »Du könntest mir jetzt die Wahrheit sagen!«, sagt er schwach. Seine Stimme ist plötzlich seltsam leise und erstickt. Sein Blick flackert.

Ich beiße mir auf die Unterlippe. Versuche, einen erneuten apokalyptischen Heulkrampf zu vermeiden. »Ich sage dir die Wahrheit. Die ganze, verdammte Wahrheit.« Mir wird schlecht bei dieser Aussage. So schlecht, ich könnte ihm die Wahrheit vor die Füße speien.

»Wann ist die Wahrheit ...«

»Es *ist* die Wahrheit!« Ich will, dass sie es ist.

Er schweigt. Weiß nichts mehr zu erwidern. Sein Blick ist gläsern und verzweifelt. »Wir müssen jetzt etwas tun! Siehst du?« Er deutet auf die Leiche, die ihm zu Füßen liegt, wischt sich mit dem Handrücken der anderen Hand den kalten Schweiß von der geröteten Stirn.

»Du hast noch so viel Zeit«, sage ich. »Du hast noch so viel Zeit, dich zu retten.« Diese Worte fallen fast automatisch von meiner zerbissenen Zunge. Als wollte ich mich unterbewusst selbst damit überzeugen. Er wird nicht sterben. Mein Gehirn muss nicht zu Matsch werden. Wir werden nicht sterben. »Wir haben noch so viel Zeit!«

»Es geht nicht um mich, verstehst du das nicht?« Er kämpft um Luft. »Von mir aus sollen sie mich umbringen, es ist mir egal.« Mit diesen Worten rutscht er an der Hauswand entlang auf den Boden und versenkt den Kopf zwischen den Knien. Sein Körper bebt in verzweifelten Atemzügen.

Er sieht zu mir auf, mit glasigen, tränenden Augen. Lädt die Luft mit seiner Verzweiflung auf.

»Ich habe das Gefühl, zu wissen, wer du bist«, sagt er leise. »Ich wünschte, es wäre anders. Ich wünschte, es wäre anders.«

Meine Lippen zittern so sehr, ich kann nichts erwidern. Mein Schädel quillt über mit Angst und Antworten und immer wieder mit Gefühlen, die mich überfordern, aber ich kann nicht noch weiter aufreißen.

In diesem Moment taucht Q irgendwo aus dem Schatten auf. Das Gesicht tief in sein Tuch vergraben, die Hände in seinen Taschen. Die lockigen Haare fliegen mit dem Wind, den sein schneller Gang verursacht. Er wäre der Nächste ... Er wäre der Nächste, der irgendwo einen grauen, unwürdigen Tod findet.

Ich kann plötzlich keine weiteren Gesichter ertragen und keine weiteren Fragen. Ich kann kein einziges Wort mehr sagen, ohne dabei nicht auseinanderzufallen. Gehe einfach an Q vorbei, wortlos und lasse die Szene einfach hinter mir zurück.

Die Intensität der Nacht hat mich gepackt und die künstlichen Lichter atmen. Das organische Gurren und Keuchen der Stadt, all ihre Geräusche finden sich in mir zusammen.

Ich wandere durch Surface Citys Straßen, taub und ruhelos, die Hände in den Taschen versenkt. Kalter Schweiß steht mir auf der Stirn.

Ich habe mich diesem Ort nie näher und nie ferner gefühlt. Es ist so absurd.

Wenn sich jeder flüchtige Gedanke in einem Netzwerk wiederfindet, wenn sich alles verbindet, jedes komplexe Muster verbindet, was entsteht dann? Was für ein Wesen ist das? Was für ein Wesen ist diese Stadt? Träumt sie schon? Und wie weckt man sie auf?

Ich blase kalte Atemschlieren in die Luft und höre auf meinen weit entfernten Herzschlag.

Ich habe lange sehr erfolgreich verdrängt, aber nun durchlebe ich den Moment wieder und wieder. Ganz klar, mit einer stumpfen, gefühllosen Resignation.

Wie Vista und ich gestritten haben.

Wie sie geweint hat.

Wie ich geschrien habe.

Wie sie mir gedroht hat.

»Wenn du gehst ... Wenn du wirklich gehst, dann kann ich nicht weiterleben. Dann bringe ich mich um!«

Ihre Worte haben sich angefühlt wie leere Drohungen. Bis zu dem Moment, als sie die Parfumflasche fallen ließ. Ich wusste – damit hatte sie alles zu Fall gebracht. Die Droge, war die Kontrolle über mich, die sie so dringend für sich brauchte. Damit gab sie mich frei, ließ mich fallen.

Ich zittere.

Ich erinnere mich daran, wie ich später allein in meinem Bett lag, den Kopf unter meinem Kissen vergraben, um das Klingeln des Telefons abzudämpfen. Ich wusste, dass sie es war, die mich anruft. Ich wusste, dass sie mir noch eine letzte Chance gab, sie aufzuhalten. Aber ich konnte nicht mehr. Ich konnte nicht mehr.

Kaum zwei Stunden später war sie tot, siebzig oder achtzig Meter in die Tiefe gestürzt. Und die halbe Welt durfte glauben, ich hätte sie auf irgendeine perfide Weise in den Selbstmord getrieben.

Niemand wusste, wer sie wirklich war.

Warum hat sie mir das angetan? Warum hat sie mir das alles angetan?

Werde ich mich nun selbst verlieren so wie Glass?

Ich habe Deep City betreten, mit dem verzweifelten Wunsch, mich selbst hinter mir zu lassen und mich wieder ins Licht zu ziehen, so wie ich es immer gemacht habe. Seitdem bin ich nur tiefer gesunken. Alles ist noch dunkler als zuvor.

Alles ist explodiert, ist über mir zusammengebrochen wie ein brennendes Kartenhaus. Und die einzige Möglichkeit, mich aus dieser Scheiße zu befreien, wäre zu akzeptieren, dass mein Gehirn danach wahrscheinlich matsch sein wird.

Und ich schwitze. Schwitze und zittere.

In den frühen Morgenstunden habe ich eine schlechte Idee. Es ist meine Einzige.

Lieblos

Es ist ein wolkenloser, klirrend kalter Nachmittag und er versetzt mich in eine merkwürdige melancholische Stimmung. Beinahe nostalgisch, als hätte ich eine tatsächliche Vergangenheit, die das rechtfertigen würde.

Vielleicht ist es auch nur das Wetter. Die kalte Wintersonne steht hoch, spült gläsernes Licht über das helle Interieur des Wintergartens und über die glänzende, gleißend helle Kulisse der Stadt um mich herum. Die verchromten Wasserspeier glänzen plastisch und die ganze Stadt wirkt auf ihre Art unwirklich wie ein Hologramm.

Ich sitze im Wintergarten, Kopfhörer auf den Ohren und schwimme in leiser Musik. Blicke durch die kristallene Frostschicht, die auf den Fenstern glitzert, auf die unendlichen Wolkenkratzer, an denen das Sonnenlicht leckt.

Das metallische Schrillen der Türglocke erschreckt mich in dieser Sekunde fast zu Tode, lässt mich aus meinem Sessel aufspringen und meine Kopfhörer runterreißen. Angespannt stehe ich mitten im Raum, festgefroren und erkaltet. Horche in den Flur.

Klackernde Schritte hinter meiner angelehnten Tür. Linux ist auf dem Weg.

Als er sie öffnet, herrscht für einen Moment eine fast unnatürliche Stille. Ich horche.

»Du«, sagt Linux dann. Seine Stimme klingt kühl.

Eine weitere längere Pause.

»Sie ist hier, nicht wahr?« Eine zweite männliche Stimme. Jung, dunkel, leicht aufgeraut. Unbekannt.

»Ja, ich kümmere mich um sie«, erwidert Linux. Er klingt kalt und abweisend und ich kann diese unbestimmte Nervosität in seiner Stimme hören, die sie immer überfällt, wenn er zu oft über die Lippen leckt und an den Zipfeln seiner Kleidung zupft.

»Darf ich sie sehen?«, fragt der unbekannte junge Mann.

»Sie versucht, sich zu erholen«, antwortet Linux distanziert. »Ich möchte ihr nicht zu viel zumuten.«

»Ich werde nicht lange bleiben. Ich möchte sie nur einmal sehen.«

»Wir kümmern uns schon um sie.«

»Ich weiß«, erwidert der Unbekannte kühl. »Ich vertraue dir. Lass mich einfach zu ihr.«

»Sie wird sich nicht an dich erinnern«, spuckt Linux plötzlich aus und seine Stimme hat einen fast aggressiven Beiklang angenommen. »Also ...«

Ich erzittere ein bisschen. Mein Inneres fühlt sich plötzlich ganz taub und seltsam an. Mein Gedächtnis ist wieder ganz blank, als würde sich die dünne, weiße Haut wieder über alles legen.

Es herrscht ein sekundenlanges Schweigen.

»Ich weiß, dass sie sich nicht erinnern wird«, erwidert der Fremde trocken und aus seiner Stimme trieft dickflüssige Resignation. »Ich weiß es.«

Wieder Schweigen. Linux räuspert sich umständlich.

»Komm ein anderes Mal wieder ... Glass.«

In diesem Moment geht ein Ruck durch meinen Körper und ich laufe wie ferngesteuert in den Flur, hastig und mit heftig schlagendem Herzen. Als ich dort angekommen bin, steht Linux noch immer an der offenen Tür.

Doch der unbekannte Besucher hat uns bereits den Rücken zugekehrt und ich sehe nur noch eine hochgewachsene schlanke Gestalt im hellen Anzug, die sich ihren Hut aufsetzt und verschwindet.

»Auf Wiedersehen, Linux!«, ruft er noch und seine Stimme vibriert in einem merkwürdigen Nachhall.

Ein paar Sekunden lang stehe ich etwas perplex und völlig wortlos im Flur, bis Linux sich zu mir umdreht. Seine Augen weiten sich.

»Wo warst du?«, fragt er.

»Im Wintergarten. Wer war das an der Tür?«

Er blinzelt mich an, macht ein paar Schritte auf mich zu. Er wirkt, als stünde er neben sich. Der Blick in seltsame Richtungen verzerrt, die Pupillen geweitet. Seine Hände zittern leicht. Er sieht seltsam entgeistert aus, als würde ihn meine Frage ganz fassungslos zurücklassen.

»Eine alte Bekanntschaft«, sagt er dann und kaut leicht abwesend auf seiner glänzenden Unterlippe.

Ich lege den Kopf schief.

»Warum hast du ihn nicht reingelassen?«

»Keine Zeit«, sagt er ernst. Nestelt nervös am Saum seines eierschalenfarbenen Jacketts, schiebt die Hände dann in die Hosentaschen. Scheint zu realisieren, dass das keine ausreichende Antwort sein wird. »Außerdem möchte ich dir nicht zu viel zumuten.«

»Mir geht es besser.«

»Ich weiß.«

Stille.

»Kannte er mich?«, frage ich. Meine Stimme zittert leicht. »Er kannte mich, nicht wahr? Vor dem ... Vorfall.«

Linux sieht mich an und ich glaube, er erkennt, dass es unnütz ist, irgendetwas zu leugnen.

»Ach, er ist nur ein alter Bekannter«, sagt er ausweichend. »Und er hat sich ziemlich verändert. Du würdest ihn wahrscheinlich nicht wiederkennen.«

Ich senke den Blick. »Wen würde ich schon wiedererkennen?«

Linux seufzt leise und legt mir eine Hand auf die Schulter.

»Hab noch ein bisschen Geduld. Bald wird alles wieder einen Sinn ergeben, ich verspreche es dir.«

Kapitel 27

Ich treffe mich noch einmal mit Linux. Starte einen letzten verzweifelten Versuch. Und bin dieses Mal auf eine ganz merkwürdige Art froh, ihn zu sehen.

Er sieht ganz Surface City aus, in weichen, cremeweißen Hosen und heller Weste, die Schuhe bis zum Anschlag poliert. Er lehnt im fahlen Lichtkegel einer Laterne, gegen das Schaufenster seines fadenscheinigen Lieblingslokals gelehnt, die Hände in den Taschen versenkt.

»Java«, sagt er kühl, als ich vor ihm stehen bleibe. Verzieht die vollen Lippen zu einem schmalen, glatten Lächeln, den rechten Mundwinkel kaum ein paar Millimeter hochgezogen.

Sein Gesicht sieht nicht ganz so Surface City aus. Vielleicht ist es nur das Licht, vielleicht ist es diese seltsam unpassende Maske, die viel mehr Raum einnimmt als sonst. Aber der violette Lidschatten ist von seinen Augen verschwunden, der sie sonst so spektakulär in Szene gesetzt hat, seine Haut wirkt blass und gereizt, seine Lippen seltsam geschwollen. Porzellan-Linux sieht fast menschlich aus im trüben Licht und irgendwie kann ich mir denken warum.

Wir betreten das Lokal schweigend. Setzen uns an denselben Tisch wie bei unserem ersten Treffen, ebenfalls schweigend. Und sehen uns einige Minuten lang nur an.

Ein feines Netzwerk geplatzter Äderchen durchzieht sein Augenweiß, als hätte er seit Tagen nichts anders getan, als geweint.

»Wie stark ist dein Einfluss auf Fortran?«, frage ich schließlich und breche damit die Stille.

»Sicher stärker als deiner«, sagt er und leckt sich über die Lippen. Sein Blick ist unruhig heute.

»Das hatte ich gehofft«, erwidere ich.

Wieder wechseln wir einen langen, stummen Blickwechsel.

»Ich möchte dir ein Angebot machen, Linux«, sage ich. »Denn ich weiß jetzt, wo die Software ist.«

Seine Augen weiten sich, seine Pupillen werden größer, als hätten meine Worte eine berauschende Wirkung.

»So plötzlich«, sagt er und lehnt sich weit in seinem Stuhl zurück.

Ich knirsche mit den Zähnen. »Spielt doch keine Rolle mehr«, erwidere ich. »Ich weiß es. Und angesichts der Umstände ist es das Beste, wir würden gemeinsame Sache machen.«

Linux hebt fragend seine Augenbrauen. Reibt die Lippen aufeinander.

Ich lehne mich in einer fast einladenden Geste ein Stück nach vorne, stütze die Unterarme auf der Tischplatte auf. Versuche, nicht zu zittern. Sehe ihm fest in die Augen, auch wenn es mir schwerfällt.

Er antwortet nicht gleich. Bleibt noch ein paar unerträgliche Sekunden lang ganz still, als würde ihn die Situation nicht richtig erreichen. Sieht mich nur an.

»Wo ist die Software?«, fragt er dann. Lehnt sich ebenfalls ein Stück in meine Richtung. Ich antworte nicht. »Du hast mir am Telefon gesagt, dass du sie gefunden hast. Deshalb sind wir jetzt hier. Also, wo ist sie?« Und packt meinen Arm, umschließt mein Handgelenk mit seinen langen, schlanken Fingern, so fest, dass es schmerzt.

Ich versuche, mich loszureißen.

»Ist völlig egal. Ich bin nicht hier, um es dir zu geben. Ich bin hier, damit wir gemeinsame Sache machen können.«

Sein Blick flackert über mich hinweg. Er verzieht das Gesicht, bleckt die Zähne. Schluckt hart.

»Was willst du?«, fragt er dann. Seine Stimme klingt tief und aufgeraut.

»Meinen Arsch retten«, sage ich. »Und dein Plan ist wahrscheinlich ganz nützlich dafür. Ich glaube, ich weiß jetzt, was du die ganze Zeit vorhattest. Warum du mich manipuliert hast, damit ich in Schwierigkeiten gerate und gezwungen bin, dir diese Software zu beschaffen. Du wolltest Fortran mit der Software erpressen, nicht wahr? Damit er Deep City und ihren giftigen Dämpfen den Rücken kehrt und er eine Chance hat, wieder gesund zu werden. Das war dein Plan. Deshalb wolltest du sie so sehr.« Ich schlucke einen schleimigen Knoten. »Jetzt wirst du Fortran eben nicht mehr allein erpressen.«

Linux verzieht das Gesicht noch weiter, zu etwas, von dem ich nicht weiß, ob es ein Lächeln, oder eine verängstigte Grimasse ist. Er schluckt hörbar.

»Wo ist sie?«, fragt er noch einmal. Seine Finger umklammern noch immer mein Handgelenk.

»Das willst du gar nicht wissen«, erwidere ich trocken. Wische mir mit der freien Hand kalten Schweiß von der Stirn. Ich habe das Gefühl, hier zu zerfließen. In kalte, schwitzige Gedankenpampe. »Also ... Machen wir einen Deal?«

»Oh doch, das will ich wissen.« Seine Finger schließen sich noch fester und ich muss mich fast zu sehr darauf konzentrieren, den Schmerz zu ignorieren, der sich in meinem Handgelenk ausbreitet. Er verzieht die Lippen, zeigt wieder seine überbleichten Zähne. »Wo ist diese verdammte Software? Oder verarschst du mich nur?«

»Ich habe keine Zeit mehr, mir Lügengeschichten auszudenken und Leute zu verarschen. Und dich hätte ich in meinem Leben vielleicht nicht mehr wiedersehen müssen.« Ich knirsche hörbar mit den Zähnen. »Wäre froh darüber gewesen, ehrlich gesagt.« Linux verzieht keine Miene. »Ich habe also keinen Grund, dir Scheiße zu erzählen. Du kannst mir glauben, oder du kannst es bleiben lassen. Fakt ist: Vista hat genau eine Kopie des Codes zurückgelassen. Eine. Ich weiß, wo sie ist, du weißt es nicht. Und das ist mein Angebot. Wir machen gemeinsame Sache. Jeder kriegt was er will. Oder wir lassen es eben.« Ich verschränke die Arme vor der Brust, hauptsächlich, um meinen übertriebenen Herzschlag zu dämpfen und meine zitternden, kribbelnden Finger zum Schweigen zu bringen.

Linux kneift die Augen zusammen. Betrachtet mich rastlos. »Warum bist du hergekommen?«, fragt er dunkel. »Warum bist du hier und machst mir dieses Angebot? Du könntest längst bei Fortran sein. Geh zu ihm, gib ihm diese Software, gib ihm, was er will.« Er ist fast laut geworden und seine Stimme vibriert in meinen Ohren, mit einer schmerzhaften Verzweiflung und einer Bitterkeit, die ich bei ihm noch nie gehört habe.

»Kann ich nicht«, erwidere ich.

»Warum?«

Für einen Moment bin ich kurz davor, es ihm einfach zu sagen, nur um selbst vielleicht damit abschließen zu können. Als wäre es dann nicht mehr Verantwortung. Als wäre es dann nicht mehr ich.

Ich lasse es.

»Das ist mein Angebot, Linux«, sage ich stattdessen. »Du kriegst alles, was du willst, wenn es funktioniert. Und du müsstest dir denken können, dass ich nicht hier wäre, wenn es eine bessere Möglichkeit gäbe.«

»Wo ist diese Software?«, fragt er noch einmal und ich schweige.

Ein paar Sekunden lang ist er still. Kräuselt die Lippen, spannt seinen Kiefer an.

»Ich mache keine Abmachungen und gebe keine Versprechen«, sagt er dann. »Und ich vertraue dir kein Stück, Java. Du bist ein kleines Licht in dieser Welt, aber du bist eine manipulative, verlogene Schlange. Die halbe Welt glaubt, du hättest das Informatikgenie unserer Zeit in den Selbstmord getrieben. Du hast dich in Surface City bis zur Spitze unserer schönen Gesellschaft hochgeschlafen. Du bist eine manipulative, verlogene Schlange und es wäre närrisch, dir zu vertrauen.«

Ich ignoriere die überwältigende Übelkeit, die mich überrollt. »Und du bist das nicht?«, frage ich spitz.

Linux stößt ein heiseres, bitteres Lachen aus. »Oh, versteh mich nicht falsch, das war ein Kompliment. Ich bewundere dich sehr dafür«, erwidert er. »Es ist nur die Wahrheit und ich vertraue dir nicht. Ich denke, das ist keine Überraschung.«

Ich ziehe wieder die Nase hoch. Der Schweiß pulsiert auf meiner Stirn.

»Du glaubst, du hättest eine Wahl, nicht wahr? Könntest immer noch genauso weitermachen, dass alles so läuft, wie du es dir wünscht.« Ich wische mir mit dem Handrücken über die Stirn. »Glaub mir, das ist deine einzige Möglichkeit.« Ich schlucke hart. »Deine einzige.«

Wir sehen uns ein paar lange Sekunden noch an, dann greife ich in meiner Jackentasche nach meiner digitalen Brille. Ich habe Fortrans Hologramm drauf geladen. Eine andere Idee, ihn zu überzeugen, hatte ich nicht.

Ich überreiche sie mit eiskaltem Blick.

Er sieht mich kurz fragend an, setzt sie dann auf. Schaltet sie ein. Blickt durch die großen Gläser, in die spektakuläre Leere digitaler Projektionen. Ich kann zusehen, wie seine Pupillen versuchen, Halt zu finden. Die winzigen Pixel flackern wie digitale Poren über das spiegelnde Glas.

Schmerzhafte Stille.

Ich habe das Hologramm ganz genau vor Augen, habe es mir oft genug selbst angesehen. Es hat nie seine

Wirkung verfehlt. Jedes Mal, wenn Fortran seine Maske abnahm, jedes Mal, wenn seine trüben Augen mich aus diesem sterbenden, zusammengefallenen Gesicht fixierten, breitete sich eine Gänsehaut über meinem ganzen Körper. Aber das war nur ich, ich, für die Fortran ein Fremder ist. Für mich war es erschreckend, ihn zu sehen und unheimlich, weil es beängstigend ist, einen schwerkranken, sterbenden Menschen zu sehen.

Für ihn ist er jemand, den er auf keinen Fall verlieren will. Und zu meiner eigenen Überraschung tut es mir weh, ihm zuzusehen, weil ich längst ganz genau weiß, was passieren wird.

Sein Blick bleibt erst ganz ruhig, nur seine Lippen zucken leicht. Sein Blick flackert, scheint irgendwo in der Leere hängenzubleiben.

Ich zähle meine Sekunden. Starre ihn an.

3, zähle ich. 2. 1. Die Sekunde, in der Fortran seine Maske abnimmt.

Auf seinem Gesicht breitet sich ein unheimlicher Ausdruck aus, irgendwo zwischen unendlichem Schmerz und einem blassen Lächeln aus, sein Blick ist so weit entfernt, er könnte sich auch irgendwo zwischen den Pixeln aufgelöst haben. Seine Augen werden immer glasiger, füllen sich mit Tränen. Zittrige Finger, zittrige Lippen. Als würde seine schöne Hülle einfach aufreißen.

Der Schmerz in seinem Blick wird so glasklar sichtbar, es tut mir in allen Fasern meines Körpers weh.

Linux ist vielleicht das perfekte Beispiel für einen gläsernen Menschen, er ist die Definition eines Paradisers in Surface City. Er ist charismatisch, er ist androgyn, sieht aus wie aus einem Werbeplakat gefallen. Er hat den Stil perfektioniert, in Blumenmustern und weißer Seide. Er ist unfassbar schön. Er bewahrt immer Haltung, bleibt immer genau auf der Schwelle zwischen ernst und ausgelassen, wird immer gesehen und zeigt nie etwas, das seiner Ästhetik nicht guttut. Ich weiß nicht wirklich viel über sein Leben, sehe ihn nur hier unten. Aber sein Anblick allein löst eine Vorstellung aus, von einem erfolgreichen, wohlhabenden, intelligenten, glücklichen Menschen. Er kreiert die perfekte Illusion, inszeniert sich als eindimensionale Figur irgendwo zwischen griechischem Gott und arbeitsamer Drohne unserer Stadt.

Er ist gläsern wie ein Gewächshaus. Aber so gläsern wie jetzt war er wahrscheinlich noch nie.

Der ernste, wahrscheinlich vor dem Spiegel perfektionierte Blick ist gefüllt von echten Emotionen. Von ihm selbst. Von seinem Inneren. Seine Hülle ist aufgerissen und mir fällt alles vor die Füße.

Und ich realisiere: Wir sehen uns nicht nur ähnlich. Wir sind uns ähnlich. Er ist genau wie ich – jemand, der lange genug vor seiner Realität weggelaufen ist, bis er die eigene Illusion geglaubt hat. Es ist ein schmerzhafter Anblick, weil er so real ist. Und ich habe das Gefühl, mit ihm zu fallen. Mit ihm, in diese ertränkende Dunkelheit der eigenen Gedanken, die man in Surface City so mühsam in gläserne Form zu pressen versucht.

Wir sind hier unten. Wir sind gefallen.

Er wischt sich mit dem Handrücken über die zittrigen Lippen. Versucht, die Tränen aus den Augen zu blinzeln. Er trägt matten, weißen Nagellack. Alles an ihm ist so weiß. Er wäscht sich weiß.

»Er stirbt, Java«, flüstert er und sieht mir über die Projektionen der Brille hinweg in die Augen. Die Bilder spiegeln sich im glasigen Veilchenblau wie auf einer winzigen Leinwand.

»Ich weiß«, sage ich bitter. Mir ist kalt.

»Er wird sterben und ich kann nichts tun«, krächzt er.

Mir laufen Tränen über die Wangen. Es holt dich immer ein. Deine Realität holt dich immer ein. *Sie ist tot und ich kann nichts mehr tun.*

»Wir haben so ein schönes Kunstwerk erschaffen«, flüstere ich. »Uns selbst. Auf der hässlichsten Leinwand, die wir finden konnten.«

Ich versuche die Tränen wegzuwischen, doch sie kommen einfach nach.

»Er darf nicht sterben«, sagt er bebend.

Ich ziehe die Nase hoch, wische mir über die brennenden Augen.

»Ich weiß.«

Er streckt eine Hand über den Tisch hinweg und ich greife danach. Nach feuchten, kühlen Fingern. Umschließe sie ganz fest.

Wir sind beide sehr verzweifelte Menschen.

Es vergehen Minuten, in denen wir so dasitzen. Heulend, Hände fest miteinander verschränkt.

»Du musst mir helfen, Java«, flüstert er. Die Worte fallen von zittrigen Lippen. »Du musst mir helfen, du musst ihn retten. Und mich ...«

»Ich kann dir nicht helfen, Linux«, erwidere ich bitter.

Als ich das Lokal verlasse und in einem schweren, langsamen Tempo die Straßen entlang schleiche, fange ich aus dem Augenwinkel plötzlich etwas ein. Ich hebe den Kopf, lege ihn in den Nacken und sehe einen kleinen, flatternden Gegenstand. Ein weißes Papier, das, von der Luft durchfeuchtet, zur mir herab segelt. Vom Luftzug mal nach rechts, mal nach links gezogen, trudelt es gen Boden.

Es ist ein Taschentuch.

Ein Taschentuch, aus dickem, weichem Stoff, mit einem kleinen Emblem eines Palmenblatts. Ein Taschentuch aus Surface City.

Ich bleibe stehen, folge seinem zerrissenen Fall, bis es sich vor meinen Füßen in eine flache Pfütze legt. Durchtränkt vom bräunlichen Regenwasser fügt es sich perfekt in Deep Citys staubig feuchten Straßendreck.

Ich kann mich lange nicht überwinden. Dabei wünsche ich mir unerklärlicherweise seine Nähe. Schließlich wähle ich doch seine Nummer.

»Ich bin froh, dass du anrufst«, sagt Glass.

Ich treffe ihn in der Lobby seines Hotels. Sitze dort schwitzend in meinem langen Mantel, in der überhitzten Luft. Meine Augen brennen. Die Sessel der verrottenden Sitzecke fühlen sich klebrig an, an der Decke rotieren die ziemlich nutzlosen Ventilatoren und wirbeln endlose Mengen von Staub auf.

Als er mich sieht, bleibt er erst einen Moment lang stehen. Sieht mich an. Ich blinzele. Er blinzelt. Die Gedanken, die in meinem Schädel rotieren, werden für einen Moment ganz klar und still. Nur mein Puls geht ein bisschen schneller.

Dann setzt er sich schweigend auf den Sessel mir gegenüber. Stützt die Unterarme auf den Knien auf und sieht mich an. Seine Pupillen sind ganz klein im kalten Licht und ich werde eingesogen in das dunkle blau-grün-grau seiner Augen. Seine Haut ist von einem feinen, glänzenden Schweißfilm überzogen. Das Haar, das sich keiner Frisur hingeben will, fällt ihm in die Augen. Auf den glatten, kantigen Lippen fängt sich das Licht, die harte Linie seines Kiefers wirft tiefe Schatten über seinen Hals.

»Wir kriegen das hin, nicht wahr?«, fragt er und legt den Kopf ein bisschen schief.

Ich schlucke und versuche zu nicken. Die richtigen Worte zu finden.

»Ich kann Fortran die Software nicht geben«, sage ich dann. »Aber ich glaube, ich habe eine andere Lösung.«

Glass Augen hellen sich deutlich auf. Ein kurzes, leuchtendes Flackern. »Du musst mir vertrauen«, sage ich und schlucke gegen den Knoten an, der sich in meinem Hals gebildet hat. »Du musst ...«

»Muss ich wohl«, erwidert er auf meinen abgebrochenen Satz.

Kurze Stille. Die Luft vibriert.

Wir versuchen, unseren Blicken auszuweichen, doch es gelingt uns nicht wirklich.

»Was ist deine Lösung?«, fragt er mich. Seine Augen flackern über mich hinweg, seine Brauen sind angehoben.

Ich sauge Luft durch meine Zähne. »Ich kenne jemanden, der uns helfen kann.«

Glass zieht sie noch ein Stück höher. Sein ganzer Gesichtsausdruck ist eine groteske Mischung aus Vertrauen, Misstrauen, Anspannung und Resignation.

»Wer?«

»Jemand, der Fortran sehr gut kennt«, erwidere ich. »Der Einfluss auf ihn hat.«

Seine Schultern verkrampfen sich bei diesem Namen.

»Und?«, fragt er. »Was soll dieser jemand ausrichten?«

»Wir werden ihn erpressen«, antworte ich. Schweige und lasse meine Worte langsam zu Boden sinken. »Wir können ihm die Software nicht geben, also werden wir ihn damit erpressen«, erkläre ich. »Wenn er nicht tut, was wir von ihm verlangen, verkaufen wir sie. Setzen alles in Gang. Das ist das Beste, was wir tun können und vielleicht das beste Angebot, das er je bekommen hat.« Meine Finger kribbeln, meine Stirn badet sich selbst in kaltem Schweiß. Ich wische mir die verschwitzten Handflächen an meiner Hose ab.

»Wie soll das funktionieren? Selbst wenn wir die Software hätten, ich glaube nicht, dass Fortran sich erpressen lassen würde. Er hat seine Mittel und Wege.«

»Hat er«, antworte ich trocken. Schweige für ein paar Sekunden. Fahre dann fort. »Ich weiß, dass Fortran seine Mittel und Wege hat. Aber ich habe auch meine.« Ich schlucke. »Jedenfalls kenne ich die einzige Person, mit der dieser Plan funktionieren wird.«

Sein Blick flackert. »Du willst so tun, als wüssten wir, wo die Software ist? Als hätten wir sie in der Hand?«, fragt er ruhig.

Ich beiße die Zähne aufeinander. »Nein, ich weiß, wo sie ist«, sage ich dann und erzittere innerlich. Werde ergriffen von einem völlig absurden Gefühl, zwischen völliger Realisation und schmerzhafter Verdrängung. Meine Gedanken fühlen sich sehr weit entfernt an.

Er starrt mich an. »Was?«

»Ich weiß, wo sie ist, aber ich kann sie ihm nicht geben«, erwidere ich. Ich atme gegen das überwältigende Gefühl an, gleich in einen panischen Heilkrampf auszubrechen.

Glass zieht die Augenbrauen zusammen. Seine Augen glitzern seltsam. »Mit wem hast du dich da eingelassen?«, fragt er rau. »Wovon redest du da?«

Ich wische wieder mit den Handflächen über meine Hose. Mir ist heißkalt und irgendwie schlecht.

»Glass, das ist unsere einzige Möglichkeit. Verstehst du? Ich habe alles versucht. Ich habe seit Tagen nicht mehr geschlafen, ich wurde mehrmals fast umgebracht und jeder in dieser beschissenen Stadt arbeitet gegen mich. Das ist unsere letzte Möglichkeit. Ich weiß es klingt absurd ...«

»Ziemlich«, erwidert er und verzieht das Gesicht.

»Willst du, dass sie dich umbringen oder willst du es versuchen?«

Er sagt nichts. Stattdessen vergräbt er das Gesicht in seinen Händen. Lässt seinen Atem gegen seine Handflächen rasseln.

»Hier geht es nicht um mich«, murmelt er.

»Du musst mir vertrauen!«, sage ich weinerlich. »Keiner von uns hat eine Wahl.«

Er sieht gequält aus. Massiert sich die Schläfen, als wolle er eine stechende Migräne vertreiben.

»Ich weiß nicht, Java«, sagt er dann. Er schließt die Augen, reibt sich mit den flachen Handflächen übers Gesicht. Schüttelt den Kopf. »Verdammt, woher kommt diese Idee?«, fragt er. »Woher kommt sie? Bist du hergekommen, um uns alle ins offene Messer laufen zu lassen? Mich? Dich selbst?« Er atmet laut. »Das ist alles Wahnsinn. Und so verdammt seltsam.« Wieder ein lauter Atemzug. »Ich weiß nicht, was es ist, ich weiß nicht ... Ich weiß nicht, was ich denken soll. Du hast mir den Boden unter den Füßen weggerissen.« Er schnappt nach Luft. »Alles ist so ... Es ist so bizarr.« Seine Stimme ist ein Flüstern geworden, ein heiseres, wundes Flüstern, schwach und abgebrannt. »Ich weiß, dass du mir nicht die ganze Wahrheit erzählst«, sagt er. »Nicht wahr? Bitte sag mir, dass du mir nicht die Wahrheit gesagt hast, bitte sag mir ... Du versuchst ehrlicher zu sein, aber ich habe das Gefühl, weniger Wahrheit aus deinem Mund zu hören, als ... zu Anfang. Wie soll ich dir vertrauen? Was soll ich tun? Dem Wahnsinn nachgeben?«

Ich bin unendlich müde und unendlich aufgerieben. Ich weiß nicht, was ich sagen soll. Alles fühlt sich falsch an, alles wie eine Lüge, als wären Lügen in jedes meiner Worte gebrannt. Unvermeidbar. Und es sticht. Ich könnte auf der Stelle umfallen, so sehr tut es weh. Heiße Tränen brennen in meinen Augen, doch ich kneife sie zusammen und kämpfe dagegen an.

»Du hast keine eigene Idee. Du kannst dich selbst nicht retten. Und du kannst auch die anderen nicht retten, egal aus welchem Grund du dich so verantwortlich für sie fühlst.« Ich schlucke hart. »Du kannst von mir nicht erwarten, dass ich es kann. Dass ich die Rettung für alles bin.« Meine Stimme schwankt. »Ja, ich habe dich angelogen. Ja, ich war nicht echt. Ich war nur eine Rolle, nur eine Verwechslung, nur ein Phantom. Nicht mehr. Aber vielleicht ... vielleicht war ich auch mehr ich selbst, als ich es je zuvor war, ich weiß nicht. Ich weiß es nicht, Glass.« Mein Gesicht fällt wie von selbst in meine offenen Handflächen, ich starre zu Boden in endloser, zerdachter Lethargie, voller zerkochter Gedanken, voller Lügen und Wendungen, die längst keinen Sinn mehr ergeben.

Wir schweigen sekundenlang. Nur die Blicke können wir nicht voneinander abwenden. Ich fühle mich danach, zu weinen. Aber die Schleusen sind wie blockiert und ich werde nicht noch einmal vor ihm zerfließen. Nicht jetzt, nicht in dieser Situation. Er vertraut mir nicht. Alles, was wir aufgebaut haben, ist zerstört.

Stille. Unsere Blicke kollidieren, krachen aufeinander, immer wieder und es fühlt sich richtig und falsch zugleich an.

»Was tun wir jetzt?«, fragt er schließlich. Als könnte ich ihm eine Antwort darauf geben. Seine Stimme klingt zittrig und verzerrt. Sein Blick zuckt über mich hinweg, bleibt mal hier hängen, mal dort. Als hätte er sich noch immer nicht entschieden. Ob er mich lieben oder hassen soll.

Sekundenlang kriege ich kein Wort über die Zunge, alles ist wie zugeschwollen. »Gilt unser Deal noch?«, frage ich dann. Schwach. Was ist nur von mir übriggeblieben? Ich kenne mich bald selbst nicht mehr.

Er sieht mich an und blinzelt. Blinzelt noch einmal. Antwortet nicht.

Eine seltsame Energie vibriert zwischen uns, füllt den ganzen Raum, bringt meine Organe zum Zittern.

»Denn er ist das Einzige, was mich noch am Leben hält. Irgendwie.« In mir ist alles ganz taub. Vielleicht hat mein Körper schon alle Schutzmechanismen aufgefahren, die er noch übrighat. Betäubt mich von innen. Ich schlucke, sauge Luft durch die zusammengebissenen Zähne. »Und, scheiße, ich bin bereit, *alles* zu tun. Verstehst du nicht, weißt du nicht … Kannst du dir nicht vorstellen, warum ich hier bin?« Atmen ist schwer geworden, ich muss die Luft gewaltsam in meine Lungen saugen. Und jeder Atemzug fühlt sich ein bisschen verschluckt, ein bisschen aufgekratzt, ein bisschen schmerzhaft an. »Ich dachte, ich dachte, du verstehst … Ich dachte wirklich …« Ich schaffe es nicht, ihm in die Augen zu sehen und auch nicht eine Antwort abzuwarten. Rede einfach weiter. »All diese … Scheiße, durch die ich gegangen bin. Sie steht mir bis zum Hals. Und das siehst du doch, ich weiß, dass du es siehst. Ich weiß, dass du siehst, wie verdammt *verzweifelt* ich bin. Oder vielleicht will ich, dass du mich verstehst. Weil du … Weil du vielleicht die einzige echte Person bist, die mir je begegnet ist. Die keine Maske trägt und keine falsche Identität und die zerbrochen und dunkel und alles andere als gläsern und trotzdem schön dabei ist.«

Meine Lippen zittern, ein kalter Schweißausbruch steht auf meiner Stirn und ich habe das Gefühl, in eine Million winzige Teile zu zerschmelzen und langsam zu zerfließen. Oder vielleicht wünsche ich mir das auch nur. Nicht zu, weil das noch zu viel Aufwand wäre, weil ich daran noch denken müsste, aber mich einfach in meiner bloßen Existenz auflösen, in dieser Sekunde. Puff. Vielleicht ist es genau das, was ich will. Tränen brennen in meinen Augen, aber ich blinzele eisern dagegen an. Keine Zeit zum Heulen, keine Zeit zum traurig sein. »Ich bin bereit, alles zu tun, verstehst du? Und ich habe alles getan. Ich bin nicht dumm und auch nicht besonders lebensmüde und ich wusste zu jeder Sekunde genau, was ich getan habe. Dass ich wahrscheinlich ins offene Messer laufe, dass ich jeden anderen ins offene Messer laufen lasse.« Ich reibe meine wunden, feuchten Lippen aufeinander. »Aber hatte ich eine Wahl?« Ich ringe nach Luft. »Ich hatte nie eine Wahl, in meinem ganzen Leben hatte ich nie ein einziges Mal eine Wahl. Ich habe mich einfach an jedem Stückchen feuchten Dreck festgeklammert, das mir zugeworfen wurde. Du sagst, ich war dein einziger Strohhalm, an dem du dich noch festklammern kannst, aber Glass, du warst auch meiner. Und glaub mir, du bist es immer noch. Vielleicht sogar noch mehr als am Anfang. Und ich weiß, dass du es siehst. Ich weiß, dass du mich kennst. Dass du verstehst, was ich tue und verstehst, was ich denke und verstehst, was es bedeutet, wirklich, absolut verzweifelt zu sein.«

Wieder ringe ich nach Luft. Ich kotze die Worte nur so aus, wie verdorbenes Essen und jedes von ihnen hinterlässt einen widerlichen Nachgeschmack. »Ich bin hierhergekommen, ohne irgendwas zu wissen, bin auf einer Maskenparty herumgestolpert, die mir unter den Füßen explodiert ist, ich wurde bedroht, erpresst, entführt, mehrmals fast umgebracht. Ich wurde angegriffen, beschimpft, beschuldigt. Ich bin durch Dreck gekrochen, ich bin in Hotelzimmer eingebrochen. Ich bin hier unten fast draufgegangen. Und es wäre mir scheißegal gewesen.« Nun starre ich ihn an. Sehe ihm so fest in die Augen, dass es weh tut. »Ich hätte *alles* getan, alles. Und ich würde immer noch alles tun. Ich finde, das solltest du wissen.« Meine Stimme ist kurz davor, zusammenzubrechen.

»Und du hast jeden Grund, mir nicht zu vertrauen, mir als Person, meiner Moral, was auch immer. Aber wenn du mir eines glauben kannst, dann, dass ich alles für diesen dummen Deal tun würde. Wirklich alles. Das ist die einzige Sache, bei der du mir vertrauen musst.« Jedes Wort ist ein zittriges, emotionales Feuerwerk, halb gebrochen, halb überzeugt. Und es ist ein Wunder, dass meine Stimme überhaupt noch funktioniert. »Bitte, Glass«, flüstere ich heiser. »Ich stehe vor dem Nichts. In dieser einen Sache musst du mir vertrauen. Nur in dieser einen ... Ich kann mit meiner Timeline nicht leben.«

Ich sehe ihn an und wieder kollidieren unsere Blicke, fließen ineinander, auseinander. Wie Flüssigkeiten, die sich nicht ganz ineinander mischen und trotzdem immer wieder geschüttelt werden. Wir konnten nie aufhören einander anzusehen und wir können es auch jetzt nicht, auch wenn wir es versuchen. Auch wenn die Situation vielleicht versucht es uns aufzuzwingen. Sie sind ineinander verschlungen. Lassen sich nicht trennen.

Er fährt sich mit der Zunge über die Lippen. Reibt sie aufeinander. Presst die Zähne zusammen. Ansonsten ist sein Körper ganz still. Mimik verstummt und jede Bewegung eingefroren. Er sitzt vor mir, in seiner angespannt-entspannten Position, sieht mich mit einer Durchdringlichkeit an, die mir das Gefühl gibt, seine Gedanken würden ihm aus den Augen fließen, vor mir eine kleine Pfütze bilden.

»Ich hätte dir eine neue Identität gegeben«, sagt er dann. »Egal was passiert wäre.« Und ich erzittere. »Egal was passiert wäre ... Ich hätte dir alles gegeben, was du willst.« Er sieht mir in die Augen. Sie schillern in Millionen verschiedener Emotionen, so schwer greifbar und gleichzeitig so echt. So echt, er könnte mir die glaubhaftesten Lügen auftischen, ich wüsste immer genau, was er wirklich meint.

»Hättest du«, flüstere ich.

Er bleibt ganz still in seiner Position. Rührt sich nicht, bewegt nicht das Gesicht. Er ist ein Spiegel, so glatt. Aber nur von außen. Seine Augen laufen über.

»Hätte ich.« Sein Gesicht nähert sich meinem nur um ein paar Millimeter, aber es fühlt sich an wie ein Kuss. Wie eine Annäherung, die es vorher noch nie zwischen uns gegeben hat. Stärker und intensiver als jeder Moment zuvor.

Ich schließe kurz meine Augen. Habe das Gefühl, ihn in seiner Gesamtheit zu spüren, auf einem anderen Level. Er ist echt. Wir sind echt.

Wie im Autopilot lehne ich mich ebenfalls nach vorn, nur ein paar Millimeter. Aber es fühlt sich an, als würde ich eine Grenze überschreiten.

Unsere Blicke verschränken sich. Prallen Millimeter für Millimeter dichter aufeinander, erreichen ihre eigenen Planetenbahnen, kreisen umeinander wie um eine gemeinsame Sonne.

»Weißt du ...«, sagt er. »Ich weiß nicht, was es ist und ich versuche auch nicht mehr, es zu verstehen. Aber du berührst etwas in mir. Als hätte ich dich gekannt, oder als müssten wir uns kennen. Weil es eben so ist.« Er blinzelt. »Was ist es? Was verbindet uns? Wissen wir das?« Wieder blinzelt er. Und ich schüttele nur schwach den Kopf. »Aber es ist so, nicht wahr? Es ist da. Denn es stimmt, ich weiß, wie es dir geht. Was du denkst. Ich sehe deine Verzweiflung, ich sehe ... vieles.« Sein Blick ist so überflutet wie er selten war. Und alles vibriert. Die Luft, meine Finger, ich selbst. »Ich weiß, du hättest alles getan.« Er senkt den Blick. Nestelt mit hektischen Fingern an seinem Hosenbein. Zieht Luft durch die Zähne. »Ich war verwirrt, ab dem Moment, als ich dich gesehen habe. Weil ich verzweifelt versucht habe, sie in dir zu sehen und es nicht konnte. Weil plötzlich ein anderer Mensch vor mir stand. Weil da eine Verbindung war, die nicht mehr negativ war. Weil ich Verzweiflung und Schmerz und einen Menschen gesehen habe. Es war verrückt. Ich habe einen echten Menschen gesehen, obwohl da keiner stand. Und du bist jemand ... Java.« Seine Augen sind traurig. »Du bist wirklich ... jemand.« Für einen Sekundenbruchteil scheinen ihm Luft und Worte auszugehen, er senkt den Blick und es wird seltsam still zwischen uns. Millionen Partikel ungesagter Worte scheinen durch die Luft zu fliegen, scheinen alles elektronisch aufzuladen. Dann hebt er wieder den Kopf. Sieht mich an. »Also ... Egal was passiert ist oder wäre, du hättest mir keine halbgaren Pläne auftischen müssen. Ich hätte dir gegeben, was du willst. Immer. Du hättest mich nur danach fragen müssen.«

Wieder ist er für ein paar Sekunden still. Lässt alles im Raum schweben, schwer und bleiern. »Auch, dass du die einzige Person wärst, für die ich das tun würde«, sagt er dann. »An der ich nicht zweifeln würde, auch wenn ich jeden Grund dazu hätte. Nicht einen einzigen Moment.« Er beißt auf seiner Unterlippe herum, gräbt die Finger in seine Hosenbeine. Er scheint geschüttelt, aufgewühlt. Ich will ihn packen, will ihn zu mir ziehen, will seine Gedanken zum Schweigen bringen. Warum sagt er mir das, wenn es klingt wie ein Abschied?

»Ich hätte es gemacht«, wiederholt er noch einmal. »Nicht, weil ich deine Moral teile. Nicht weil ich diesen Job so gerne mache. Nicht, weil ich glaube, dass ich dich damit retten kann. Vor dir selbst oder deinen Dämonen. Nicht, weil damit irgendjemandem geholfen ist. Nicht, weil ... Aber ... weil.« Er presst die Zeigefinger gegen seine Schläfen, starrt mich an, in vollkommener Echtheit. Ehrlichkeit.

Tränen fluten meine Augen. Ich will so echt sein, wie er es ist. Ich will ihn berühren können. Ich möchte echt sein können, ohne Angst haben zu müssen, dass meine gläserne Hülle dabei an irgendeiner Kante zerschellt.

Der Gedanke an dieses Programm fühlt sich in diesem Moment an wie ein dickes, schmerzhaftes Geschwür, wie ein Tumor, wie ein Fremdkörper, den ich loswerden muss. Ich habe das Gefühl, keine Sekunde länger mit dem Gefühl leben zu können, ihm diese Sache zu verschweigen.

»Ich bin es«, flüstere ich. »Ich bin die Software.«

Stille. Ich fühle mich seltsam an. Nicht richtig wie ich selbst. Aber befreit. So befreit. Seltsam leicht. Und seltsam echt.

Er sieht mich an, sein Blick geht von oben nach unten über mich hinweg. Dieses Mal ganz schonungslos. Und es dauert Sekunden, bis er verarbeitet hat, was ich gesagt habe. Sekunden, in denen ich die Gedanken über sein Gesicht spielen sehen kann, in denen jede Art von Mimik sein Gesicht überzieht.

»Du«, sagt er und schüttelt gleichzeitig den Kopf.

»Ich bin die letzte existierende Kopie«, sage ich. »Sie hat alle anderen zerstört. Nur mich ...«

»Wer?«, fragt er ungläubig und noch immer zucken seine Augen hin und her, finden keinen Fixpunkt, keinen Gedanken an dem sie sich halten können.

»Vista«, antworte ich. »Cullinan. Der Blutdiamant.«

Schweißperlen treten auf seine faltendurchzogene Stirn. Seine Finger umklammern seinen Oberschenkel, bohren sich tief hinein.

Ich ringe nach Luft. »Ich wäre das, was Fortran will. Ich wäre die Software, die wir ihm übergeben würden. Ich wäre ...« Beißende Tränen fluten meine Augen. »Ich.«

Er ist still. Sieht mich nur an. Und denkt und denkt und denkt. Ich kann nicht einschätzen, was er als

Nächstes tun wird. Ich weiß es nicht. Ich denke kurz daran, den Revolver in meiner Manteltasche zu greifen, doch meine Arme sind gelähmt.

»Deshalb können wir ihm das Programm nicht geben. Deshalb habe ich diesen hirnrissigen Plan gemacht. Deshalb sitzen wir jetzt hier. Und du hättest -«

Sein Blick bringt mich zum Schweigen. Er starrt mich mit einer ungeahnten Intensität an

»Komm mit«, sagt er plötzlich und packt mich am Handgelenk. Ich will ausweichen, doch er ist viel schneller. Hat es längst mit langen Fingern umschlossen und zieht mich aus meinem Sessel. »Ich will dir etwas zeigen.«

Wie in Trance rennt er in langen Schritten durch die Lobby, stößt mit der Schulter die Tür zum Treppenhaus auf, nimmt mit großen Sprüngen die Stufen. Lässt mich dabei nicht los. »Schnell«, murmelt er immer wieder und festigt seinen Griff noch. »Schnell, ich muss dir ...« Wir durchqueren einen langen Flur und ich weiß, wohin wir gehen.

Zimmer 304.

Sein Zimmer.

Er stößt die Tür auf, lässt mich los, durchquert den Raum. Macht sich nicht die Mühe, das Licht anzuschalten. Reißt ein paar Schubladen seines wackeligen Schranks auf, lässt Berge von Papier zu Boden regnen.

Ich bin wie in Trance. Kann ihm nur bewegungslos zusehen, ohne richtig zu realisieren, was gerade eigentlich passiert. Bringe kein Wort über die Lippen.

Gedanken und Wörter hämmern durch meinen Kopf, doch so richtig dringen sie nicht zu mir durch. Die Zahnräder drehen sich, aber sie drehen sich längst zu schnell, dass ich ihnen noch folgen könnte. Mein eigenes Gedankenwerk, ist mir entglitten.

Was macht er da?

Plötzlich hält er inne. Er hat ein Stück Papier in der Hand. Ein Foto.

»Vista!«, sagt er und sein Blick fliegt über mich hinweg. Er sieht mich an, sieht mir fest in die Augen. Flackernd. Seine Lippen sind leicht geöffnet und zittern. »Nicht wahr?«

Das Foto zeigt zwei Menschen. Eine Frau in ihren frühen Dreißigern und ein junger Mann, etwa Anfang zwanzig. Er in cremeweißem Jackett und pastellfarbener Hose, sie ganz in schwarz.

Sie trug immer nur schwarz. Immer. Das war eine Eigenart von ihr. Die Mode Surface Citys mag eigentlich kein Schwarz, zu dunkel, zu trist. Sie konzentriert sich fast obsessiv auf Helligkeit, komplettiert ihr eigenes Klischee. Sauber, klar, schön. Und Vista war Surface City in so vielen Dingen und in so vielen Dingen war sie es nicht. Sie war einer dieser Menschen, die es schaffen, sich über Mode hinwegzusetzen. Die in ihrer eigenen Exzentrik ganz für sich selbst stehen. Ich habe sie immer so sehr dafür bewundert, es hat wehgetan. Wie fasziniert ich manchmal von ihr war. Dass ich mich nicht wehren konnte ...

Es sind Vista und Glass. Mir ist schwindelig.

»Soweit konnte ich meine Vergangenheit mittlerweile rekonstruieren«, sagt er ruhig. »Ich war Informatikstudent, gesponsert von *Citrus Inc.*, wahrscheinlich kurz vor meinem ersten Abschluss, irgendwo mitten in meinem Abschlussprojekt.« Das Foto in seiner Hand zittert. »Ich habe in ihrem Team gearbeitet. Vielleicht sogar an der Software. Was dann passiert ist, weiß ich nicht.«

Er presst sich eine fleckig-gerötete Hand gegen seine Schläfe, fährt sich flüchtig mit den Fingern durch die ungeordneten Haare. »Habe ich mich zu einem dummen Experiment hinreißen lassen? Haben sie mich überredet, es mir einspritzen zu lassen? Haben sie es gegen meinen Willen gemacht? Habe ich die Konsequenzen nicht überblickt?« Er ringt nach Luft, sieht zwischen mir und diesem Bild hin und her, scheint es kaum fixieren zu können. »Ich weiß es nicht. Verdammt. Ich weiß nicht ... Vielleicht bin ich selbst schuld.« Seine Stimme bebt. »Aber es ist mir zum Verhängnis geworden, das steht fest. Es ist ...«

Mein Blick wandert hin und her, zwischen seinen glasigen Augen und diesem Foto. Die beiden stehen kaum ein paar Zentimeter voneinander entfernt, fast Arm an Arm, Vista mit ihrem schönen, kühlen, kontrollierten Lächeln. Er lächelt sicher, aber etwas ungelenk. Steht gerade und locker und strahlt dabei fast etwas Unbedarftes aus. Ein Ausdruck, den nur Menschen haben können, denen im Leben alles zugeflogen ist.

Im Hintergrund hängt das Limetten-Logo des Unternehmens, ganz aus poliertem Chrom.

Allein gemeinsam.

»Sie ist es«, sagt er und tippt mit einem Zeigefinger auf Vistas stilles Fotogesicht. »Ich weiß es. Sie ist es, die mich hierhergebracht hat. Ihretwegen habe ich meine Erinnerungen verloren und meine Timeline. Ihretwegen bin ich jetzt ... Glass.«

Ich kann nicht antworten, nur starren. Meine Gedanken sind zu schnell für mich selbst, ich kann nichts mehr richtig verarbeiten.

Glass, der vielversprechende Student. Vista, die Person, die ihm alles genommen hat. Ein hitzig-kalter Schweißausbruch fällt über meine Haut her, treibt heiße Flecken auf mein Gesicht.

Für einen Moment frage ich mich, warum ich ihn nicht kenne. Doch das ist nicht verwunderlich. Ich habe mich nie in Vistas Arbeitsleben eingemischt. Ich durfte nicht, ich wollte nicht. Und wenn sie mich doch eingeweiht hat, hatte ich am nächsten Tag einen völligen Filmriss.

»Und du kennst sie auch, nicht wahr?«, sagt er.

Ich starre auf das Foto und bin nur fähig, langsam zu Nicken. »Du kanntest sie«, wiederholt er noch einmal. »Deshalb bist du hier.«

Ich lasse mir einen Moment Zeit. »Ich habe sie kennengelernt, als ich fünfzehn war«, beginne ich dann. »Auf einer Spendengala des Unternehmens. Du musst wissen, ich bin Waise und in einer Jugendeinrichtung aufgewachsen. Die Unternehmen schmücken sich natürlich gerne damit, solche Kinder zu unterstützen. Ich habe Vista gefallen, deshalb hat sie mich zu ihr eingeladen. Und ich meine ... sie war eine der führenden Entwicklerinnen bei Citrus, sie war absurd wohlhabend, hatte Kontakte in alle Ecken der Stadt, jeder kannte ihre rauschenden Partys. Es wäre irrsinnig gewesen, ihr Angebot nicht anzunehmen. Ich wusste von Anfang an, auf was ich mich einlasse. Sie hat mich mit Geschenken überhäuft, mich den wichtigsten Menschen in Hyalopolis vorgestellt, mich bei sich wohnen lassen. Und im Gegenzug ... du kannst es dir denken.« Ich mache eine aufgeladene Pause. »Aber was ich die ganze Zeit nicht wusste: Sie ist Cullinan.«

Ich sehe ihn an, im Wissen, dass sich mein Gesicht zu einer ganz hässlichen Grimasse verzogen hat.

»Es hängt alles zusammen«, quetsche ich hervor. »Alles. Irgendwie.« Schnappe nach Luft. »Sie hat mir diese grässliche Software eingepflanzt, ohne dass ich davon wusste. Und sie hat mich hierhergebracht. Ich bin in *ihren* Fahrstuhl gestiegen. Das war so eine komische Marotte von ihr, immer nur den gleichen Fahrstuhl zu benutzen. Dort habe ich einen von euch getroffen. Er hat dort auf Vista gewartet und er hat mich getroffen. Mich, die aussieht wie Cullinan. So hat es angefangen. So bin ich hergekommen. Eigentlich nur ein fataler Zufall.«

»Was ist passiert?«, fragt er. Zieht die Augenbrauen zusammen. »Was ist mit ihr passiert? Wo ist sie jetzt?«

»Sie ist tot«, flüstere ich rau. »Hat sich umgebracht.« Mir stehen die Tränen in den Augen. Sie müssten längst überlaufen. Ich ringe nach Luft. Meine Lungen sind stillgefroren. »Ich ... ich ...«

Ich habe sie umgebracht.

Nun greife ich ebenfalls nach dem Foto. Quetsche meine Finger neben seine und hinterlasse feuchte Fettflecken auf dem glatten Papier. Es ist dick wie Pappe und fest wie Plastik, biegt sich knirschend zwischen unseren zitternden Händen. Wir klammern uns daran fest. Verzweifelt.

»Sie wollte eine neue Timeline von mir«, murmelt Glass. »Sie wollte Fortran die Software aushändigen, wollte alles hinter sich lassen. Jetzt ist sie tot. Kannst du dir vorstellen, was sie zu all dem bewegt hat?«

Ich lasse mir lange Sekunden Zeit, diese Frage zu beantworten. Lasse die Spitze meines Zeigefingers über die lächelnde Vista auf dem Foto fahren. »In ihrem Leben ging es immer um Kontrolle«, sage ich schließlich. »Sie war besessen von Optimierung, von Perfektion. Ich denke, genau diese Besessenheit steckte auch hinter *Thoughtspace*. Sie wollte das Innerste der Menschen nach außen kehren, wollte ihre Unberechenbarkeit sichtbar machen. Kontrollierbar.« Ich mache eine Pause. »Ich glaube tatsächlich, sie wollte die Welt ein wenig besser machen. Kontrollierter. Aber sieh dich an. Und mich. Sie hat alles dafür getan und die Kontrolle trotzdem verloren.«

Glass Blick wandert zu mir, dann wieder zu dem Foto. Er nickt gedankenverloren. Ich weiß, dass wir beide nach Antworten suchen, die wir nicht wirklich kennen.

»Sie ist tot«, sage ich noch einmal. »Und sie hat alles zerstört, alles, was mit der Software zusammenhing. Außer mich. Mich konnte und wollte sie nicht zerstören. Und jetzt stehe ich hier.«

Er bringt mich mit einem sanften Kopfschütteln zum Schweigen.

»Was machen wir jetzt?«, frage ich schwach. Meine Stimme ist ganz erstickt.

Er blinzelt, senkt seinen Blick. »Licht«, sagt er dann mit weit entferntem Blick. Lässt plötzlich die Hand sinken und das Foto wieder in seiner Hosentasche verschwinden. Dreht sich um und geht in Richtung

Badezimmer. Streift sich dabei das Jackett von den Schultern und hängt es an den Türgriff.

Ich folge ihm, ziemlich automatisiert.

»Licht?«, frage ich. Da ist er auch schon durch die Tür verschwunden. Sie bleibt offen und ich im Türrahmen stehen, halb angelehnt, weil meine Knie so weich und wackelig sind. Blicke in ein spartanisches Hotelbad, mit gräulich verfärbten Kacheln, einer absurd winzigen Dusche, einem noch winzigeren Waschbecken und einer unpassend großen Kabine, die sich mühsam in die hinterste Ecke des Raumes quetscht.

»Was ist das?«, frage ich und kneife die Augen zusammen.

»Eine Lichtdusche«, antwortet er. Lässt das so im Raum stehen. Statt mehr zu sagen, knöpft er sein Hemd auf und wirft es nachlässig über das Waschbecken.

Ein hauchdünnes T-Shirt klebt an seinem drahtigen Torso, wird im harten Badezimmerlicht fast durchsichtig. Er wirkt seltsam dreidimensional und fast unwirklich schön. Und er macht einen Schritt auf mich zu, greift nach meiner Hand und zieht mich durch die geöffnete Glastür in die schmale Kabine, in die wir zu zweit kaum passen.

Zwischen Brustkörbe und Gesichter passen höchstens zwei flache Hände und er sieht auf mich hinab, mit einem unwirklichen, überfluteten Blick und meine Gedanken sind still.

Still. Still. Still.

Ich kann meinen dumpfen Herzschlag und das erhitzte Blutrauschen in meinen Ohren hören, ohne dass es übertönt wird. Ohne dass ich das Gefühl habe, irgendetwas unterdrücken zu müssen. Ich kann denken, was ich will.

Seine Körperwärme pulsiert gegen meine, ich spüre seinen Atem, rieche seine Haut. Unsere Schuhspitzen berühren sich. Es ist eine unschuldige, ungeschönte Nähe. Keine Erwartungen, keine Fragen, keine überlaufenden Gedanken. Ich habe das Gefühl, lebendig zu sein und gleichzeitig in der Zeit stehen zu bleiben. Es ist wunderschön.

»Zwei zerbrochene Glasfiguren«, sagt er und der Ausdruck in seinem Gesicht ruht in plötzlicher Gelassenheit. Als wäre alle Spannung von ihm abgefallen. Als würden alle Sorgen und Enthüllungen und Fragen draußen an der Kabine abprallen.

Er greift hinter sich. Und schaltet die Kabine ein.

Wir werden überflutet.

Eigentlich ist es nur Licht. Warmes, helles, gelbliches Licht. Sonnenlicht. Fühlt sich an wie echtes Sonnenlicht. Und es ist so hell, es überstrahlt ihn, weißt sein Gesicht, bringt jeden Partikel in der Luft zum Glitzern.

Ich sehe überdeutlich, wie sich seine geweiteten, an Deep Citys kühles Halbdunkel gewöhnten Pupillen zusammenziehen. Wie sich Farbe über seinen Augen ausbreitet; sehe jeden Farbsprenkel, jede blasse Schattierung. Dunkles, schlammiges Graugrün wird zu einem facettenreichen Spektakel, leuchtet auf. Er blinzelt.

Für einen Moment scheint jedes Detail seines Gesichts abgelöst vom Rest, scheint für sich allein zu stehen, in seiner eigenen, unwirklichen, überstrahlten Schönheit. Ich erfasse alles in fast analytischer Realisation. Die harte Linie, die sein Kiefer zieht, die kantigen, hervorstehenden Lippen, der scharfe Brauenbogen, die schmale, etwas zu schräge Nase, die im Licht zusammenschmilzt.

Es ist ein vollkommen unwirklicher Moment. Wir sind überblendet. Und meine Gedanken sind es auch.

Er hebt langsam, in künstlicher Zeitlupe, seine Hand. Legt sie mir unters Kinn. Streicht mit dem Daumen darüber.

Blinzelt.

Es fühlt sich ein bisschen an wie Fallen, so absolut klar. Obwohl die Außenwelt und all ihre Details verschwimmen, gewinnt alles an fast unwirklicher Schärfe.

Jedes Geräusch trennt sich voneinander, spaltet sich auf, setzt sich neu zusammen. Ein Moment, in dem ich mich selbst realisiere. Meine Existenz.

Sein Gesicht kommt näher.

Und ich kann alles sehen.

Kuss.

Lippen schmelzen aufeinander. Brennen aneinander fest.

Weich und elektrisierend,

Stumm und heftig,

Beängstigend.

Richtig.

Ich liebe es, wie roh wir sind. Wie ungeschliffen.

Wir sehen bescheuert aus, als wir unsere Klamotten loswerden, wie wir daran ziehen und sie merkwürdig in Ecken verfrachten, in denen sie eben nicht stören. Das helle Licht prallt mit den unschmeichelhaftesten

Winkeln auf unsere fleckigen, fahrigen Körper, bringt Schweißperlen zum Glänzen und Schatten zu harten Kanten. Ich weiß, dass mein Make-up ein bisschen verschmiert ist, weiß, dass meine Haut nicht mehr gut riechen kann. Keine fließenden Bewegungen, keine perfekte Choreographie. Kein alles übertönender Herzschlag, aber das schmatzende Geräusch unserer trocknenden Lippen, die sich nicht trennen lassen. Echte Geräusche. Die an den kalt-dumpfen Wänden abprallen, die wahrscheinlich schon vieles gehört haben.

Es ist kalt. Sein Körper ist erhitzt. Ich zittere aus beiden Gründen.

Alles ist ganz und gar Timeline-unwürdig. Ich denke daran, wie ich dem Sex anderer Leute auf ihren Timelines zugesehen habe. Mit diesem dreckigen Voyeurismus, der heute niemandem mehr komisch vorkommt. Wie perfekt sie manchmal waren ... Aber der Gedanke prallt einfach gegen leere Wände, er ist mir egal.

Nie verlieren wir uns aus den Augen.

Schließlich liege ich auf seiner Brust, die Augen halb geschlossen und wir flüstern verschwommenes Zeug.

Er raucht keine Surface City Zigarette. Sondern lächelt. Blass und eigen, so wie er es immer tut. Aber ein bisschen mehr Licht ist dabei. Licht, das den Qualm ersetzt.

»Du bist aus Glas«, flüstert er mir leise ins Ohr. Fährt dabei durch mein wirres Haar, drückt seine Lippen gegen meinen Scheitel.

Ich weiß, was er damit meint.

Ganz schmerzlos bin ich gläsern geworden. Ich bin gläsern und er ist noch hier.

Mit einem verschwommenen Blick nach oben wirft mein Inneres Auge leuchtende Timelines auf die Wand über dem Bett, auf die rissige Tapete. Sie bleiben leer. Unsere Zeit ungeteilt.

Ich verliere das Zeitgefühl, aber wir scheinen noch stundenlang dort zu liegen. Redend. Mit jedem Wort werde ich ein bisschen gläserner.

»Eine Sache noch«, sagt er plötzlich. »Es gibt etwas, das du noch nicht weißt und ich denke, du solltest es wissen.«

»Was?«, frage ich. Meine Finger geistern über seine nackte Haut.

»Die Software ist verschlüsselt«, sagt er. »Neunstelliger Code. Ohne ihn ist alles, was sie extrahieren, nutzlos. Du musst also keine Angst vor ihnen haben, sie werden dir nichts antun. Fortran will einen Virus schreiben, mit dem er die Software zur Not lahmlegen kann. Dafür müsste er sie allerdings kennen, all ihre kleine Schwachstellen.«

»Und wo ist dieses Passwort?«

»Ich kenne es. Es war eines der Dinge, die ich mir vor meinem Fall notiert habe. Es muss mir wichtig gewesen sein, es aufzubewahren. Und ich habe es nie vergessen.«

Irgendwann hält Glass wieder das Foto in seiner Hand. Wir betrachten es stumm. Unsere Augen ruhen auf Vista.

Trotz aller Filmrisse, trotz aller Widersprüchlichkeiten hatte ich in all der Zeit, die ich mit ihr verbrachte habe, immer das Gefühl, genau zu wissen, wer sie war. Nun habe ich das Gefühl, sie nie gekannt zu haben.

Sie wollte eine neue Timeline. Wollte alles aufgeben, wollte sich eine neue Identität verschaffen. Hatte sie dieselben Gedanken wie ich selbst? Hat sie dieselbe Verzweiflung gespürt? Und was hat sie letztendlich dazu gebracht, ihr Leben in aller Endgültigkeit hinter sich zu lassen? War das wirklich ich?

Eine ganze Reihe von Emotionen bebt durch meine Gedanken. Hass. Scham. Verachtung. Enttäuschung. Trauer. Liebe.

»Weißt du ...«, sage ich. Tränen fluten meine Augen. »Ich hasse sie, aber ich vermisse sie auch. Ist das seltsam?«

Glass erwidert nichts. Stattdessen greift er mit langem Arm in die halboffene Schublade seines Nachtschranks nach einem Feuerzeug. Es knirscht leise, als er es einschaltet. Hält das Foto über die Flamme. Nur kurz fällt mein Blick dabei auf die Rückseite. Er hat Notizen darauf gemacht. In flüchtiger, schneller Schrift. Hastig. Panisch. Notizen über sich selbst, über das, was passiert ist. Bevor er sich verloren hat. Das Erste und Einzige, was mir wirklich in die Augen sticht, ist eine Zahl. Neun Stellen. Mein Geburtstag. Und die Zahl ihres Lieblingsfahrstuhls. Ich weiß, warum er das Papier verbrennt.

Am nächsten Tag habe ich eine Nachricht auf meinem Kommunikator. Sie stammt von Linux.

Es ist alles vorbereitet.

Ich lese die Worte mehrmals, weiß nicht, ob ich dabei erleichtert sein soll, oder entsetzt. Der Kommunikator läuft weiter die Nachricht entlang. Zeigt eine Adresse. Und dann:

Dies ist eine offizielle Einladung zur 54. Maskenparty.

Wir wünschen Ihnen viel Spaß und vor allem viel Erfolg beim Eintritt in die absolute Stille.

Machtlos

»Machst du Fortschritte?«, fragt Linux Swift und betrachtet mich dabei mit skeptischem Gesichtsausdruck aus einer anderen Ecke des Raumes.

Diese Untersuchungen sind für mich so zur Gewohnheit geworden, dass ich sie gar nicht mehr hinterfrage.

Stattdessen beschäftigen mich meine wiederkehrenden Erinnerungen. Und das Auftauchen dieser Person, die ich wohl einmal gekannt habe. Es geht mir nicht mehr aus dem Kopf. Damit wird etwas real, was vorher nur ein abstrakter, theoretischer Gedanke gewesen war: mein früheres Leben. Mir wird bewusst, wie viel komplexer der Gedanke daran sein muss, als ich ihn bisher hatte. Ich war nicht einfach nur. Ich war vernetzt mit dem Leben anderer Menschen, ich habe sie beeinflusst. Ich habe Entscheidungen ausgelöst, wie die hierherzukommen. Eine Entscheidung, die bis heute reicht.

Und unweigerlich beginne ich mich wieder zu fragen, was mit mir passiert ist. Hatte schon fast akzeptiert, das niemals zu erfahren.

Doch es scheint nicht mehr nur um die Situation selbst zu gehen, sondern um das, was dahinter steht. Wer hat diese Entscheidung getroffen? Und warum? Warum sollte man eine Timeline löschen? Warum sollte man jemandem seine Vergangenheit nehmen?

Ich hatte es mir vorgenommen und nun frage ich wirklich: »Was ist mit mir passiert?«

Beide sehen mich mit Gesichtern an, die ich nicht deuten kann.

Ich habe bisher wenig Fragen zu mir selbst gestellt. Linux ist unerträglich verschlossen, egal wie offen und zugänglich sein digitales Ich wirkt und Swift ist mir unheimlich. Ich hatte nie das Gefühl, dass Fragen erwünscht wären.

»Das können wir dir nicht sagen, Puppengesicht«, erwidert Linux mit sanfter Stimme. Macht einen kleinen Schritt auf mich zu und streckt seine Hand nach mir aus. »Verstehst du? Ich kann nicht ...«

»Warum kannst du es ihr nicht sagen?«, fragt Swift plötzlich und hebt seine Augenbrauen. »Ich meine ... Ich werde ganz ehrlich sein, Linux. Wir sind hier in einem abgeschirmten Raum. Kein Empfang für die Timelines, niemand auf dieser Welt würde von deinen Geheimnissen erfahren. Du hättest ihr längst so viel erzählen können. Vielleicht würde sie sich dann erinnern, ganz ohne, dass wir diesen unglaublichen Aufwand betreiben.«

»Ich will ihre Erinnerungen nicht verfälschen«, erwidert Linux und verschränkt die Arme vor der Brust. »Ich brauche genau eine Antwort und die werde ich bekommen.«

»Du kannst dir nicht sicher sein, ob du diese eine Antwort bekommst. Sie war betäubt. Sie war mitten im Prozess der Operation.«

»Sie war wach«, gibt Linux zurück. »Sie war wach und hat alles gesehen. Sie müsste sich einfach nur erinnern, aber sie tut es nicht. Deshalb helfen wir nach, deshalb sind wir hier.«

Swift blinzelt.

»Ich hoffe, du weißt, was du ihr antust«, sagt er plötzlich. »Und ich hoffe, der einzige Grund dafür ist nicht, dass du selbst nicht darüber sprechen kannst, was passiert ist. Dass du es nicht wahrhaben willst.«

Sie starren sich an und für einen sehr langen Moment herrscht empfindliche Stille. Sekundenlang.

»Weißt du was? Mach deine Arbeit. Ich habe Kopfschmerzen«, sagt Linux kalt. Mit diesen Worten verschwindet er aus dem Raum und lässt uns beide alleine zurück.

Swift sieht von oben auf mich herab, legt nachdenklich den Kopf schief. Einige Augenblicke lang beobachtet er mich nur.

»Ich habe angefangen, mich zu erinnern«, rutscht es plötzlich aus mir heraus. »Aber ich weiß nicht, was passiert ist. Ich ... Ich weiß nicht, was Linux wissen will. Ich weiß nicht, was ich ihm sagen soll. Ich weiß nicht, ob ich mich jemals an das Richtige erinnern werde.«

»Was sind das für Erinnerungen, die du hast?«, fragt er.

Ich schweige. Die richtigen Worte dafür scheint es nicht zu geben.

»Du musst es mir nicht sagen.« Und dann, nach einer längeren Pause: »Das Gedächtnis sucht nicht immer nach den Dingen, die man sich wünscht.«

»Sollte ich Linux davon erzählen?«, frage ich. »Vielleicht hört er dann endlich, was er hören will.«

»Nein«, erwidert er schnell. »Erzähle ihm nichts davon. Ich glaube ... ich bin mir sicher, er würde nicht bekommen, was er will. Und damit kann er gerade nicht umgehen.«

»Hilfst du mir wirklich dabei, mich zu erinnern?«, frage ich nach einer weiteren Pause.

Er leckt sich über die Lippen und reibt sich die quietschenden Handschuhe.

»Auf eine sehr digitale Weise helfe ich dir dabei«, sagt er dann. »Ich versuche, deine Timeline wiederherzustellen. Aber hör nicht auf, dich selbst zu erinnern. Hör nicht damit auf.« Er senkt den Blick. »Ich fürchte nämlich, das kann ich nicht wirklich ersetzen.«

Kapitel 28

Linux wartet im Taxi auf uns. Mit steinernem Blick. Keine Begrüßung, als wir einsteigen. Während der Fahrt versinkt er in fast demonstrativem Schweigen. Faltet die Hände in seinem Schoß, presst die Lippen aufeinander und sieht niemanden an. Nicht ein einziges Mal. Er ist zu seiner gewohnten Perfektion zurückgekehrt, die Haut leuchtet von innen, die Haare sitzen. Und trotzdem wirkt es falsch. Ich habe ihn aufbrechen sehen und jetzt wirkt seine ganze mühevoll zusammengesetzte äußere Hülle auf mich wie eine billige Fälschung.

Ich stoße einen nicht hörbaren Seufzer aus und lasse meinen Hinterkopf resigniert gegen die Rückenlehne prallen. Starre durch das Frontfenster hinaus auf die Straße. Es regnet. Schon wieder. Malt die Straße zu einem verschwommenen Regengemälde, deprimierend schön. So passend irgendwie.

Glass' Hand ruht nur ein paar Zentimeter von meiner eigenen entfernt auf dem Mittelsitz der Rückbank.

Ich bilde mir ein, ihre Wärme spüren zu können. Doch ich bringe es nicht über mich, sie zu nehmen.

Stattdessen gebe ich mich der bitteren, aber immerhin sehr dramatischen Vorstellung meiner eventuell bevorstehenden Hinrichtung hin. Fühlt sich für einen Moment fast verstörend gut an, vielleicht bald nicht mehr denken zu müssen.

Das Taxi hält vor einem massiven, unangenehm dunklen Gebäude, mit eindringlicher Ausstrahlung. Es zieht mich an, es stößt mich ab. Gibt mir ein ganz seltsames, beklemmendes Gefühl einstürzender Wände und enger werdender Straßen. Drückt auf meinen Brustkorb. Ich spüre schon wieder den nächsten Schweißausbruch nahen.

Wahrscheinlich ist das Gebäude wie jedes andere und ich bin einfach zu aufgerieben. Mein Kopf produziert seine eigene Klaustrophobie, die Angst in meinen zusammenstürzenden Gedankengebäuden begraben zu werden, in den engen, überhitzten Wänden meines eigenen Schädels zu ersticken.

»Freut euch drauf«, sagt Linux, kurz bevor wir aussteigen und ich zucke fast zusammen, weil er zum ersten Mal seit Beginn der Fahrt den Mund aufmacht. »Eine größere werdet ihr in eurem Leben nicht mehr kriegen.« Seine Stimme klingt nach zu viel Alkohol. Bitterkeit und zu viel Alkohol.

Mir ist plötzlich übel, mein Hals fühlt sich ekelhaft schleimig an. Als wir aussteigen, sind meine Knie butterweich, mein Gesicht fühlt sich kalt, blass und fleckig an. Überzogen von stinkendem Angstschweiß.

Selbst Glass' Nähe hat seine kühlende, beruhigende Wirkung verloren.

Aber ich reiße mich zusammen.

Niemand spricht, niemand wartet darauf, dass etwas passiert. Niemand wartet. Wir gehen einfach voraus und ich schwitze wie ein Schwein und fühle mich wie auf dem Weg zu meiner Hinrichtung.

Es strömen genug Menschen den breiten Treppenaufgang hinauf, um mir das Gefühl der Exklusivität dieser bescheuerten Party völlig zu nehmen. Sie drängen sich ungeduldig an den zwei Türstehern vorbei, die ihrem halb maskierten Gesicht und ihrer Körperhaltung nach zu urteilen, ihren Job entweder sehr ernst nehmen, oder sich vor der Tür einfach die Ärsche abfrieren. Linux erkennen sie von Weitem. Winken uns schon vorbei, bevor er die letzte Stufe erklommen hat.

In einem stark klimatisierten Vorraum räkelt sich schon die erste Tänzerin zwischen glimmenden Springbrunnen, die mir einen langen, verklärten Blick zuwirft, als wir an ihr vorbeigehen.

Ich frage mich, was sie wohl dieses Mal für ein rauschendes Thema gewählt haben und dann frage ich mich, ob es der Moment ist, darüber nachzudenken. Sollte mir diese Party nicht ganz egal sein? Ist sie nicht nur Mittel zum Zweck?

Linux geht uns wortlos voraus. Die Hände tief in den Taschen seiner schmalen Hose versunken, sodass sich sein Jackett darüber staut, den Blick stur geradeaus. Er scheint seine Umgebung kaum richtig wahrzunehmen.

Ein überwältigender Schwall heißer Luft spült uns in einen gigantischen Saal, so vollgestopft mit ekstatischen, betrunkenen Körpern, dass ich das Gefühl habe, vom Atmen high zu werden. Mich zwischen klaustrophobischer Beklemmung und schwindeligem Verlorensein in den Höhen des Gebäudes nicht mehr entscheiden kann.

Der Saal, eine Art Atrium, erstreckt sich über mehrere Etagen. Blickt man aufwärts, sieht man durch die Glasscheiben in die Räume, die es umgeben: auf Dance Floors in weit entfernten Stockwerken, Bars und schwummrige beleuchtete Zimmer.

Ich spüre keine Welle überwältigender, ekstatischer Energie. Keine rauschende Atemlosigkeit. Bin wie betäubt, weit distanziert vom Geschehen. Es kommt mir unwirklich vor. Meine eigene Gedankenmaschine ist lauter als die lärmende Musik, mir ist übel und schwindelig und viel zu warm und das Geschehen um mich herum, kommt mir schmerzhaft, unnötig und übertrieben vor.

Stehen die Leute wirklich auf diesen Scheiß? Stehen sie darauf, sich die Trommelfelle zu bersten und den dreckigen Schweiß anderer Menschen zu schmecken? Oder sind sie nur hier, weil sie sich sonst selbst nicht entkommen können?

Ich versuche, Linux zu folgen, der stur und gewandt durch die Menge hastet, als mich irgendeine laut lachende Frau anrempelt, fast ihren halben Drink über mir verschüttet. Sie lacht noch lauter, packt mich ein bisschen zu heftig an den Schultern, sieht mich durch die Augen ihrer schwarzen Maske flüchtig an. Ihre Berührung glüht durch meinen ganzen Arm, lässt

Übelkeit und dieses widerliche Kribbeln durch meinen Körper pulsieren. Ein heftiger Drehschwindel erfasst mich, treibt Hitze durch meinen Körper und Schweiß auf meine Haut. Ich lege kurz den Kopf in den Nacken. Blinzele gegen die gleißenden Lichter, die einen hämmernden Kopfschmerz durch meinen angeschlagenen Schädel prügeln. Kurz verliere ich den Überblick und alles verschwimmt in einem endlosen Brei aus Farben und Lichtern und Menschen und ich könnte mich in diesem Moment einfach übergeben. Mir wird bewusst, wie benebelt ich bin. Scheiße, ich fühle mich wie unter Drogen. Alles ist ganz fern, jede Berührung mit der realen Welt

Für den Moment gibt es nur meine Realität und von der hängt ab, ob mein Gehirn in den nächsten paar Stunden zu Brei wird, ob Glass lebt oder stirbt, ob er mich leben oder sterben lässt. Alles hängt an unserem verzweifelten, schlecht durchdachten Plan.

Und die Welt verfällt in eine seltsame Zeitlupe, während wir uns durch die Menge kämpfen, die völlig loslässt, während wir uns an unsere einzige traurige Idee klammern, die uns den Arsch retten soll. Ultimativ.

Kurz sehe ich zu Glass rüber. Mit schwankenden Gefühlen. Er bemerkt meinen Blick nicht. Sein Gesicht glüht in der farbigen Hitze, der überstrahlten Partyszene, sein Blick flackert unruhig. Seine Lippen heben sich seltsam stark von der restlichen Blässe seines Gesichts ab. Er trägt dasselbe Hemd wie letzte Nacht, sorglos vom Boden aufgeklaubt und wieder über seine drahtigen Schultern geschwungen. Völlig zerknittert. Kein Jackett. Dunkle Ringe zeichnen sich unter seinen

Augen ab. Der dünne Stoff spannt über seiner Brust. Und ich sehe wieder meine Finger darüber wandern. Nur eine kurze, schnelle Gedankenbildfolge. Von Fingern und Körpern und Lippen und Haut. Haut, Haut, Haut.

Meine Gedanken kehren immer wieder zur letzten Nacht zurück, zu unseren Körpern, seiner echten Leidenschaft, zu dieser Verbindung auf einer Ebene, die ich nicht beschreiben kann. Es ist diese Verbindung, ist immer diese Verbindung, die mich so zu ihm zieht. Und diese Echtheit. Niemand ist so echt wie er.

Vielleicht ist er es, der mich noch in dieser Welt hält, über allem anderen, über meinen ganzen verzweifelten Versuchen und den vielen egoistischen Gründen. Das ist ein ganz eigener egoistischer Grund. Und ich bin in einer merkwürdigen Zwischenwelt gefangen, zwischen Gedanke und Gefühl und ich bin mir nicht ganz sicher, was ich eigentlich will. Was ich mit uns will und mit mir selbst. In diesen Sekunden kommt mir die Welt sehr, sehr weit entfernt vor, sehr unwirklich und sehr unwichtig und fühle mich merkwürdig selbstlos. Als hätte ich meinen Körper auf unbestimmte Zeit zurückgelassen und nur ein Teil von mir ist geblieben. Und nun sehe ich ihn an und es holt mich ein Stück weit zurück. Zurück auf den Boden. Und lässt mich gleichzeitig noch weiter abheben.

In den wenigen Sekunden, in denen ich ihn ansehe, blendet mein Gehirn die Musik ganz von allein aus. Und es herrscht Stille. Es herrscht eine Stille zwischen uns, eine notwendige Stille. Wir verarbeiten, wir verstehen. Wir finden zueinander, irgendwie. Und ich hoffe, dass es weitergehen kann, irgendwie.

Glass erhascht meinen Blick, begleitet von meinen seltsamen, ungeordneten Gedanken. Kurz sieht er wieder weg, wie er es immer gemacht hat. Sieht dann doch wieder hin. Blinzelt. Fast fräst sich ein bitteres, schmales Lächeln in sein besorgtes Gesicht. Fast.

Ich sehe wieder weg, fast peinlich berührt und starre angestrengt auf meine Schuhspitzen, die sich durch die Menge tretender Füße schieben.

Linux führt uns in den hinteren Teil des Saals, an einer Tanzfläche und einem Pool vorbei.

Es ist absurd. Es ist absurd, dass ich hier bin und es ist absurd, dass ich diesen Ort vielleicht nie wieder verlassen werde. Dass ich gleich Fortran kennenlernen werde, den inoffiziellen Drahtzieher Deep Citys. Dass wir versuchen werden ihn zu erpressen.

Es ist absurd. Absolut absurd.

Ich schüttele meinen Kopf, in der Hoffnung, so diese Trance loszuwerden, die mich erfasst hat. Klappt nicht. Mir wird nur schwindeliger.

Am Ende der Halle reiht sich eine Vielzahl kristallen glitzernder, gläserner Fahrstühle, die die besoffenen Gäste in die nächsten Stockwerke befördert, auf dem Weg in ihr nächstes schmuddeliges, feuchtes Abenteuer.

Linux holt uns einen von der Decke, verscheucht ein paar Leute und lässt uns einsteigen. Drückt dann die Oberste der Tasten, bevor sich die Türen mit einem von der Musik völlig überdröhnten *Pling* leise schließen. Eine fast physisch spürbare Stille fällt über uns, bringt meine tauben, geschundenen Ohren zum Klingeln, als die schallgedämpften Fahrstuhlwände alle Musik aussperren.

Ich reibe meine kribbelnden Finger aneinander und beiße mir auf die Innenseite meiner Wange. Mein eigenes Blut rauscht mir in den klingelnden Ohren. Ich lasse den Blick wandern, von Linux zu Glass, von Glass zu Linux. Niemand sagt ein Wort. Und der Fahrstuhl setzt sich in Bewegung.

Pools und Explosionen und Tänzer werden kleiner unter uns, verkommen zu weit entfernten Figuren und unter meinen Füßen breitet sich eine schwindelige Höhe aus.

Glass lehnt sich gegen eine der Wände, verschränkt die Arme vor der Brust und überschlägt die Beine. Starrt uns an. Ich starre zurück. Die Anspannung ist spürbar.

»Wir betreten gleich die *Loge*«, sagt Linux plötzlich, schnell und unterkühlt und seine Stimme reißt mich hart aus meiner merkwürdigen Trance. »Dort feiern normalerweise nur die Ehrengäste, ich wäre euch also sehr verbunden, wenn ihr euch benehmen würdet.«

»Treffen wir dort auch Fortran?«, fragt Glass. Sein Unterkiefer arbeitet.

Linux hebt zur Antwort nur die Augenbrauen und verschränkt ebenfalls die Arme. Steht stocksteif mitten im Fahrstuhl und blickt geradeaus. Seine Augen sind wieder so heftig geschminkt wie immer, nur kommen sie mir jetzt absurd künstlich vor, als würde mich nur eine Täuschung, eine Maske, ein gefälschtes Gesicht ansehen.

Stille.

Glass steckt, wie als Zeichen seiner Missbilligung, eine seiner künstlichen Zigaretten an, vernebelt damit die ganze Kabine, während wir uns immer weiter aufwärts quälen. Bei jedem neuen Stockwerk gibt es ein lautes *Pling*.

Pling.

Gleich sehen wir Fortran.

Pling.

Und wenn er schlechte Laune hat, sind wir am Arsch.

Pling.

Oder ich werde verraten.

Pling.

Dann pürieren sie vielleicht mein Gehirn.

Der Fahrstuhl bewegt sich nervtötend langsam. Als wolle er einen dazu zwingen, genau hinzusehen. Was man verpasst, wenn man nicht schon ein Stockwerk früher ausgestiegen ist, was man hier alles erleben kann ... Was die Masken Großartiges aufgezogen haben. Wir passieren ein Kasino, verschiedene Tanzflächen, ein komplett in Dunkelheit getauchtes Stockwerk ... Aus der Stille und der elektrisierten Anspannung unseres gläsernen Gefährts heraus eine ziemlich surreale Angelegenheit.

Pling. Zehnter Stock. *Die Loge.* Wir sind da.

Linux deutet mit einem Kopfnicken an, dass wir aussteigen sollen, bevor er selbst aus dem Fahrstuhl springt.

Und wir betreten, im klischeehaftesten Sinne, eine völlig andere Welt.

Die Loge ist ein großes, offenes Rondell, das weit in das Atrium, das Zentrum des Geschehens hineinragt, komplett abgeschlossen von einer gläsernen Fensterfront aus schillerndem Kristallglas, eingefasst in dicke Chromträger, eingerichtet im Stil eines alten Kasinos, mit glänzendem Parkettboden und bauchigen Kronleuchtern. Die Musik ist nicht halb so laut, wie in der Haupthalle, plätschert eher hintergründig. Ein schales, mit unmotivierten Bässen unterlegtes Piano. Große Bildschirme kleiden die Außenwände aus, zeigen die Partyszenen aus anderen Stockwerken, flimmernd und entsättigt, als wären sie nur alte Filmaufnahmen und nicht im Geringsten real.

Und Masken. Gasmasken. Überall.

Sie sitzen in Ledersesseln, unterhalten sich, starren auf die Bildschirme. Stehen an der Bar. Lachen leise. Trinken. Warten. Oder sehen durch die Glaswände hinab ins Geschehen. Mit vollem Überblick. Voll in Kontrolle.

Gänsehaut macht sich auf meinen Armen breit.

Es ist absolut bizarr. Sie sehen aus wie gruselige Statisten in irgendeinem seltsamen Traum, in dem nichts wirklich Schlimmes passiert, der aber das widerlichste, schale Traumgefühl hinterlässt, das man haben kann.

Zwischen sie mischen sich ein paar Roboter, die die Kulisse bevölkern. Ein paar einfach maskierte Menschen, die eigentlich herausstechen müssten, es aber nicht tun.

Ich blinzele. Sehe kurz zu Glass, dann zu Linux, dann wieder zu Glass. Dem fällt die Angst fast aus dem Gesicht. Rote Flecken breiten sich über seinen Hals aus, Schweiß glänzt in fettigen Schlieren auf seiner Stirn. Er schiebt sich den Hut so weit ins Gesicht wie nur möglich und seine Hände zittern dabei unkontrolliert.

Linux dagegen schwelgt in einer fast resignierten Ruhe. »Kommt«, sagt er tonlos und wir folgen ihm.

Er bewegt sich durch diese Welt, wie eine Katze durch ihr Revier. Nickt ein paar Menschen zu, schwingt seinen Maskenring, setzt das schönste und natürlichste künstliche Lächeln auf. Schlendert an Bars und Sitzecken vorbei. Lächelt noch ein bisschen mehr. Und kein einziges Mal begrüßt er jemanden, schüttelt keine einzige Hand. Tauscht merkwürdige Blicke und manchmal keine Blicke.

Und ich beginne den Versuch, die Masken zu beobachten, die filigrane, fließende Dynamik ihrer Gesellschaft, wie ich es immer tue, wenn ich in eine neue Menschenkonstellation gerate. Will die Details so schnell wie möglich analysieren. Wie sie miteinander sprechen, wie sie sich begrüßen. Wie sie sich ansehen, durch die Masken hindurch. Wie sie trinken. Wie sie kommunizieren. Und mir wird bewusst, dass es mir nicht gelingt. Die ziehen an mir vorbei, ich komme mir vor wie ein Fremdkörper, der immer einer sein wird.

Alles erscheint mir anders und verwirrend. Unpassend für eine Gesellschaft wie diese, so exklusiv. Ich dachte, ich würde solche Runden schnell verstehen, hätte sie in ihrer Gesamtheit längst durchdrungen, aber bei den Masken ist es anders. Ich erkenne keine unausgesprochenen Regeln. Alles erscheint mir seltsam willkürlich.

Ist das der Grund, warum ich in Deep City letztlich die Kontrolle verloren habe? Weil es oft so willkürlichen Regeln folgt?

Maskierte Gesichter rauschen an mir vorbei und verschwimmen vor meinen müden, überblendeten

Augen und ich schwitze unter meiner Maske und diesem Hut. Mir ist kotzübel.

Diese Sache gibt mir eine ziemliche Beklemmung, einen harten Druck auf der Brust. Es macht mich noch unruhiger. Noch aufgewühlter.

Ich bin vollkommen entfernt von jeglicher Kontrolle, die ich mal hatte, vollständig angewiesen auf einen Menschen, dem ich nicht eine Sekunde lang vertraut habe. Zu wissen, mit wem ich es ungefähr zu tun habe, ist mein einziger Zugangsschlüssel zu dieser Welt und meine einzige, persönliche Firewall. Ich bin ein Manipulator. Ich war nie gut in der Schule. Zu stressig, zu uninteressant, zu perspektivlos. Ich hatte mittelmäßige Noten und mehr Ärger, als es gut für mich war. Meine Eintrittskarte in ein besseres Leben, das war mir früh bewusst, war mein Gesicht und mein Talent dafür, jede Art von Gesellschaft und jeden Menschen schnell genug zu analysieren, sodass er gar nicht mehr merkt, dass ich ihn manipuliere. Ich bin nicht besonders gebildet, nicht besonders eloquent, oder charismatisch. Alles, was ich bin, ist überdurchschnittlich hübsch und eine überdurchschnittlich gute Lügnerin. Das hat mich weitergebracht und nichts anderes. Und jetzt ... jetzt fühle ich mich nackt.

Linux sieht kurz zu uns, hebt die Augenbrauen. Mein Blick flackert über sein Gesicht und ich weiß, dass man mir die Angst in den Augen ansehen muss. Ich habe keine Ahnung wie ich mit der Situation eigentlich umgehen muss. Bin überfordert.

Ich wünschte, ich wäre immer genauso gut darin gewesen, mich selbst zu belügen, aber in dieser Hinsicht war ich immer ziemlich scheiße. Ich bin mir immer bewusst, dass ich Fehler mache. Dass ich nie ansatzweise das Leben hatte, das ich mir erträumte. Dass ich immer komplett abhängig war. Ich konnte nur auch nicht anders. Ich bin nicht naiv, ich bin nur pleite und verzweifelt und besessen von unerreichbaren Ideen. Und zu skrupellos für mein eigenes Wohl.

Gleich werden wir Fortran kennenlernen, ich werde vor einem Menschen stehen, über den ich nichts weiß, dessen Gesellschaft ich nicht verstehe. Soll mein Leben davon abhängen, ob unsere Manipulation gelingt?

Ich zwinge mich dazu, nicht nach meinem Revolver zu greifen. Ich glaube, ich habe genug Menschen in meinem eher kurzen Leben umgebracht, es müssen nicht mehr werden. Mich eingeschlossen. Vielleicht erledigt das jemand anders für mich.

Ich schlucke hart, spanne meine Muskeln und sehe zu Glass, der neben mir herläuft. Doch er sieht nicht zurück.

Wir erreichen einen geschlossenen Bereich, abgetrennt von einer großen, verspiegelten Tür. Wieder wirft Linux uns einen Blick zu. Dieses Mal ist er lang, durchdringend und ziemlich vielsagend.

Kurz erhasche ich einen Blick auf mein ziemlich bemitleidenswertes Spiegelbild. Ich sehe aus, als hätte ich den Tod persönlich gesehen.

»Jetzt«, formt er tonlos mit den Lippen. Und klopft.

Es dauert ewige Sekunden, in denen wir auf eine Reaktion warten. Dann springt die Tür auf. Automatisch. Nur einen Spalt und begleitet von einem leisen Klicken.

Linux nickt uns zu, lehnt sich gegen die Tür und betritt den Raum. Wir folgen ihm.

Ich laufe gegen eine Wand unerträglich heißer Luft und in eine absolute, nervenaufreibende Stille. Keine Musik plätschert mehr im Hintergrund, keine menschlichen Geräusche, bis auf unsere eigenen dumpfen Schritte.

Die Tür fällt wieder hinter uns zu.

Direkt vor der gläsernen Innenwand des Raumes, die den Überblick über den gesamten, riesigen Saal bietet, steht ein schwerer Ledersessel und darin – Fortran. Ein Mann, noch kleiner und zusammengesunkener, als auf dem Hologramm, an dessen ausgemergeltem Körper lose die Klamotten hängen.

Eine fast überdimensionale Gasmaske sitzt auf seinem Kopf, wie ein riesiges Insekt, das Besitz von ihm ergriffen hat. Er muss bis eben noch aus dem Fenster gesehen haben, nun hat er sich mit dem ganzen Stuhl halb zu uns gedreht und scheint uns anzusehen.

Ich erzittere innerlich.

Es herrschen wirklich tropische Temperaturen in diesem Raum, kaum ein paar Sekunden nachdem sich die Tür wieder hinter mir schließt, bekomme ich Platzangst, so überhitzt und stickig fühlt sich alles an. Ich glühe, innerlich und äußerlich.

Plötzlich sehne ich mich nach dem schneidend kalten Regen draußen, nach dem Wind und nach allem, was mein hämmerndes Herz und meine Gedanken abkühlt. Plötzlich sehne ich mich nach sehr vielen Dingen.

Sekundenlang passiert nichts. Und wir schweben in einer fast schmerzhaften Stille. Linux ist wie erstarrt, Glass' Gesicht ist fleckig vor Angst. Und ich kann meinen eigenen Angstschweiß riechen.

Dann, sehr langsam, nimmt Fortran seine Maske ab, legt sie sorgfältig auf seinen Schoß, ringt rasselnd nach Atem. Er sieht noch schlechter aus als auf dem Hologramm. Kein unruhiges Pixelflackern, das seinen Zustand verbergen könnte. Er sieht aus wie ein eingefallenes, früh gealtertes Wrack, mit stechenden Augen, aufgeplatzten Lippen und aufgedunsener Haut.

Linux sieht ihn an, völlig erstarrt, die Augen überlaufen mit gläsernen Emotionen. Seine Lippen zittern.

»Was soll das hier werden?«, fragt Fortran. »Worum geht es hier?« Er wirkt überrascht.

Es vergehen Sekunden, bis Linux antwortet. »Kannst du dir das nicht denken?«

Fortran antwortet nicht. Seufzt nur. Dreht sich dann um, rückt mühsam einen schmalen Metallständer zurecht, der auf einer leise surrenden Maschine steht. Kabel hängen daran, eine Sauerstoffmaske ... Er justiert ein paar verdrehte Kabel an seinem Arm, schiebt Schläuche hin und her. Es vergehen Sekunden.

»Ich gehe davon aus, dass du nicht hier bist, um mir diese Personen auszuliefern?« Er dreht sich wieder zu uns, lässt sich zurück in seinen Sessel sinken. Es ist erschreckend, wie kräftig und charismatisch seine Stimme klingt, im Kontrast zu der fahlen, erschöpften Person, die da vor uns sitzt.

Linux ringt nach Luft, scheint Wörter zu sortieren ... Wenn ich ihn so sehe, verliere ich das Vertrauen in diese Aktion. Er sieht aus wie ein schüchterner Schuljunge, unfähig ein klares Wort zu formulieren.

»Es geht um *Thoughtspace*«, sagt er dann. »Die Software.« Erschreckenderweise zittert seine Stimme.

Fortran leckt sich über die trockenen Lippen. »Geht es nicht immer um diese Software?«

Linux' Lippen beben. Er sieht aus, als wolle er noch etwas sagen, doch er bleibt still.

Fortrans Augen ruhen derweil auf mir. Durchdringend. Ich spüre eine Veränderung in meiner Gefühlslage, fühle mich auf einmal nicht mehr so weit entfernt von allem. Mir wird bewusst – alles hier ist sehr real. Und so viel hängt davon ab, was wir jetzt tun.

»Du hier«, sagt er und blinzelt. »Wie komme ich zu der Ehre?«

Meine Pupillen wandern hin und her, zwischen einem stummen Glass und einem stummen Linux. *Niemand zieht dich aus der Scheiße, außer dir selbst.*

Ich kneife die Augen zusammen. »Wir wollen Ihnen ein Angebot machen«, sage ich.

»Ich kann mir fast denken, um was es geht.« Er lächelt matt in Linux Richtung. Wendet sich dann wieder zu mir. »Ich halte nicht viel von Angeboten. Mir werden zu oft welche gemacht und sie sind selten zum Vorteil dieser Stadt. Aber ...« Sein Blick wandert zu Linux und es ist ein obsessiver Blick. Ein verlangender Blick. Ein schmerzvoller Blick. Es sind nicht seine Augen und auch nicht seine Gesichtszüge, die sehr müde und sehr kontrolliert bleiben. Es ist die eine Sekunde, die er zu lang an ihm hängt. Das eine Zucken über seinen Körper hinweg. Das eine Flackern. Es ist ein kurzer Moment, aber er macht die Spannung real, die zwischen den beiden herrscht. Er blinzelt. »Warum bist du hier, Linux?«

Der junge Mann ist leichenblass. Er ist wunderschön, auch in diesem Zustand, im künstlichen Licht und dieser bizarren Umgebung fast engelsgleich. Aber ich habe Angst, dass er in diesem Moment an seinem eigenen Plan und seinen eigenen Worten erstickt. Das hier ist ein anderer Linux. Ein Vergifteter.

»Dir wird nicht gefallen, was ich sage«, flüstert er. »Aber ich muss ... Es ist nur zu deinem Besten.« Erstickte Stimme. Er ringt nach Luft. »Wir haben die Software, Fortran. Wir haben sie und sie kann jeden Moment online gehen, wenn wir wollen. Jeden Moment.« In seinem Gesicht zeichnet sich so aufrichtiger Schmerz ab, ich bin fast gewillt zu glauben, dass es klappen könnte. »Wir können das verhindern«, fährt Linux fort. »Wir können verhindern, dass diese Software online geht und Deep City zerstört ... aber nur unter unseren Bedingungen.«

In Fortrans Gesicht verändert sich nichts. Seine Züge bleiben glatt, seine Augen blank. Aber seine Hände ... Die Hände eines Menschen sagen oft viel mehr, als das Gesicht. Über Lust, über Nervosität, über Angst.

Und seine Hände zittern. Sie zittern.

»Linux«, setzt er an, doch der Angesprochene redet einfach weiter.

»Folgende Bedingungen«, sagt er laut. »Wenn wir die Veröffentlichung der Software stoppen sollen, dann wirst du ... niemanden von der Liste mehr umbringen lassen.«

Seine aufgeschwemmten Augen schimmern rötlich. »Und du wirst mit mir kommen. Nach Surface City. Und nie wieder hierher zurückkehren. Nie wieder.«

Fortrans Hände zittern. Sie suchen nach Halt. Seine Finger verfangen sich im Stoff seiner Hose, im Stoff seines T-Shirts.

Und nun glitzern auch seine Augen verdächtig, weiten sich, huschen unruhig hin und her.

»Wo ist die Software, Linux?«

Doch der junge Mann schüttelt den Kopf. Presst die blutleeren Lippen aufeinander.

»Wir haben keine andere Wahl.«

Fortran legt sich seine Sauerstoffmaske übers Gesicht und für ein paar Sekunden rauscht nichts als sein Atem durch die angespannte Stille. Tiefe, laute Atemzüge.

Als er sie wieder abnimmt, sieht er Linux mit blankem Gesicht in die Augen.

»Du erpresst mich«, sagt er schlicht. Zwingt seine zittrigen Hände in den Schoß. »Ihr seid hierhergekommen, um mich zu erpressen.« Er lässt den Kopf auf die Brust fallen, lacht ganz leise und schüttelt den Kopf. »Mich zu erpressen ...«

Linux' Blick läuft über vor Schmerz und Anspannung und er sieht aus, als könne er es kaum ertragen, diese paar Meter von ihm entfernt zu stehen. Er sieht gefoltert aus, weil er ihn so sehen muss. Den Mann, von dem er so besessen ist.

Ich sehe seine Augen überlaufen, sehe seinen verzerrten Blick. Und ich dachte vorher, ich hätte es wirklich gesehen, hätte den wirklich gläsernen Linux gesehen, aber ich sehe ihn erst jetzt. Ich sehe ihn jetzt, in seinem verzweifeltsten, verletzlichsten Moment, in dem Versuch, diese Person zu retten.

Und es schmerzt ihn so sehr, ihn sterben zu sehen. So zu sehen. Er ist bereit, diesen Schmerz in Kauf zu nehmen, der gerade seine Gesichtszüge verbiegt, er ist bereit, dieser Person alles zu nehmen, um sie zu retten. Für sich zu retten. Dieser pure Egoismus in seinem Motiv fasziniert mich für eine Sekunde und ich starre ihn an, verblüfft und ein wenig betäubt und ich fühle mich wie eine ziemlich dumme Statistin in dieser Situation.

Ich sehe zu Glass und er sieht zu mir und unsere Blicke verschränken sich für ein paar Sekunden und es kommt mir vor, als könnten wir unsere Gedanken lesen. Wir haben beide nicht wirklich verstanden, was hier passieren wird. Wir haben beide nicht wirklich verstanden, was das hier eigentlich bedeutet. Ich möchte seine Hand nehmen, möchte dicht neben ihm stehen. Möchte seinen Herzschlag spüren.

Fortran sieht wieder auf, sieht uns an.

»Wisst ihr, was das bedeutet?«, fragt er. »Was ihr hier tut? Was ihr in der Hand habt?« Seine Stimme bebt. »Wisst ihr wirklich, was diese Software bedeutet? Ihr seid hier, um mich zu erpressen, aber wisst ihr wirklich, was ihr hier tut? Und wozu ihr in der Lage seid?«

Linux öffnet seinen Mund, scheint unfähig, etwas zu sagen. »Fortran, wir -«

»Wir sind hier, weil diese *Liste* Deep City zerstört«, sagt Glass plötzlich und schneidet Linux damit das Wort ab. Seine laute, unerwartete Stimme lässt mich zusammenzucken.

»Wir sind hier, weil es so nicht weitergehen kann. Weil Personen ermordet werden, die *nichts* dafür können, was passiert ist oder gerade passiert.« Sein gespannter Kiefer mahlt, Schweißperlen stehen ihm auf der Oberlippe und sein Gesicht ist aufgeschwemmt in rötlichen Angstflecken. Er hat seine Hände zu weißlich verfärbten Fäusten geballt. Seine

Pupillen zucken hektisch hin und her, als hätte er jeden Punkt verloren, den er fixieren kann. »Es werden die falschen Menschen beschuldigt und die falschen Menschen umgebracht und wir ... ich bin hier, weil ich das nicht länger mit ansehen werde.

Wir sind nicht hier, um Sie oder die Liga zu erpressen, wir sind hier, um eine Forderung zu stellen, die für beide Parteien von Vorteil wären. Wir wollen nur diesen Wahnsinn beenden. Wir wollen unseren Frieden zurück.« Seine Zähne schimmern gefährlich hinter seinen zurückgezogenen Lippen. »Und ich denke, die Tatsache, dass wir hier sind ... *wir* ... sollte zeigen, wie verzweifelt wir sind.«

Fortran starrt ihn an.

Bisher hatte er ihn beinahe vollkommen ignoriert, war mit seinen Blicken an ihm vorbeigegangen, als wäre er nicht existent. Nun fixiert er ihn, mit einer Härte, die kaum in sein geschwächtes, eingefallenes Gesicht passt.

Glass sieht zurück, mit flackerndem Blick.

»Nein«, sagt Fortran dann mit drohendem Unterton. »Ich weiß, warum du wirklich hier bist und du musst mir nichts darüber erzählen.«

Stille.

Ich habe das Gefühl, ich müsste irgendetwas sagen, doch mein Gehirn ist widerlich überhitzt und keiner meiner Gedanken passt zusammen. Ich war bisher immer meine eigene Hauptperson in dem ganzen Geschehen, habe meine eigene Regie geführt. Nun stehe ich dumm da, als Mittel zum Zweck. Ich kann nur versuchen, stark und überzeugend auszusehen. Irgendwie. So sehr das eben möglich ist, wenn du gerade erfahren hast, dass irgendein invasives Computerprogramm dein Gehirn bevölkert und deine Gedanken liest, das dich potentiell umbringen könnte, wenn nur die falschen Leute davon erfahren.

Glass' Lippen beben. »Wenn die Liga der Masken unseren Forderungen nachkommt, stellen wir alles ein. Zerstören die Software. Brechen alle Verkäufe ab. Sie wird nicht mehr existieren.« Er befeuchtet seine Lippen. »Wir besitzen noch genau eine Kopie der Software, es ist die Letzte und wir sind die Einzigen. Wenn wir sie zerstören, zerstören wir sie. Dann ist das hier vorbei. Und ist es nicht das, was die Liga will? Ist es nicht das, was du willst, Fortran?«

Fortran sieht ihn mit verkniffenen Lippen an. Wortlos. Die Stille fühlt sich an wie knirschende Zähne auf Schleifpapier.

»Du musst die Liste abstellen«, krächzt Linux in die Anspannung hinein. »Du musst -«

Fortran unterbricht ihn mit einem bitteren Lachen. »Diese Liste«, sagt er erschreckend laut und erschreckend kraftvoll. Wendet seinen Blick zu Glass, mit einem Druck und einer Intensität, die ich wahrscheinlich nicht aushalten würde. »Jeder stellt es so dar, als wäre sie ein grausamer Scherz, eine böse Laune. Als würde ich Menschen kontrollieren wollen, sehen wollen, wie sie unter dem Druck zugrunde gehen.« Wieder leckt er sich über die trockenen Lippen. »Als hätte ich mir das alles zum großen Spaß der Liga ausgedacht und dann auf Deep Citys Gesellschaft forciert, aus purer Lust und Eigennutz. Ein hübscher kleiner Gladiatorenkampf für die Elite dieser Stadt. Dabei war es nie unsere Absicht, jemanden zu quälen. Es war auch nie unsere Absicht, dass diese Liste überhaupt an die Öffentlichkeit kommt. Wenn wir eines nicht wollten, dann dieses riesige Drama, das daraus geworden ist. Die endlosen Gerüchte ...« Er greift kurz nach seiner Sauerstoffmaske, legt sie sich über den Mund und atmet ein paarmal tief ein und aus, bevor er weiterspricht. »Ich frage euch ... Warum wird es immer wieder so dargestellt, als hätte ich die volle Kontrolle über das, was hier geschieht? Über die Liste, über die Personen auf der Liste, über diese Software ...« Seine Augen sind zu mir gewandert, mit stechendem Blick. Und ich versuche mit großer Mühe, dem standzuhalten, ohne unter dem Druck zusammenzubrechen.

»Warum wird es immer wieder so dargestellt, als wären wir die Schuldigen, die Antagonisten in diesem Spiel, wenn die eigentlichen Verursacher hier stehen. Genau hier. Allen voran der junge Mann mit dem Hut.« Er legt den Kopf ein wenig schief, sieht in Glass' Richtung. »Ich habe nie deinen wirklichen Namen erfahren, aber dein Gesicht habe ich nicht vergessen. Ich habe überhaupt nichts von unserer Begegnung damals vergessen.«

»Ich habe keinen richtigen Namen«, erwidert Glass kratzig. Ein Schweißtropfen läuft ihm unter seiner Maske die Schläfe entlang.

Fortran kneift die Augen zusammen. »Glaubst du wirklich, dass mich das interessiert? Du könntest jeden Namen der Welt haben ... Du hast den Masken unglaublich viel Schaden zugefügt und hast tatsächlich den Nerv hierherzukommen. Mit dieser lächerlichen Cullinan-Kopie und ...« Sein Blick wandert zu Linux, mit zusammengebissenen Zähnen und flackerndem Blick. Sein blasses Gesicht verliert noch weiter an Farbe. »Wie bist du überhaupt an diese Leute geraten, Linux?«, fragt er müde. Schüttelt den Kopf.

Linux will etwas erwidern, doch er wird mit einer Handbewegung zum Schweigen gebracht. Kurz legt Fortran seine Stirn in die flache Hand, starrt gen Boden. Seine Hände zittern, wie die eines alten Mannes, sein Atem rasselt laut und hektisch und echot gegen die Wände.

Dann sieht er wieder auf.

»Es ist an der Zeit etwas aufzuklären, was?«, fragt er Glass. Lächelt blass und ein wenig erschöpft. »Ich meine, ich *weiß* nicht, wer diese Liste veröffentlich hat, aber ich denke, es gibt nur eine logische Möglichkeit.« Er macht eine kurze Pause, starrt in den Raum und auf Glass, der sich unter seinen Blicken und verschwitzter tropischer Hitze windet. »Ich meine die Person, die ziemlich viele Namen nennen konnte, keinen einzigen für sich behalten hat. Die Person mit dem Passwort. Die Person, die sich ziemlich schnell gegen uns gewendet hat, als es für sie brenzlig wurde. Die Person, die alles und jeden verraten hat. Wirklich jeden Menschen, auf jeder Seite.«

»Ich habe niemanden verraten.«

»Doch. Du hast diese Menschen an uns verraten. *Du* hast uns *die Liste* geliefert.« Scharf saugt er Luft durch seine Zähne.

Mein Blick wandert zwischen Fortran und Glass hin und her. Aufgerissene Augen. Zerrissene Gedanken. Alles auf einmal.

Glass ist verantwortlich für die Liste. Deshalb dieses Verantwortungsbewusstsein. Deshalb diese übertriebene Reaktion, diese ständigen Schuldgefühle. Er ist schuld. Er hat die Liste erschaffen. Deshalb ist er so besessen davon, sie auch wieder zu beseitigen. Deshalb fühlt er sich schuldig.

»Ich hatte euch vertraut«, flüstert Glass drohend. »Mir wurde gesagt, man würde mir helfen, meine Erinnerungen wiederzuerlangen. Im Gegenzug habe ich euch alle Informationen gegeben, die ich über die Software und die Tests, die mit ihr durchgeführt wurden. Und die Liga hat mich verraten. Ihr habt mich einfach fallengelassen und statt den Menschen zu helfen, die Opfer dieser Software geworden sind, habt ihr angefangen, sie zu ermorden.« Seine Stimme ist so rau und dunkel geworden, er klingt wie ein anderer Mensch. Die Worte kommen so tief aus seinem Körper, aus einer so tiefen, verborgenen Stelle seiner Gedanken, sie rollen über die Stille hinweg, echoen in der dumpfen Akustik des Raumes.

Fortran sieht ihn lange an.

»Ich weiß, die Dinge sehen nicht schön aus«, sagt er dann trocken. »Aber Einzelschicksale verschwimmen leider ziemlich schnell, wenn man dauerhaft das Gesamtbild im Auge behalten muss. Deep City ist kein Ort der Moral. Der Gerechtigkeit. Hier unten sammeln sich so viele Abgründe, so viele Widerwertigkeiten, so viel menschlicher *Dreck*. Deshalb geben wir auch nicht vor, loyal zu sein. Oder menschlich. Oder nett. Genauso wenig wie wir vorgeben, machtbesessen zu sein, was uns oft vorgeworfen wird. Oder gierig. Oder böse. Wir werten nicht.« Er legt sich wieder die Sauerstoffmaske über den Mund, atmet tief ein. Das Rauschen seines Atems macht mich fast wahnsinnig. Als er sie wieder absetzt, klingt er so schwach und leise, als hätte jetzt tatsächlich sein letztes Stündchen geschlagen. »Wir tun nur, was nötig ist. All diese Menschen auf der Liste tragen den Prototyp einer Software in sich, die Deep City dem Untergang weihen könnte. Und Hyalopolis *braucht* Deep City, sonst würde die Stadt in all ihrer Transparenz in sich zusammenfallen.«

Stille.

Ich sehe zu Glass, doch er schaut nicht zurück. Sein Gesicht ist blankgefressen und zerfurcht von tiefen Falten, die in seine angespannte Grimasse hineinfräsen. Fortran hängt zittrig in seinem Sessel, keucht in seine Sauerstoffmaske und wechselt mit seinem Blick zwischen Glass und mir hin und her.

Ich weiß nicht, was ich denken soll. Bin überhitzt und habe eine Scheißangst. Ich bin die ganze Geschichte leid. Wir kriechen rum, irgendwo zwischen moralischen Abgründen, Altlasten und Liebesgeständnissen und ich stehe dazwischen.

Es ist mir ziemlich egal, dass Glass der Verursacher der Liste ist, in diesem Moment ist mir eine Menge scheißegal.

Ich will raus aus diesem Raum, weil sich mein Körper jeden Moment dazwischen entscheiden muss, zu ersticken oder zu zerfließen. Ich will raus aus meinem Kopf. Ich will raus aus dieser Geschichte. Sie wird mich sonst noch umbringen und irgendwie wäre dann alles ziemlich witzlos gewesen.

»Es tut nichts zur Sache, was Glass getan hat«, sage ich und schneide damit die Stille auf, wie Fortran meinen Kopf aufschneiden wird, wenn wir diese Sache nicht bald geregelt kriegen. Meine Finger zittern und meine Haut kribbelt, aber meine Stimme ist fest. »Wir stehen jetzt an einem anderen Punkt. Und ich denke, unser Angebot steht. Wir wollen genau eine Antwort hören. Und ich denke, die ist klar.« Ich verstumme mit vibrierendem Brustkorb.

Nun sieht Glass doch kurz zu mir. Ein kurzer Blick, viele schnelle Lidschläge und mit jedem ein anderes Gefühl. Überraschung. Erschrecken. Ungläubigkeit. Dankbarkeit.

»Nennt es ruhig Angebot«, sagt Fortran und unterbricht damit unseren Blickwechsel. Verzieht den Mund, fast als wäre er angeekelt. Und sieht wieder zu Linux. Die beiden tauschen einen langen Blick.

Ich verschränke die Arme vor der Brust, presse sie dicht an mich und spüre das harte Gewicht des Revolvers in meiner Mantelinnentasche.

Wie dumm und hilflos ich mich in dieser Situation fühle, wo ich eigentlich in der überlegenen Position bin. Das wird mir ganz plötzlich bewusst, schnell und hart wie ein elektrischer Schlag, der durch meinen Körper schießt. Und für einen winzigen Moment überschwemmt mich eine Fantasie, in der ich wieder die volle Kontrolle habe. In der ich entscheide, wer über mich entscheidet. In der Fortran herausfindet, was sich da in meinen Kopf gefressen hat und ich mir den Revolver zwischen die Zähne klemme und abziehe.

Ich bin die Software. Ich habe einen Revolver. Ich habe die Entscheidung. Ich habe die Kontrolle.

Vielleicht ist doch nicht alles explodiert. Vielleicht gehört die letzte, die finale Kontrolle immer noch mir.

Es ist ein fast hysterisch ermutigender Gedanke. Und mit dem plötzlichen Gefühl einer Beinahe-Überlegenheit sehe ich Linux dabei zu, wie er noch einen Schritt auf Fortran zugeht, fast abwehrend die Hände hebt. Mit schwimmenden Augen.

»Es ist zu deinem Besten«, flüstert er. »Wir vernichten die Software. Wir vernichten sie … Du musst nur einwilligen. Du musst nur mit mir kommen.«

Linux schöne Gesichtszüge verschwimmen in Verzweiflung und ich meine, in Fortrans blankgefressenen, müden Augen einen Tränenschimmer zu sehen.

Doch er wendet sich ab.

»Wo ist sie?«, fragt er kühl. Presst wieder die Sauerstoffmaske auf sein Gesicht, nimmt tiefe ruhige Atemzüge. Und sieht mich an.

Mein Herz sucht sich einen neuen Platz irgendwo zwischen meinen Darmschlingen, der eiskalte Schweiß pulsiert auf meiner Haut.

Er weiß es. Er weiß es.

Ich kriege keinen anderen Gedanken mehr in meinen Kopf. Und mein eigenes Schweigen pulsiert in meinen Ohren.

Ich presse die Lippen fest aufeinander.

»Wie nennen Sie diese reizende Dame auf dem Schwarzmarkt?«, fragt er in mein Schweigen hinein, ohne den Blick von mir zu lösen. »Cullinan?«

Ich blinzele.

»Nun, du siehst mir ein bisschen zu jung und ein bisschen zu verschwitzt aus für einen Schwarzmarktveteranen. Aber deine Organisation hat gute Arbeit geleistet. Wir hatten keine Ahnung, wer diese Software verkauft und wenn es den jungen Mann in der

Ecke nicht gegeben hätte ... Deep City hätte nie etwas davon erfahren.« Er schüttelt leicht den Kopf. »Es ist fast absurd, was letztendlich daraus geworden ist. Dieser ganze Schrecken ...«

Noch immer habe ich die Lippen aufeinandergepresst. Er sieht mich fest an.

»Also ... wo ist das Programm?«

Ich schwitze wie ein Schwein unter seinem Blick und in dieser tropischen Hitze. Es ist zum Kotzen.

So viel kann schiefgehen, so viel ist schon schiefgegangen, es kommt mir plötzlich fast absurd vor, hier zu stehen und Herzrasen zu haben.

»Gegenfrage«, sage ich und verberge meine zittrigen Hände in meinen Hosentaschen. »Kommen Sie unseren Forderungen nach?«

Fortran sinkt ein wenig in seinem Sessel zusammen, reibt sich die Hände. Er sieht seltsam müde aus. Wieder legt er sich seine Sauerstoffmaske übers Gesicht und ich weiß nicht, ob das eine Antwort oder nur eine Überlegung sein soll.

Sein Blick wandert zu Linux, ruht auf ihm. Dann lässt er ihn fallen und sieht zu Boden.

»Ich denke, es ist keine Frage des Vertrauens«, murmelt er. Reibt sich die zittrigen Finger, reibt die trockenen Lippen aufeinander, in meinen Ohren klingt es fast wie Schleifpapier.

»Ich bin hier«, sagt Linux und klingt schmerzerfüllt. »Ich bin hier, Fortran ... Es ist keine Frage des Vertrauens.« Er schluckt schwer.

Was glaubt Linux, was das hier ist? Das hier ist eine Erpressung und kein verdammtes Liebesgeständnis.

»Vertrauen spielt keine Rolle«, sage ich mit heiß gelaufener Stimme. »Es gibt genau eine Option. Genau eine Antwort.«

Meine Worte liegen der Atmosphäre schwer im Magen.

Fortran starrt mich an und für einen Moment scheint es auch nur uns beide in diesem Raum zu geben. Es ist sicher illusorisch, aber für einen Moment fühlt es sich auch an, als würde es eigentlich nur um mich gehen. Ich bin der verzweifeltste Mensch in diesem Raum, mit Abstand. Für einen Moment gibt es nur mich und Fortran und die Hitze und mein verzogenes Gesicht.

»Eine Antwort«, forme ich mit den Lippen. Ich bin ein vergiftetes Stück Dreck und es ist dieser Moment, in dem sich entscheidet, ob ich aufsteige oder untergehe. Für mich gibt es kein Flennen und Flehen und Betteln, für mich gibt es auch keine moralischen Rechtfertigungen. Für mich gibt es genau eine Antwort und die will ich jetzt hören.

Fortran und seine Masken sind mir so egal, jeder Arsch könnte vor mir sitzen. Und ehrlich gesagt bin ich skrupellos genug, um in diesem Moment über Leichen zu gehen. Mein Arm fährt erneut über die beruhigende Härte meines Revolvers. Ich gebe Fortran noch ein paar Minuten, bevor ich ihm die Knarre unters Kinn halte. Und ich sehe Glass, der eine Scheißangst und eine Scheißwut hat und ich sehe Linux, der sich in seinem Liebeskummer suhlt. Ich bin darüber hinaus.

Ich mache einen wackeligen Schritt vorwärts.

»Was ist die Antwort, Fortran?«, knurre ich. Der heiße Schweiß läuft mir den Rücken runter und meine Fratze spiegelt sich in meiner gläsernen Umgebung. In diesem Moment ist mein Äußeres tatsächlich ein Spiegel meines Inneren. In diesem Moment bin ich die vergiftete, schwarz-blubbernde Java, außen und innen, skrupellos und widerwärtig und ...

Linux stößt mich beiseite. Es ist ein harter Ruck mit seinem Ellenbogen, mit dem er mich wieder in meine Position bringt, weit hinter ihn. Ich stolpere zwei Schritte zurück, so sehr bin ich aus dem Konzept gebracht. Starre Linux an, mit leicht verbogenem Blick, wie er auf Fortran zugeht. Ihm, wie in einem Reflex, zitternde eine Hand entgegenstreckt. Seine Lippen beben, sein Gesicht ist fleckig gerötet, seine Augen überschwemmt.

»Bitte, Fortran«, krächzt er tonlos. »Bitte, ich flehe dich an, du musst ... Du musst mit mir kommen. Du musst Deep City verlassen. Die Stadt bringt dich um, merkst du das nicht? Merkst du nicht, dass sie es ist, die dich langsam von innen auffrisst?« Er schluckt hart, streckt seine Hand so weit aus, dass sie fast Fortrans Arm berührt. »Ich weiß, dass du es nicht verstehen willst. Deshalb bin ich hier. Deshalb werde ich alles tun, damit du verstehst. Und es gibt nur zwei Wege, dich aus Deep City herauszuholen. Entweder du kommst freiwillig mit mir oder diese abartige Stadt darf nicht mehr existieren. Es gibt zwei Möglichkeiten, Fortran, und du musst sie verstehen.«

Fortran sieht ihn nur an und blinzelt. Mit geöffneten Lippen und glänzenden Augen. Schluckt hart und schmerzhaft.

Ich habe das Gefühl, dass er etwas sagen will, dass er etwas sagen muss.

Doch er greift nur nach Linux' Hand. Umschließt sie lose mit seinen zittrigen Fingern und sieht dem jungen Mann in die Augen. Eine Spannung entsteht, die ich nicht ganz greifen kann. Und ein Bild, das mir fast unecht vorkommt.

Diese zittrigen, kalten Finger, mit mageren Knöcheln und blauen Nägeln, umschließen Linux' perfekte, porzellanfarbene Hand. Das zerstörte Gesicht sieht ins perfekte Gegenstück.

Ich habe das Gefühl, meine Stadt vor mir zu sehen. Meine zwei Städte, oben und unten, schwarz und weiß. Verzweifelt verbunden in einer ewigen, toxischen Beziehung. Irgendwie zu lose aneinander gekettet, um wirklich zu halten, und trotzdem untrennbar.

Man will sich fragen, wie jemand wie Linux, in seiner scheinbaren Vollkommenheit, so abhängig sein kann. Wie er auf diese naive, besessene, ungesunde Art jemanden lieben kann, der ihm in diesem Bild nicht gerecht zu werden scheint.

Und plötzlich zieht Fortran ihn zu sich heran und küsst ihn. Ein seltsam zärtlicher Kuss, in dieser überspannten Situation. Sie bricht alles auf. Lässt alle Grenzen ineinander zerfließen. Es ist ein fallender Kuss. Jedenfalls kommt er mir so klar vor.

Als sie sich wieder voneinander lösen, schweben ihre Gesichter dicht übereinander.

»Selbst, wenn ich wollte, Linux. Selbst wenn ich wollte – und ich glaube, an diesem Punkt wäre ich zu vielem bereit – ich kann deine Forderungen nicht erfüllen. Ich kann nicht mit dir kommen.«

Linux erstarrt. Richtet sich wieder auf. Wankt atemlos zurück. Starrt ihn an.

»Was willst du mir damit sagen?«

Fortran schluckt schwer. Reibt seine Lippen aufeinander.

»Ich kann Deep City nicht verlassen, Linux. Selbst wenn ich wollte … Es ist unmöglich.«

Linux' Stimme ist erstickt. »Fortran, was redest du da?«

»Ich weiß, dass du das nicht hören willst«, erwidert er. »Aber … Ich bin krank.«

»Ich weiß …«

»Ich bin *krank*, Linux. Aber ich habe es den Masken zu verdanken, dass ich krank bin und nicht tot. Du hast mich jedes Mal Medikamente einnehmen sehen. Jedes Mal, selbst, wenn ich es vermeiden wollte.« Er verzieht sein Gesicht. Es scheint ihm Schmerzen zu bereiten, das zu sagen. Es scheint ihm alles so große Schmerzen zu bereiten. »Weißt du, was das für Medikamente sind? Hast du dir je Gedanken darüber gemacht?«

Linux starrt ihn an. Ungläubig.

»Ich habe mir tausende Gedanken gemacht«, flüstert Linux, doch er wird von Fortran übertönt.

»Die Medikamente, die ich einnehme, könnte keine Einzelperson bezahlen. Niemals.«

»Ich würde alles bezahlen«, flüstert Linux. »Ich würde alles … Ich würde jemanden finden, der es bezahlen kann.« Er dreht sich in einer kurzen, hektisch-ungeplanten Bewegung zu mir um, starrt mich aus aufgerissenen Augen an, als würde Vista hier stehen und nicht Java. »Ich würde …«

»*Niemand* kann sie bezahlen«, wiederholt Fortran mit zitternder Stimme. »Ich bin angewiesen auf die Liga der Masken. Sie hält mich am Leben. Sie finanziert meine Medikamente. Sie ... Zu den Masken gehören viele reiche Leute. Und viele Leute, die mich in der Position sehen wollen, in der ich bin.« Er verzieht das Gesicht. Saugt wieder an seiner Sauerstoffmaske. Seine Lippen sind fast bläulich verfärbt, jedes bisschen Farbe ist aus seinen aufgedunsenen Wangen gewichen.

»Nein«, sagt Linux und schüttelt den Kopf. »Du musst Deep City verlassen.«

Fortran greift wieder nach seiner Hand, doch Linux reißt sich los. Taumelt zurück.

»Du musst Deep City verlassen ...«, haucht er mit leerem Blick.

Röte überschwemmt Fortrans Gesicht. »Es ist nicht die verdammte Stadt, die mich krank macht!«, spuckt er aus. Seine Stimme ist laut geworden. »Es ist die Stadt, die mich überhaupt am Leben hält, verstehst du das nicht?«

Linux' Augen laufen einfach über.

»Bitte Fortran, du liebst mich. Bitte, du musst mit mir kommen, du musst Deep City verlassen, du musst ... Es bringt dich um!« Er ist laut geworden. »Es bringt dich um, verstehst du? Diese widerliche Stadt zersetzt dich von innen und ich verstehe nicht, warum du das einfach nicht wahrhaben kannst.«

»Ich kann nicht gehen!«, schreit Fortran. »Wenn ich gehe, sterbe ich! Ich sterbe!«

Linux sieht ihn an und ist für ein paar Sekunden wie erstarrt.

Dann schreit er plötzlich auf. Greift ruckartig nach der gläsernen Sauerstoffmaske und schmettert sie in einer einzigen, aggressiven Handbewegung gegen die Wand.

»Nein!«

Sie zerschmettert. Zeitlupe. Ein eigenes kleines Universum.

»Du hast mich immer nur belogen, Java! Du hast mich nicht in einer einzigen Sekunde geliebt.«

Und die Parfümflasche fällt. Sie bildet ihr eigenes kleines Universum.

Hart und zischend sauge ich Luft ein, meine Finger krallen sich wie von selbst in meine Oberschenkel. Meine Eingeweide sind mir irgendwo zwischen die Füße gerutscht. Ich könnte mich in diesem Moment übergeben.

Schwitzend und mit überdrehtem Herzschlag starre ich in die Szenerie, alles kommt mir ganz unwirklich vor. Bin gefangen in einem Zeitstillstand, in dem Linux und Fortran sich reglos anstarren, Glass gegen die spiegelnde Glaswand zurückgewichen ist und ich dazwischen stehe, keuchend in diesem überhitzen Raum mit einer Software, die alles verändern könnte.

Ich sehe die vielen Scherben auf dem Boden. Es kommt mir fast vor, als wäre ich die diejenige gewesen, die man an die Wand geschmettert hat.

Die Stille ist quälend.

»Du kannst Deep City nicht verlassen«, sage ich mit flacher Stimme. Ich quäle mit das über die Lippen, ohne wirklich zu realisieren was ich sage. Habe nur das Gefühl, dass es gesagt werden muss. »Aber du kannst immer noch einen Teil erfüllen.«

Ich realisiere noch in diesem Moment, in derselben Sekunde, in der ich das ausgesprochen habe, dass es ein Fehler war, nicht unsichtbar geworden zu sein. Linux dreht sich zu mir um und sieht mich an. Ich habe das Gefühl, einen fremden Menschen anzusehen. Verzerrte Fratze, bebende Lippen. Seine Augen sind in den Tränen aufgequollen und sehen unmenschlich und dämonisch aus. Ich kann den Gedankenprozess mitverfolgen, der sich hinter seiner Stirn neu programmiert. Ich kann die Sekunden zählen ...

Drei. Zwei. Eins.

Ich schließe die Augen.

»Sie ist es«, spuckt Linux aus. Kleine Bläschen heißen Speichels fliegen durch die Luft. »Sie ist die Software. Sie ist die letzte Kopie.«

Alles ist explodiert. Endgültig.

Bedingungslos

Ich stehe weinend vor dem Spiegel, die Hände überall auf meinem Gesicht verteilt. Und ich weiß nicht, wohin mit mir. Ich kann mich nicht mehr beruhigen.

Sehe pausenlos in mein fleckiges, aufgedunsenes Gesicht, meine blutgeschwemmten Augen. Zittere. Taste über mein Gesicht und meine brennende Kopfhaut, bedeckt von stoppeligen Haaren und den drahtigen, schmerzhaft heilenden Nähten. Über mein vom Heulen geschwollenes Gesicht und die laufende Nase. Ziehe an meinen Wangen, an meinen Lippen und meinen Haaren. Mache mir nicht mehr die Mühe, mir die schleimigen Tränen vom Gesicht zu wischen.

Sehe in ein verheultes, vernarbtes Gesicht, verzerrt vom Gewicht meiner Erinnerungen.

Es ist das erste Mal, dass ich wirklich in den Spiegel sehe. Und es kommt mir vor, als wäre es auch das erste Mal, dass ich spüre, dass ich wirklich existiere. Dass ich realisiere, dass ich wirklich auf dieser Welt bin. Dass ich bin.

Das bin ich.

Ob mit Timeline oder ohne, ob mit Erinnerungen oder ohne, das ist die Person, mit der ich werde leben müssen. Innen und außen, ich kann an meiner Existenz nichts ändern.

Selbst wenn ich sterben würde, würde ich sie damit nicht ungeschehen machen.

Kapitel 29

Stille.

Glass und ich wechseln einen stummen, schnellen Blick. Seine Augen sind weit aufgerissen, seine Lippen geöffnet, als wolle er noch etwas sagen. Ich sehe ihn genauso verzweifelt denken.

Es dauert fast zwei Sekunden, bis ich realisiere, dass mir zum Denken wahrscheinlich keine Zeit bleibt.

Ich reagiere reflexartig. Zwei Schritte weiche ich rückwärts, die Augen fest auf Linux gerichtet, der mich mit mahlenden Kiefern und blutunterlaufenen Augen anstarrt. Dann mache ich eine Kehrtwende, drehe mich auf einer Verse um hundertachtzig Grad und stolpere in einer fast fallenden Bewegung in Richtung Tür.

Er ist schneller als ich.

»Tür verriegeln!«

Ich pralle noch mit dem Echo seiner Worte gegen die verschlossene Tür, bleibe für einen kurzen Moment an der transparenten Scheibe wie eine zermatschte

Fliege kleben, durch die ich die Masken sehen kann, die nichts von dem mitbekommen, was hier vor sich geht.

Ein Schriftzug leuchtet über mir auf. *Bitte geben Sie das Passwort ein. Bitte ...*

Meine Lungen blähen sich unter meinen hektischen Atemzügen schmerzhaft auf. Gedankenlos werfe ich mich noch einmal gegen die Tür, hämmere mit beiden Fäusten dagegen, als hätte ich noch irgendeine Art von Kontrolle.

»Sie ist es!«, schreit Linux noch einmal. »In ihr steckt die letzte Kopie.«

»Lass mich hier raus!« Ich habe mich wieder umgedreht, drücke mich mit Rücken und beiden Händen gegen die Tür, im verzweifelten Versuch noch weiter zurückzuweichen. »Lass mich hier sofort raus!«

Fortrans Blick trifft mich. Er kneift die Augen zusammen, zieht die Augenbrauen hoch, als würde er noch prozessieren, was hier gerade überhaupt passiert. Ich schmelze unter seinen Augen zusammen. Zu dem was ich eigentlich bin. Das hier ist vielleicht der armseligste, traurigste Moment meines Lebens. Gegen diese Tür gepresst, kein Weg zu entkommen. Und ich kann dabei zusehen, wie dieser Mann mein Todesurteil fällt.

»Cullinan hat es ihr eingepflanzt«, keucht Linux. »Und alles andere zerstört.«

Ich glaube, Fortran hört ihn kaum. Er sieht mich nur an, mit schief gelegtem Kopf.

»Sie ist die letzte Kopie, sie ist die Software, sie ...«

»Mach die Tür auf!«, schreit Glass in diesem Moment und geht auf ihn los. Er packt Linux mit beiden Händen an den Schultern. Die beiden Männer taumeln zwei Schritte zurück, ringen miteinander.

Fortran starrt mich noch immer an. Legt den Kopf etwas schief. Sein Gesicht ist blass und ernst und fast ein bisschen nachdenklich geworden.

»Stimmt das?«, fragt Fortran plötzlich. Seine Stimme klingelt in meinen Ohren.

Reflexartig ziehe ich meinen Revolver. Mache ein paar große Schritte durch den Raum und halte ihn Fortran mit ausgestrecktem Armen ins Gesicht. Mein Atem rasselt.

»Wenn diese Tür nicht sofort wieder aufgeht, schiebe ich dir eine Kugel zwischen die Zähne«, zische ich. Meine Arme zittern.

Fortran verdreht seine Augen aufwärts in meine Richtung. Sieht mich wortlos an. Meine feuchten Lippen zucken, die Hitze in meiner Haut bringt meinen Kopf fast zum Explodieren. Ich drücke Fortran meinen Revolver gegen die Schläfe, ohne genau zu wissen, was ich da tue.

»Bleib weg von ihm!«, schreit Linux, der sich immer noch halb in Glass' Umklammerung befindet.

»Stimmt das?«, fragt Fortran noch einmal.

»Hast du nicht gehört, was ich gesagt habe?«, zische ich und verziehe das Gesicht. »Ich drücke ab!«

»Warte damit ruhig noch einen Moment«, sagt Fortran bedacht. »Noch einen Moment.« Er dreht seine Augen in eine andere Richtung, bedeutet mir so, seinem Blick zu folgen.

Ich erlaube mir hinzusehen, ohne den Revolver wegzunehmen. Starre in die Richtung, in die Fortrans Augen deuten.

Es ist die kristallene Scheibe, die bisher den Blick nach unten in den riesigen Tanzsaal gewährt hat. Sie ist matt geworden, hat ihre Transparenz verloren. Erst flimmert sanftes Bildrauschen über das Glas, dann wird das Bild ganz klar. Es zeigt die Liga der Masken.

Sie scheinen die Party verlassen zu haben und sitzen nun allesamt mit ihrer absurden Maskierung in langen, präzisen Reihen in einem hell erleuchteten Raum. Die Hände gefaltet, die vermummten Gesichter nach vorn gerichtet. Es ist ein absolut bizarres Bild.

»Was tun sie da?«, flüstere ich.

»Sie betreten die absolute Stille«, antwortet Fortran. »Eigentlich sollte ich sie dabei anleiten, aber ich denke, ich bin heute verhindert.«

Ich schweige. Umklammere mit weichen, zitternden Händen meinen Revolver und versuche, ihn nicht fallen zu lassen.

»Ich will, dass du verstehst«, sagt er und ich spüre seinen Blick auf mir. »Ich will, dass du verstehst, was für Konsequenzen diese ganze Sache hat. Ich bin mir sicher, du bist nicht schuld. Ich bin mir sicher, du weißt sehr wenig. Deshalb sollst du verstehen.« Zur Antwort drücke ich ihm den Revolver noch ein bisschen fester gegen die Schläfe. Kurz wandert mein Blick zu ihm. Er lächelt. Nickt wieder in Richtung des Bildschirmes.

»Du musst wissen ... In dieser Situation hat wohl niemand mehr die Kontrolle. Ich habe auch keine. Ich habe nur den verzweifelten Versuch, aufzuhalten, was aufzuhalten ist. Aber auf lange Sicht ...« Er stößt einen leisen Seufzer aus. »Im Moment gibt es vielleicht nur ein Genie, das eine solche Software programmieren kann und vielleicht nur eine ganz kleine Gruppe von Leuten, die fähig ist, eine solche Technologie zu entwickeln. Aber so wird es nicht bleiben. Es wird wieder solche Menschen geben und ich kann nichts dagegen tun. Die Masken können nichts tun.« Er schluckt hart, ringt nach Luft. »Technologie ist ein ewiger, unglaublich schneller Prozess. Unaufhaltsam. So schnell, dass wir nicht wirklich mitdenken können. Wissen wir wirklich, was wir erschaffen? Kennen wir wirklich die Konsequenzen? Entschuldige, dass ich jetzt philosophisch werde, aber unsere Welt ist sehr jung und sehr schnelllebig geworden. Kommen wir da noch mit?«

»Was hat das mit Stille zu tun?«, knurre ich.

Fortran windet sich ein wenig unter dem Druck meines Revolvers. »Die Timelines in Surface City sind ein riesiges, unüberschaubares Netzwerk«, sagt er. »Fast ein Gehirn, wenn man so will. Gespeist aus uns. Unseren Handlungen, dem was wir sagen ... Wir können schon jetzt nicht mehr überblicken, welche Informationen *wirklich* in diesem Netz rotieren. Wir können nicht überschauen, was das Gehirn denkt, das von diesen Informationen zehrt. Das künstliche, urbane Gehirn, das wir täglich neu erschaffen.«

Er macht eine kurze Pause, ringt nach Atem. »Aber ein Netzwerk wie dieses ist noch zu primitiv. Zu einseitig. Und Surface City ist eine beängstigend saubere Stadt. Die Informationen, die einfließen, sind so weißgewaschen, dass nichts Vielschichtiges dabei herauskommen kann. Egal was dieses künstliche Gehirn denkt, es denkt nur in Selbstdarstellung und blütenweiß. Ein schöner Gedanke? Ich weiß es nicht. Aber

Deep City hält diese Stadt sauber. Es hält das Netzwerk sauber.«

Wieder ringt er nach Luft. »Doch Gedanken ... Gedanken sind so viel präziser, so viel vielschichtiger, als alles, was wir nach außen hin tun. Sie sind unkontrolliert, sie sind bewusst und unterbewusst, sie sind Erinnerungen und Schleifen und Emotionen und sie sind echt. Sie machen uns komplett aus. Wenn Gedanken in dieses Netz einfließen, dann wird eine ganze Stadt in größter Präzision abgebildet, Milliarden von komplexen, echten, eigenständigen Gehirnen werden digitalisiert und dem Netzwerk zugänglich gemacht. Verschmelzen zu einem. Was macht das aus diesem Netzwerk? Was erschaffen wir damit?«

Er macht eine lange Pause, lässt das ein paar Sekunden lang so im Raum stehen. »Wir können die Konsequenzen dieser Art von technologischem Fortschritt nicht mehr absehen, wir können nur gefasst darauf sein. Und sobald eine Gedankentechnologie in unser Netzwerk eingreift, betreten wir die Stille. Wir – die Masken. Wir lernen, unsere Gedanken zu filtern. Zu löschen. Richtig einzusetzen. Wir lernen, still zu sein. Innerlich. Komplett still.«

Ich sehe zu ihm, verziehe leicht das Gesicht und er sieht zu mir auf, mit verdrehten Augen.

Seine Worte rauschen durch meinen Kopf und ich bilde mir ein, diese Technologie pulsieren zu hören. Bilde mir ein, sie zu spüren, wie ein weit entfernter, drückender Traum, den ich niemals loswerde. Und ich höre meine Gedanken plötzlich in einer ganz anderen Lautstärke. Scheine das erste Mal wahrzunehmen, wie ohrenbetäubend sie eigentlich sind.

Ich erinnere mich an das, was Linux einmal gesagt hat. »Ihr habt Angst davor, dass die Stadt ... erwacht?«, frage ich. Es klingt so absurd.

»Wir sind uns sehr sicher, dass so etwas irgendwann passieren muss«, sagt Fortran.

Die Menschen auf dem Bildschirm erscheinen in tiefer Mediation. Verkabelt. Reglos.

»Das klingt bescheuert«, sage ich. Ignoriere die Schweißtropfen, die mir in die Augen laufen und die Gänsehaut, die sich auf meinem ganzen Körper ausgebreitet hat.

Fortran blinzelt mich an. »Du denkst, was du denken willst«, sagt er und lächelt blass. »Noch sind deine Gedanken frei. Oder sind sie das nicht?«

Ich verziehe das Gesicht.

»Wir können einen Deal machen«, zische ich und versuche, ihm dabei in die Augen zu sehen. »Wir können immer noch unseren Deal machen und die ganze Geschichte hier ist beendet. Keine Software, keine Gedanken. Keine denkende Stadt. Niemand erfährt etwas davon. Du beendest diese Sache mit dieser widerlichen Liste, wer auch immer für sie verantwortlich ist. Wir lassen diese Software ruhen. Und wir können alle in Frieden leben.«

»Es wissen genug Leute davon«, erwidert Fortran.

»Ich hatte nicht vor, je wieder nach Deep City zu kommen, ich denke, ich dürfte die geringste Sorge sein«, spucke ich aus.

Fortran neigt leicht den Kopf. »Du hättest lügen können«, sagt er in fast sanftem Tonfall. »Und vielleicht hätte ich dir sogar geglaubt. Aber du lügst nicht.

Was sagt das über dich aus?« Er blinzelt mich an, nickt in meine Richtung. »Wer hat dir das angetan?«

»Scheißegal«, sage ich.

Fortran schnaubt ein bitteres Lachen aus. »Vielleicht …« Er sieht mich an. »Ihr wisst nicht, was ihr tut!«, sagt er dann laut, sodass es im ganzen Raum widerhallt.

Ich drehe mich in Glass' Richtung, mit verzweifeltem Blick. Er hält Linux an die Wand gedrückt, eine Hand auf seinen Mund gepresst, das Knie irgendwo zwischen seinen Beinen. Linux' Haare haben die Tortur nicht überstanden, sie hängen ihm wild in die Stirn, stehen zu allen Seiten ab.

Glass sieht merkwürdig ruhig aus. Die Flecken sind von seiner Haut verschwunden, erkalteter Schweiß glänzt auf seinem Gesicht. Sein Blick ist tief und bitter und irgendwie fast traurig. Wir sehen uns an und ich erzittere innerlich.

In diesem Moment wird der Raum gestürmt.

Drei hochgewachsene, kräftige Männer reißen die Tür auf, laufen auf uns zu. Ich taumele von Fortran zurück, gebe einen Schuss ab. Wahllos.

Er trifft die gläserne Bildschirmwand des Raumes, lässt die kristalline Oberfläche und das Bild zerspringen, doch noch immer darüber flackert. Ein riesiges Spinnennetz gläserner Bruchfäden durchzieht den Blick in die Halle. Und noch einen Schuss. Wieder trifft er die Wand.

Ich schieße teils aus Reflex, teils aus purer Frustration. Als wäre das mein letzter Aufschrei, bevor ich endgültig die Kontrolle verliere.

Versuche dann, in Richtung der Tür zu laufen, doch sie halten mich längst auf. Keine Chance.

Ich bin am Ende meiner unglaublich großen Dummheit angelangt.

Einer der Männer packt mich grob an beiden Oberarmen, reißt mich gegen seine Brust, hebt mich mit den Fußspitzen vom Boden. Ich strampele, trete, versuche ihn zu erreichen. Alles zwecklos.

Mein Revolver schlittert scheppernd über den Boden, schlägt irgendwo gegen die Wand und bleibt liegen. Das Geräusch fährt mir durch Mark und Bein.

Kurz sehe ich zu Linux, der mich anstarrt. Er sieht nicht mehr aus wie er selbst. Und er sieht fast so aus, als würde es ihm leidtun. Der ganze Scheiß, in den er uns gerade manövriert hat. Ich blinzele ihn an. Lasse einen ganzen Schwall angehaltene Luft aus meinen Lungen entweichen.

Wie ein nasser Sack hänge ich nun in meiner Umklammerung. Als hätte ich irgendwie akzeptiert, dass ich verloren habe. Eigentlich war es eh eine verlorene Sache. Keine Chance.

Ich sehe zu Glass, der ebenfalls festgehalten wird, sehe in seinen traurigen Blick. Es ist ein atemloser Moment und ein Moment, in dem ich realisiere, was überhaupt passiert ist, seit ich Deep City zum ersten Mal betreten habe. Und wo ich jetzt stehe. Wie ich überhaupt an diesem Punkt angelangt bin. In diesem surrealen, überdrehten, atemlosen, zeitgestoppten Moment.

Glass' Lippen beben, sein Brustkorb hebt und senkt sich in einem kurzen, schnellen Rhythmus. Und ich habe das Gefühl, dass er mir mit seinem Blick etwas sagen will. Ich weiß nicht, was es ist.

»Warum muss immer so etwas daraus werden?«, fragt Fortran. »Warum?« Er sieht blass und müde aus. Noch schlechter als zuvor. Diese Situation scheint ihm jede verbliebene Energie entzogen zu haben. Er lässt den Kopf sinken. »Ich bin erschöpft«, sagt er.

Die steinharten Finger meines maskierten Angreifers graben sich in meine Oberarme.

Glass sagt kein Wort. Dabei habe ich das Gefühl, das jetzt der Augenblick wäre, etwas zu sagen.

»Es hätte alles ganz anders sein können«, sage ich kalt. Meine Stimme ist so emotionsleer und zittrig, wie ich mich fühle. Fast als wäre ich froh, dass die ganze Scheiße gerade irgendwie ein Ende findet. Ich fühle mich fast heuchlerisch das zu sagen. Eigentlich hätte es nicht anders sein können. Ich habe getan, was ich tun konnte und es hat nicht für eine Sekunde funktioniert.

Fortran sieht mich an. In seinen müden Augen spiegelt sich fast nichts, außer seiner blanken Erschöpfung. Er sieht leergesogen aus, wie eine Hülle seiner selbst, die blassblauen Adern hart unter seiner Haut. Für einen Moment frage ich mich, warum er sich das antut und ob es nicht leichter wäre, einfach zu sterben.

Er lässt seinen Kopf nach hinten sinken und schließt die Augen.

»Ich sehe die beiden im Butterfly Inn wieder«, sagt er und nickt den Männern zu, die uns festhalten. Mit geschlossenen Augen. Ich fühle mich wie in einem ziemlich schlechten Film.

»Jetzt hast du endlich, was du willst«, knurrt Glass plötzlich. Seine Stimme echot dumpf im Raum hin und her. Er hängt noch immer schlaff und willenlos in den Armen seines Angreifers, nur sein Gesicht ist hart und angespannt.

»Jetzt hast du endlich wieder die Kontrolle, jetzt hast du endlich in der Hand, was du in der Hand halten willst.«

Fortran reagiert nicht. Er presst zwei Finger gegen seine Schläfen, scheint sich aufs Atmen zu konzentrieren. Sein Brustkorb hebt sich flach.

Linux steht neben ihm. Sein Blick ist grau und verängstigt, das Gesicht verzerrt. Unter zerzausten Haarsträhnen sieht er uns an, mit riesigen Augen und feuchten, zittrigen Lippen.

»Jetzt hast du endlich alles wieder in der Hand. Und die Masken können weiter auf ihrem selbsterschaffenen, hohen Thron regieren.« Seine Stimme wankt unter zusammengebissenen Zähnen. »Jetzt kannst du noch ein Leben zerstören, du kannst sie mitnehmen und ihr den Schädel aufbrechen. Kannst in der ganzen grauen Masse nach der Bedrohung wühlen, vor der du so große Angst hast. Kannst sie endlich extrahieren und lesen und verstehen. Kannst dabei vergessen, dass mal ein Mensch vor dir stand, statt einer abstrakten Bedrohung ... Ein Mensch – Baustein deiner geliebten Stadt.« Er schluckt hart.

Hör auf. Hör auf damit.

»Du kannst ihr den Schädel aufknacken wie eine Nussschale und du kannst herausholen, was herauszuholen ist, weil du glaubst, dass das deine Probleme löst und dich wieder ruhig schlafen lässt.« Sie sehen sich in die Augen. »Aber dazu brauchst du das Passwort, nicht wahr?«

Eine seltsam lange Pause legt sich über den Raum. Fortran taucht wieder aus seiner Starre auf, sieht Glass mit zusammengekniffenen Augen an. Der hingegen hat keine Beachtung mehr für ihn. Er sieht zu mir. Sieht mich an, mit erschreckender Tiefe und erschreckend vielsagend und es vergeht ein halber Moment, in dem ich verzweifelt versuche zu verstehen, was er mir sagen will. Indem die Gedankenzahnräder in den heiß gelaufenen, entzündeten Windungen meines Schädels wieder zu laufen beginnen, rostig und langsam und glühend, in denen ich das Gefühl habe, dass das Geschehen gerade eine Wendung nimmt, die ich zu spät greifen werde.

Und ich bin zu spät.

Glass' selbstaufgegebene Haltung hat den Griff des Mannes, in dessen Armen er hängt, gelockert. Er lächelt schief. Fast irre.

»Vielleicht wird es Zeit für ein paar Zaubertricks.«

Und reißt sich los.

Irgendwie weiß ich in diesem Moment genau, was er tun will. Ich weiß es. Reiße die Augen auf, bäume mich gegen den Griff auf, der mich festhält.

»Nein, nein, nein!«

In drei langen Schritten durchquert er den Raum.

»Nein, nein, nein!« Der Raum verfällt in ewigen Stillstand, der Griff um meine Schultern lockert sich, ich kämpfe dagegen an. Reiße mich los, stolpere ihm hinterher.

»Glass«, schreie ich und meine Stimme prallt verzerrt und entschleunigt gegen die Wände.

Er wirft den Kopf herum, sieht mich an.

Springt ab.

Rückwärts durchbricht er das Glas. Es gibt nach, berstet unter seinem Gewicht. Splitter nach allen Seiten.

Momente des Fallens waren immer meine Klarsten. Holen mich aus meinem klebrig langsamen, verschwommenen Nebelsehen.

Bilden ihr eigenes riesiges Universum.

Ich könnte den Adrenalinrausch darin sehen, aber für mich haben sie beinahe etwas schmerzhaft Spirituelles. Momente, in denen die Realität zu plötzlich wird, um sie in ihrer wirklichen Geschwindigkeit zu verarbeiten.

In unaufhaltsamer Beschleunigung rauscht sein schwerer Körper durch das Fenster, rückwärts und ungebremst, der Gravitation vollkommen erlegen.

Es sind Momente, in denen sich Sekunden bis ins unendliche Entschleunigen, in denen sich ein Einzelbild an das andere reiht.

Ich stolpere vorwärts, strecke meinen Arm nach ihm aus. Nach dem letzten Zipfel seines Mantels. Und greife nur in leeren Raum und in den Fall hinein.

Momente der absoluten Realisation, der absoluten Gedankenentschleunigung. Alle Details rücken in schmerzhaft klaren Fokus.

Nur Zentimeter vor dem Loch stoppe ich meinen schwankenden Körper. Breite die Arme weit aus, kämpfe um Gleichgewicht. Die Tiefe zieht an mir, beinahe stürze ich ihm hinterher. Wanke am Abgrund und sehe ihn fallen. Sehe ihn fallen, sehe ihn ... fallen, fallen, fallen. Sehe, wie sein Körper sich dreht, wie er sich überschlägt, wie er seine Arme im Fall ausbreitet.

Der Moment ist zeitlos. Und ich realisiere, wie zerbrechlich, wie durchscheinend, wie dünnwandig ich bin.

Wie gläsern. Und ich kann alles sehen.

Wie er dem Aufprall immer näher kommt.

Wie ich falle.

Wie er fällt und fällt und ...

Zerbreche.

Dann werde ich harsch zurückgerissen. Eine Hand hat sich in meinen Rücken gegraben, zieht mich vom Abgrund weg, lässt mich zurückstolpern.

Ich drehe mich um, sehe Linux. Mit irrem Blick.

Alles, seine Augen, das harte Licht, das seine Gesichtszüge vergewaltigt, das hässliche Muster auf seinem Hemd, ist überdeutlich. Er hebt beide Hände, reißt mich in einer unglaublich langsamen Bewegung in die Höhe, öffnet den Mund, um etwas zu sagen ...

Aber ich fliehe.

Die Welt fühlt sich an wie im Stroboskop.

Die Menschenmassen sind undurchdringlich.

Ich kann ihn nicht erreichen, kann nichts von ihm sehen. Keinen Hut, keinen Mantel, keinen zerschlagenen Körper, nur Menschen und Menschen und Menschen ... Ellenbogen in meiner Seite, schwitzige Hände an meinen Wangen, Haare in meinem Gesicht, Füße auf meinen Zehen ...

Und sie müssten mich bald eingeholt haben.

Mein gehetzter Atem rasselt gegen halb geöffnete Lippen, Schweiß läuft mir über die Schläfen. Ich ersticke.

Scheiße, ich ersticke.

Besinnungslos

Mitten in der Nacht holt Linux mich aus meinem Schlaf.

»Steh auf! Du musst mitkommen, er hat etwas gefunden! Er hat eine Lösung gefunden.« Zerrt mich taumelnd auf die Beine und schiebt mich vor sich her in den Raum, in dem Swift normalerweise seine Untersuchungen durchführt. Er ist schon da. Trägt eine große Brille auf der Nase und dunkle Ringe unter den Augen.

»Leg dich hin«, sagt er und nickt in Richtung Liege.

Mein Kopf ist noch wie benebelt, ein leichter Schwindel zerrt an mir. Benommen komme ich seiner Aufforderung nach, blinzele mit schweren Augenlidern gegen die Decke.

Nur Sekunden später fährt kalter Kunststoff über meine Kopfhaut und taucht den Raum in bläuliches Licht.

Ein paar Augenblicke lang herrscht eine angespannte Stille.

»Du weißt nicht, was mich das gekostet hat, Linux«, erwidert der Mann konzentriert. »Ich mache hier etwas Unmögliches möglich.«

»Ich weiß, ich bin dir zu ewigem Dank verpflichtet«, erwidert Linux ungeduldig. »Aber nun sag schon ... kannst du sie wieder zusammenflicken?«

Erst jetzt beginnt mein Gehirn langsam anzulaufen.

»Was bedeutet das?«, frage ich mit vom Schlafen heruntergekühlten Stimme. »Werde ich mich wieder erinnern können?«

Niemand antwortet mir. Über der Situation schwebt Konzentration und Anspannung und das heftige Gefühl, dass etwas irgendwie falsch läuft.

»Eine letzte Kontrolle ...«, murmelt der Mann und ich verdrehe angestrengt meine Augen in seine Richtung, um

in seinem Gesicht lesen zu können. »Ja … Ja, alles scheint
unverändert.« Schweiß bricht auf meiner Stirn aus und
mein Herz schlägt plötzlich sehr spürbar gegen meinen
Brustkorb. Wieder greift ein Schwindelgefühl nach mir,
doch dieses Mal ist es ein nervöser Schwindel.

Dann entfernt er das Gerät plötzlich von meinem Kopf
und meine Gedanken taumeln in der darauffolgenden
Stille.

Ich sehe zu Linux, dem wieder dieser irre Blick in den
Augen flackert und zu Swift, in dessen konzentrierten
Blick sich ein schmales Lächeln schleicht.

»Du hast ein verdammtes Glück, Linux«, sagt er dann.
»Du hast wirklich verdammtes Glück, dass sie ihre Arbeit
so schlecht gemacht haben. Aber es wird funktionieren. Es
ist riskant, aber ich glaube, es wird funktionieren. Hab
noch einen Moment Geduld, Linux. Ich werde jetzt erst
einen Testlauf starten. Dabei werden wir zunächst nur die
normale Form ihrer Timeline sehen. Danach werde ich ihr
einen neuen Chip implantieren, auf dem auch Thoughtspace reibungslos laufen kann.« Mit diesen Worten
beugt er sich über mich und lächelt.

»Gleich werden wir deine Timeline sehen.«

Kapitel 30

Stundenlang irre ich durch kalte Straßen. Bin mehr auf der Flucht vor mir selbst, als vor jemandem, der noch nach mir suchen könnte. Gerade ist alles endgültig explodiert und alle meine Bemühungen sind nutzlos geworden.

Gerade hat sich Glass, der einzige Mensch, der mir in meinem ganzen Leben echt vorkam, in die Tiefe gestürzt.

03:00

04:00

05:00

Meine Paranoia treibt mich in ein größeres Kasino, laut und voll und stinkend, durch dicke Zigarrenrauchschwaden direkt in eine ungeheizte Toilette. Uringestank. Irgendein wachsgesichtiger Junkie starrt mich mit glasigen Augen kurz aus der Ecke an, bevor er seine nackten Arme weiter nach Adern abklopft.

Ich taumele auf die Waschbeckenreihe zu, drücke den ersten Abfluss zu, drehe den Hahn auf, lasse kaltes Wasser ins Becken fließen. Stütze mich mit zitternden Armen auf dem Porzellan ab.

Ich sehe mich im Spiegel an, doch ich nehme mein Gesicht kaum wahr. Meine Gedanken sind viel zu schnell, ich kann ihnen nicht folgen. Sie sind hängengeblieben, irgendwo im freien Fall und prügeln mit unerträglicher Geschwindigkeit auf mich ein, fiebrig und überhitzt. Ein schriller Tinnitus echot zwischen meinen Schädelwänden hin und her, Schweiß tropft von meinen überhitzten Schläfen.

Ich hinterfrage alles.

Kaltstart.

Ich bringe meinen Kopf unter Wasser. Reiße die Augen auf und sehe in blasse Dunkelheit. Das Wasser hat einen dämpfenden Effekt. Bringt kurze, eisige Erleichterung in meine fallende Hyperrealität.

Ich starre geradeaus, zwischen dunklen Luftbläschen und all den kleinen Partikeln, die durchs Wasser schwimmen. Spüre den Adrenalinkick, den die Kälte durch meinen Körper jagt. Höre meine Gedanken durch meinen eiskalten Filter.

Es ist dieser Moment, in dem mir wirklich bewusst wird, dass Glass gesprungen ist. Dieser Moment, in dem ich nicht mehr nur noch überlagerte, entzerrte Bilder sehe, sondern weiß, was passiert ist. In dem ich realisiere, in welcher Situation ich wirklich stecke. Dass in wenigen Sekunden alle meine Bemühungen sinnlos geworden sind.

Ich reiße meinen Kopf aus der trägen Kälte des Waschbeckens, lasse das Wasser zu allen Seiten spritzen.

Ringe nach Luft.

Ich sehe zum Junkie in der Ecke, in seiner ganzen Abgewracktheit, mit seinem zerschlissenen Hut und seinem fahlen Gesicht. In endloser Panik. Das ist er. Die ungeschönte, widerliche Version seiner selbst, zu der er immer wieder zurückkehren muss, weil er nicht anders kann. Das ist der Grund, warum die Menschen nach Deep City kommen. Weil sie nicht anders können. Weil sie sich die schönsten virtuellen, künstlichen Alter Egos schaffen können und trotzdem nicht zu ihrer eigenen Maske werden.

Ich sehe zurück zur mir, in mein eigenes Spiegelbild. Sehe mir in die zusammengekniffenen Augen, wo das schmuddelige Dunkelblau meiner Iris in aufgeplatzten Äderchen badet. Gegen meine fleckige, fahle Haut, die ungekämmten Augenbrauen, die verklebten Haare.

Mein Gesicht verzerrt sich.

Ich bin echt. Richtig, widerlich echt.

Ich wollte nie echt sein. Ich wollte mich feinsäuberlich zusammensetzen, aus tausenden, präzise zusammengesuchten Teilen, ich wollte mich kreieren. Ich wollte Teil der Illusion werden. Ich wollte nicht ich sein. Ich will nicht ich sein.

Nichts in meiner Welt war je real. Ich hatte keine reale Mutter und keine realen Träume. Ich habe mein Leben in einer plumpen, virtuellen Illusion gelebt, falsch und zerstörerisch und ich wusste es die ganze Zeit. Ich wusste, wie bescheuert es ist. Ich wusste, wie idiotisch es ist, sich immer wieder dem einen perfekten Eintrag auf einer Timeline hinzugeben. Ich wusste, wie falsch und künstlich diese Stadt ist. Ich wusste, wie falsch und künstlich ich bin. Ich wusste es und ich konnte es immer verdrängen, ich konnte mich immer der Illusion hingeben, ich konnte die Gedanken immer betäuben.

Der Tinnitus in meinem Schädel nimmt wieder zu, ich presse mir die flachen Handflächen gegen die Ohren. Kneife die Augen zusammen.

In meinem Schädel sitzt etwas, das diese Gedanken immer wieder aufgezeichnet hat. Jeden Blackout und jede schmutzige Erinnerung. Jeden nächtlichen Giftcocktail und jeden Gedankenkater. Alles. Theoretisch könnte man mich immer wieder vor meine eigenen Gedanken zwingen. Könnte mich all meine Erinnerungen in all ihrer ungeschönten Vielfalt noch einmal durchleben lassen. Könnte mir all meine Illusionen nehmen.

Wie besessen muss man vom gläsernen Menschen sein, dass man eine Person immer wieder dazu zwingen will, sich mit ihren eigenen Gedanken zu konfrontieren? Niemand will die eigenen Dämonen auf dem Seziertisch, niemand will dieses letzte Stück Freiheit aufgeben. Niemand will wirklich gläsern sein. Niemand will das.

Nicht einmal ich.

Ich sehe an mir runter. Auf meinen schmalen, müden Körper, in fleckigen Stoffhosen und einem durchgeschwitzten Hemd. Wie verdammt hässlich ich geworden bin. Wie kaputt ich bin.

Eine körperlich schmerzhafte Wut packt mich, schüttelt mich durch. Mit beiden Fäusten beginne ich gegen den Spiegel zu schlagen. Mehrmals, so dass es richtig wehtut. Sehe zu, wie sich das Gesicht unter meinen Schlägen zu einer kaum erkennbaren Fratze verzerrt.

Das bin ich.

Endlich explodiert der Knoten aus unerträglichen Gefühlen, bäumt sich auf, endlich entlädt sich die quälende Energie und übersetzt sich in eine Panikattacke, die mich aus den Tiefen meines Körpers heraus schüttelt. Heftige Schluchzer packen mich, schütteln mich durch. Mein ganzer Körper bebt von innen.

Ich werde nie wieder glauben können, dass jemand in dieser Stadt real ist. Ich werde mir nie wieder einbilden können, dass ich meinem eigenen Leben und meinem eigenen Ich wirklich entfliehen kann.

Vielleicht sind die Menschen so angezogen von ihren glänzenden, optimierten, virtuellen Alter Egos, weil sie nicht realisieren, dass sie diese Personen niemals sein werden. Sie werden niemals so geistreich sein, wie auf ihrer Timeline, niemals so schön, niemals so glücklich.

Ich glaube, ich bin an den Punkt gekommen, an dem ich mich damit abfinden muss, das zu wissen.

Das ist der Moment, in dem ich eine Entscheidung treffe.

»Eh, geht's dir gut?«, fragt der Junkie aus der Ecke.

Ich sehe ihn ungeniert an. »Nein«, spucke ich aus. »Mir geht's richtig scheiße.«

»Ich will, dass die Software zerstört wird«, sage ich.

Fortran hebt den Blick. Und sieht nicht im Geringsten überrascht aus. Er legt den Kopf ein wenig schief, blinzelt. Unser Blickkontakt vibriert.

»Danke«, sagt er schlicht und weiß nicht, dass diese Entscheidung die egoistischste ist, die ich jemals getroffen habe.

Sie bringen mich in ein schäbiges, abgelegenes Hotel. Fahren lange mit dem Fahrstuhl. Aufwärts. Ich zähle die Stockwerke nicht mit, starre stattdessen mit verschränkten Armen ins Leere und versuche, meine Gedanken zum Schweigen zu bringen.

Irgendwann steigen wir aus, laufen durch einen langen Flur und eine offene Tür in ein noch schäbigeres Hotelzimmer. Fortran im Rollstuhl voran. Das staubige, kalte Licht hängt träge zwischen den wenigen Möbeln, die Tapete blättert von den Wänden. In der Mitte haben sie eine schmale Liege aufgebaut, technische Gerätschaften stehen darum, ein kleines Tischchen mit Instrumenten ... Ich sehe nicht so genau hin.

Ich weiß nicht, wo wir sind, aber das ist egal, denn ich werde es gleich auch nicht mehr wissen.

Mein Blick ist taub und schwindelig und verlangsamt, mir ist schlecht. Ich will es nur alles schnell hinter mich bringen.

Es erscheint plötzlich fast wie eine Art Erlösung.

Einer der maskierten Männer nickt in Richtung der Liege. Ich folge seinem Blick, gehe langsam und verfolgt von Blicken darauf zu. Setze mich. Das schwammige Material gibt unter meinen Händen nach. Ich blinzele ins kalte Licht und in dumpfe Maskengesichter.

»Willst du wissen, was wir machen?«, fragt Fortran.

»Nein«, antworte ich.

»Und was passieren könnte?«

»Nein.«

Sie rasieren mir den Schädel. Und während der ganzen Zeit halte ich Blickkontakt mit Fortran, analysiere, wie sich sein müder Blick verändert hat, während der Rasierer leise brummend über meine Kopfhaut schert, während platinblonde Haare in feinen Streifen zu Boden segeln, in meinen Klamotten hängenbleiben, meine Hände streifen.

Als sie fertig sind, fahre ich mir mit beiden Händen über den kahlen Kopf, über nackte Haut. Spüre jede Beule und jede kleine Unregelmäßigkeit in meiner Kopfhaut. Kämpfe gegen Tränen. Lächele.

»Leg dich hin«, sagt der Mann, der mir den Kopf rasiert hat.

Flach lege ich mich auf die Liege, starre gegen die Decke in das grelle Licht der einzigen Zimmerlampe.

Jetzt bin ich also hier. Hätte es auch anders laufen können?

Schließe kurz die Augen.

Als ich sie wieder öffne, sehe ich in Fortrans Gesicht. Er hält ein Skalpell in der Hand und ein anderes, nicht erkennbares Gerät. Er beugt sich weit über mich, legt eine kalte Hand gegen meinen nackten Hinterkopf. Streicht kurz mit dem Daumen darüber.

»Zeit, ein bisschen Ballast abzuwerfen«, flüstere ich und sie fangen an, mich zu betäuben.

Und er lächelt. Ein ehrliches, echtes, warmes Lächeln.

Das Vorletzte, an das ich denke, ist Glass. Seine dunklen Augen, mit undefinierbarer Farbe. Seine Hände und seine pulsierende Körperwärme.

Ich denke an seinen Fall.

Was hätte noch werden können? Was hätten wir werden können?

Er war die einzige wirklich echte Person, die ich je kennengelernt habe. Unverfälscht, in jeder Handlung, in jedem Satz, in jedem Blick. Der einzige Mensch, der so gläsern war, dass er es nicht mehr war.

Ich frage mich, was er von dem halten würde, was ich hier gerade tue. Nichts wahrscheinlich. Aber ich treffe eine Entscheidung, so wie er eine Entscheidung getroffen hat. Vielleicht ist es die einzige Entscheidung in meinem Leben, die ich wirklich für mich treffe und für niemand anderen. Ich muss mich niemandem beweisen. Ich muss niemanden darstellen. Ich muss niemand sein.

Und das Letzte, das Letzte an das ich denke, bevor die Medikamente mich betäuben, bin ich selbst.

Interlude

»Setz die Brille auf«, sagt Linux und lächelt dabei so breit, dass ich seine Backenzähne sehen kann. »Setz die Brille auf. Gleich wirst du dich erinnern. Gleich ergibt alles wieder einen Sinn.«

Zögerlich nehme ich die Brille entgegen, die man mir reicht. Schiebe sie wie in Zeitlupe auf mein Gesicht. Meine Hände sind ganz schwitzig geworden; sie gleitet mir fast aus den Händen.

Ich wache auf. Stumpfe Lichter. Stumpfer Schmerz.

»Kannst du es glauben, Puppengesicht? Kannst du es glauben?« Linux' Grinsen wird noch ein bisschen breiter. Sein ganzes Gesicht leuchtet wie ein Weihnachtsbaum, ein Gesichtsausdruck irgendwo zwischen irrem Psychopathen und aufgeregtem Schuljungen. Seine Lippen zittern, seine Hände zittern, seine Stimme zittert.

Ich dagegen bin wie erstarrt. Kalter Schweiß bricht auf meiner Stirn aus und meine Finger kribbeln plötzlich so unerträglich stark, ich würde sie mir am liebsten von den Händen reißen.

»Was tut ihr?«, frage ich mit vibrierender Stimme.

»Sieh es dir an! Sieh es dir einfach an!«

Ein klirrend hoher Ton bricht durch die dumpfe Taubheit in mein Gehirn. Gleißendes Licht durch meine brennenden Augenlider.

Ich höre Stimmen. »Sie wacht aus der Narkose auf! Scheiße, sie wacht auf!«

Ein seltsamer Anflug von Panik kratzt tief in meinem Inneren, rüttelt an mir, schießt einen feinen Schmerz direkt unter meine Rippen.

Ich fühle mich ganz unwirklich, als wäre ich nur noch Statist in meinem eigenen Moment, als würde ich alles irgendwie von außen betrachten.

»Was habt ihr vor?«, frage ich noch einmal. Swift sieht kurz in meine Richtung. Lächelt blass. Antwortet nicht.

Mein Gehirn explodiert. Und ich kann nicht atmen. Kann nicht atmen, kann nicht atmen.

Unerträglicher Schmerz.

Was passiert?

»Bleib ganz ruhig«, sagt er dann und wendet sich wieder seinen unsichtbaren Projektionen zu, die er mit hektischen Handbewegungen und zuckenden Augen kontrolliert.

Es wirkt bizarr, die Art, wie er im leeren Raum herumfuchtelt, wie ein schlechtes Medium, Linux daneben mit diesem irren Grinsen im Gesicht.

Ich will gehen. Ich will diesen Raum verlassen. Ich weiß nicht genau warum, aber ich will in diesem Moment sofort diesen grässlichen Raum verlassen und die beiden nie wiedersehen.

»Du kannst dich schon mal auf die Liege legen«, sagt Swift.

Linux sieht mich an, mit geweiteten Pupillen und zittrig-feuchten Lippen. Seine Augen glänzen wie eingelegt.

»Gleicht wirst du deine Timeline wiederhaben«, sagt er mit schwankender Stimme und streckt einen Arm nach mir aus, als sollte ich ihn ergreifen.

Gleich werde ich meine Timeline wiederhaben.

Ich starre Linux an, unfähig ein Wort zu sagen. Er sieht aus, als würde er jeden Moment wahnsinnig werden und ich bin in seinen Händen, hilflos und betäubt und meine Eingeweide scheinen sich in meinem Körper um dreihundertsechzig Grad drehen zu wollen.

»Wunderbar«, sagt Linux' Freund in diesem Moment und lehnt sich für ein paar Sekunden in seinem Stuhl zurück. Verschränkt die Hände hinter seinem Kopf. »Ich kann dir kein hundertprozentiges Versprechen geben, Linux. Aber wenn alles einwandfrei klappen sollte ...«

»Es wird klappen«, spuckt Linux aus, tritt dabei unruhig von einem Bein aufs andere. Sein Blick flackert.

Dunstige Gedanken brechen durch den Schmerz.

»Dann fangen wir wohl an.« Swift quält sich in träger Bewegung aus seinem Stuhl und kommt mit langen Schritten auf mich zu. Als er vor mir steht, die Knie kaum zehn Zentimeter von meinen eigenen entfernt, hält er eine lange Spritze in der Hand.

Mir wird speiübel.

Es flackert nur einmal auf. Nur ganz kurz, ein einziger klarer Gedanke in diesem unerträglichen Druck, der meinen Schädel zum Platzen bringt.

Ich werde operiert. Fortran operiert mir die Software aus dem Schädel.

Dann bin ich mit einem Schlag wach. Reiße die Augen auf und meinen Körper aus dieser erstickenden Lähmung. Trete in alle Richtungen, schlage, trete nach dem Schmerz. Und schreie. Schreie, schreie, schreie. Höre dabei nur meinen eigenen Tinnitus, hohl und quietschend, wie ein stumpfer Pfahl, den man mir zwischen meine Gehirnwindungen rammt.

Sehe Licht. Sehe unförmige Gestalten.

»Bleib ganz ruhig, es wird nicht wehtun«, sagt Swift und greift nach meinem Handgelenk. Ich ziehe es nicht weg. Ein paarmal streicht er mit dem Daumen über meine Pulsadern, sieht sie sich mit konzentriertem Blick an. Dann greift er, ohne den Blick abzuwenden, nach einer Sprühflasche neben ihm und pumpt ein paar Hübe kalter Flüssigkeit auf meine prickelnde Haut.

»Das ist nur ein behelfsmäßiges Medium«, sagt er und wiegt die Spritze kurz in seiner Hand. »Aus Zeitgründen. Ich bin mir recht sicher, dass dein Chip noch vorhanden ist, aber ich kann nicht sagen, wie sehr er unter dem Kurzschluss gelitten hat, den sie dir zugefügt haben. Wenn es darum geht, deine Timeline wieder mit dir zu verbinden, müssten wir vermutlich einen neuen, richtigen Chip implantieren.« Er lächelt. Legt ein wenig den Kopf schief. »Aber erst mal sollst du sehen ... wer du bist. Nicht wahr?«

Die grellen Lichter überwältigen meinen brennenden Schädel, meine flackernden Gedanken. Ich reiße meine klebrigen Lippen auseinander, sauge verzweifelt Luft in meine Lungen. Meine Organe bäumen sich auf, der Druck in meinem Schädel wird immer größer, knackt die Platten, berstet meine Gedanken, drückt mir die Augäpfel aus dem Schädel. Trete.

Reiße die Augen auf, versuche meine verschwommene, überblendete Umgebung wahrzunehmen.

Oben. Unten. Links. Rechts. Hände bohren sich in meine Arme, versuchen mich zu fixieren. Ich versuche zu schreien. Höre nur diesen unerträglich hohen Ton, der sich in meine explodierenden Gehirnwindungen bohrt.

Sein Daumen streicht noch einmal über mein pulsierendes Handgelenk.
»Betäubt?«, fragt er und ich nicke.

»Bleib liegen! Hörst du mich? Bleib liegen!« Ein Gesicht schwebt dicht über mir, gewinnt an schmerzhafter Klarheit. Dünne, trockene Lippen zu geschrienen Wörtern aufgerissen, feine Tröpfchen fliegen mir ins Gesicht. Grotesk. »Du musst liegen bleiben!« Das ist Fortrans Stimme. Ich erkenne sie. Doch ich kann nichts davon verarbeiten, mein Kopf ist eine brüllend laute, überhitzte Sackgasse.

Ich spüre nichts von der dünnen Nadel, die Swift in meiner durchscheinenden Haut versenkt. Trotzdem wird mir speiübel.

Linux sieht kurz weg, verdreht die Augen dabei auf eine fast unnatürliche Art. Dünne Schweißperlen glänzen unter dem harten Neonlicht auf seiner Stirn.

Ich weiß nicht warum, aber die ganze Situation kommt mir so absurd, so grotesk und bizarr vor, dass sich mein Gesicht zu einem ferngesteuerten Lachen verkrampft, die Lippen weit zurückgezogen, die Zähne fest aufeinandergepresst. Ein hysterisches Lachen gluckst in meiner Kehle.

»Betäubt sie! Schnell! Sie wird sich verletzen!«
Meine Umgebung gewinnt im Sekundentakt schwindelerregende Klarheit. Kalte Lampen, unerträglich hell. Menschen um mich herum, an jeder Ecke.

Ich weiß nicht, was passiert, ich weiß nicht ... Mein Schädel steht in Flammen. Hände bohren sich in Arme und Beine, halten mich am Boden.

Die Schmerzen sind unerträglich.

Ich trete zu allen Seiten, befreie mich aus der Umklammerung, versuche mich aufzurichten.

Mein Schädel steht in Flammen. Explodiert. Fällt auseinander. Mit meinen befreiten Händen greife ich panisch nach meiner brennenden Kopfhaut, will alles zusammenhalten, stoße auf schleimig-feuchte, stechend schmerzende Haut. Reiße meine Hände wieder zurück. Sie sind blutig. Da ist Blut an meinen Händen. Überall klebt Blut an meinen Händen.

Dann ist schon alles vorbei. Swift legt die Spritze beiseite, schmiert ein dünnes Gel auf meine Haut.

»Siehst du, ich habe dir nicht wehgetan«, sagt er und gibt meinen Arm wieder frei.

Ich drehe meinen Kopf in Richtung des Mannes, der mich anschreit. Es ist Fortrans Gesicht, das mich anschreit, doch seine Worte dringen nicht zu mir durch. Ich fühle mich zäh und langsam, stecke in meiner gummierten, verschobenen Zeit fest. Wie gelähmt. Starre Fortran mit aufgerissenen Lippen und aufgerissenen Augen an, versuche irgendeinen Laut aus meiner Kehle zu quälen, versuche ihm etwas zu sagen.

Dabei fliegen mir nur seine Worte in unverständlichen Sätzen Gesicht.

»Ihr müsst sie betäuben, ihr müsst sie ...« Und plötzlich erstirbt seine Stimme einfach. Ich blicke in ein verzerrt erstarrtes, völlig durchlöchertes Gesicht. Blinzele, bevor er einfach in sich zusammensackt. Einbricht und zu Boden sinkt und dabei aus meinem Blickfeld verschwindet.

Der grelle Ton in meinem Kopf berstet jeden klaren Gedanken.

Ich sauge Luft durch meine Zähne. Versuche, meine Gedanken zu beruhigen und meinen Herzschlag. Meine schweißnassen Hände pulsieren.

»Sieh hin!«, sagt Linux mit zittriger Stimme. »Sieh hin!« Deutet in Richtung des Spiegels.

Ich will nicht hinsehen.

Fortran fällt nur einen Lidschlag später zu Boden. Durchlöcherte Brust. Blutspritzer. Schüsse.

Ich realisiere nicht, was passiert. Realisiere nicht ... Meine Umgebung dreht sich. Ein rauschendes, verzerrtes Paralleluniversum, so weit entfernt von dem Schmerz in meinem Kopf, ich weiß nicht was passiert.

Die Zeit scheint für mich ganz anders zu funktionieren.

Dann trifft mein Blick den Lauf einer Pistole.

Ich will nicht hinsehen. Aber ich muss hinsehen. Werfe einen verzweifelten Blick zu Linux.

Sekundenbruchteile und meine Gedanken befinden sich im freien Fall. Für einen Augenblick ist alles glasklar.

Reflexartig rolle ich zur Seite, stürze Meter in die Tiefe, lande hart auf Hüfte und Schultern. Die Erschütterung schießt eine stechende Druckwelle durch meinen Schädel, die mir das Gehirn zerreißen will. Die flackernde Umgebung verschwimmt, mir wird schwarz vor Augen und für eine Sekunde verschwindet der grelle Tinnitus, bis mir ein weiterer Schuss die Trommelfelle zerreißt.

Wankend komme ich auf die Beine, stolpere ein paar Schritte vorwärts. Versuche, mich zu orientieren.

»Du wirst dich erinnern«, sagt Linux und seine Augen schwimmen plötzlich in Tränen. Die Flecken sind aus seinem Gesicht gewichen, das nervöse Zittern erstorben. Stattdessen steht er ganz ruhig da, blass und perfekt, sieht mich aus überlaufenden Augen an und wirkt plötzlich so unwirklich und zerbrechlich, dass ich ihn für eine Projektion halten könnte. »Alles wird seine Richtigkeit bekommen.«

Ich beiße auf die Innenseite meiner Wange und drehe meinen Kopf sehr langsam in Richtung des Spiegels. Sehe dort erst einmal nur mich, wie ich auf dieser Liege sitze, ein etwas zu großes Brillengestell auf der Nase. Müde und vernarbt.

Dann explodiert plötzlich ein feines Pling neben meinem Ohr und eine silbrige Zitronenscheibe formt sich auf der gläsernen Oberfläche des Spiegels. Dreht sich einmal, zweimal um die eigene Achse, halbiert sich und tritt blass in den Hintergrund, während sich eine neue, dynamische Oberfläche aufbaut.

Ich liege bäuchlings am klebrigen Boden, robbe durch dreckiges, erkaltetes Blut, die Augen weit aufgerissen. Mein Ziel ist die Tür, zwei Meter von mir entfernt.

Ein hartbesohlter Schuh tritt mir auf die Hand, noch mehr Schüsse und noch einer.

Ich stoße gegen einen warmen, am Boden liegenden Körper, stoße gegen Schuhe und gegen Metallstangen. Krieche atemlos vorwärts, eine hektische Bewegung nach der anderen.

Noch ein Schuss, dicht neben mir und ich erreiche die Tür.

Ich versuche, mich aufzurappeln.

Sie werden mich umbringen; sie bringen mich um, sie bringen mich um. So wie sie Fortran umgebracht haben.

Meine Pulsfrequenz neben meinem Handgelenk, mein Herzschlag auf Höhe meiner Brust. Stilisierte Gesichter von Menschen, die ich gekannt haben muss. Icons. Benachrichtigungen. Nährstoffwerte und Bewertungen und Empfehlungen und Anzeigen und Zähler.

Und mittig, das Herzstück der Timeline mit all ihren Einträgen. Mein Leben. Mein Leben vor der Amnesie. Mein Leben in einem digitalen Netzwerk.
Ich bin überwältigt.

Mitten in meinem rutschenden, schwankenden Lauf komme ich irgendwie auf die Beine, beginne panisch, vorwärts zu stolpern, halb blind vom Schmerz in meinem fiependen Kopf, taub vom Tinnitus. Beginne, gedankenlos zu laufen.

Schließlich beginnt die verblasste Zitronenscheibe im Hintergrund rhythmisch zu pulsieren, ganz im Takt meines Pulses. Mein jetziger Puls, inmitten eines Lebens, das ich fast vollständig vergessen habe.

Wirre Stimmen hinter mir. Ein unendlich langer Flur.

Und ein Name erscheint über meinem blassen Gesicht.

Java.

Ich weiß nichts. Kein Wort hängt sich an das andere. Ich weiß nicht wo ich bin. Mein Kopf explodiert. Ein weiterer Schuss hinter mir. Schlägt dicht neben mir in den Fußboden. Treibt meinen schlingernden Lauf zur Seite, wo ich krachend gegen eine Tür pralle. Mit glitschigen Fingern grabsche ich nach der Klinke, stürze noch in derselben Sekunde seitwärts in den stockdunklen Raum, taumele ein paar Meter weiter in das

offen stehende Badezimmer und reiße die Tür fest
hinter mir zu.

*Wie erstarrt blicke ich in die lebendige Projektion, mit
all ihren Grafiken und Wörtern und bewegten Bildern,
immer im Aufbau, immer im Wandel. Bannt alles, was
ich sage und alles, was ich tue in eine Welt aus Pixeln und
Lichtern, macht mich vollständig sichtbar. Macht mich
zugänglich und vernetzt und unsterblich und gläsern.*

Das bin ich. Das bin ich.

*Meine Augen beginnen wie von selbst, durch die aber-
tausenden von Einträgen zu wandern, die sich jetzt auf
den Spiegel projizieren. Tasten über die vielen Worte, die
mein Leben darstellen. Erzittere innerlich.*

*»Was siehst du?«, fragt Linux in meine eigene gedankli-
che Stille. »Siehst du etwas?« Seine Stimme vibriert.*

»Lass ihr einen Moment Zeit.«

»Ich muss es wissen!«

»Hab Geduld.«

Ein unkontrollierbarer Drehschwindel lässt mich
durch das Zimmer schlingern, ich pralle gegen Fliesen,
rechts, links. Eine Badewanne. Gegen das Waschbecken.

Sehe mich in dieser Sekunde im Spiegel. Blutüberströmtes Gesicht, weit aufgerissene Augen. Alles ganz
verschwommen.

Ich schreie. Ich schreie und höre nur diesen unerträglich hohen Ton zwischen meinen Schädelknochen.

Das Blut läuft mir in die Augen, läuft mir zwischen die Lippen. Der metallische Geschmack lässt mich würgen.

Aber ich erinnere mich nicht.
Ich sehe mich nicht.

Sie flackert ganz plötzlich auf. Eine gleißend helle Projektion in Millionen von winzigen Pixeln. Kaltes Licht. Mein Spiegelbild inmitten von Wörtern.

Meine Gedanken. Meine Timeline.

Für einen Moment werde ich ganz ruhig. Das Piepen tritt in den Hintergrund, der Schmerzt pocht im ruhigen Takt über meinen Skalp und meine Schädelknochen.

Das bin ich. Das ist der einzige verständliche Gedanke, der die dunstigen Schmerzwolken aufreißt und alles überflutet. Das bin ich. Milliarden flackernder Pixel und Wörter, eindimensional auf diesen Spiegel gebracht. Und ich sehe mich durch das schmierige Glas, eingerahmt in diese Pixelflut, ein blutüberströmtes, glatzköpfiges Gesicht, in das sich klaffende, angeschwollene Nähte fressen. Aufgeschwemmte Adern in knallroten Augen.

Eingerahmt in alles, was ich je getan, gesagt, getragen, gegessen und ausgekotzt habe. So mühevoll kontrolliert, so mühevoll zusammengesetzt.

Scheiße.

Eine Millionen Pixel und mittendrin dieses zerstörte Gesicht. Es kommt mir fast so vor, als würde ich durch einen gläsernen Menschen direkt in seinen eigenen Kern blicken. Seinen eigenen, widerlichen Kern.

Das bin ich.

Das ist, was ich wollte. Eine Milliarde Pixel und kalte Lichter und ich habe alles dafür getan, hineinzupassen und ich bin mir selbst trotzdem nicht entkommen. Zu keiner Sekunde war ich weniger traurig, weniger einsam, weniger verzweifelt. In keiner Sekunde hat die wirkliche Schwere meiner Gedanken in dieses digitale Konstrukt gepasst. Zu keiner Sekunde war ich jemand anders als ich selbst.

Alles Illusion.

Ich wusste es.

Und mit einem Mal verschwindet sie. Wird verzerrt, flackert, bricht auf. Bis sie sich ganz aufgelöst hat.

Ich taumele rückwärts, drehe mich schwankend um meine eigene Achse und übergebe mich in die Badewanne, gegen die meine weichen Knie Halt finden.

Ich sehe mich nicht.

Das ist eine Realisation, die mich hart trifft wie der Moment, in dem ich in dieser Badewanne aufgewacht bin.

Ich sehe mich, ich sehe diese Person, die ich sein soll, aber ich sehe mich nicht. Sehe nicht mich selbst, nicht die Person, die ich bin. Oder gerade werde. Lese Eintrag für Eintrag und erkenne nichts davon wieder, kann nichts zuordnen. Nichts passt. Ich erinnere mich nicht.

»Was siehst du?« Linux' Stimme kommt mir sehr weit entfernt vor, während sich die bittere Enttäuschung und kratzende Verzweiflung in meinem Bauch ausbreitet. Ich erinnere mich nicht.

Und ich wusste es. Ich wusste es die ganze Zeit schon. Unterbewusst, gefangen in dieser pausenlosen Unruhe, in nächtelangen Schweißausbrüchen und zittrig-kribbelnden

Händen. Ich wusste es. Ich wusste, dass ich mich nicht mit einem Schlag erinnern würde.

Eine weit entfernte Stimme in meinem Unterbewusstsein will mir sagen, dass ich einfach länger hingucken muss. Dass ich alles erst auf mich wirken lassen muss, dass ich nur Zeit brauche. Dass ich wieder in diese Identität hineinwachsen werde. Aber ich weiß, dass das die gleiche Stimme ist, die gehofft hat, die Person zu sehen, die sie sein will.

Stattdessen sehe ich die eindimensionale Illusion eines fremden Menschen und dieser Mensch könnte jeder sein. Gutaussehend, gut gekleidet und perfekt vernetzt.

Transparent.

Aber er berührt mich nicht. Rüttelt nichts wach.

Tränen laufen in meine Augen, ohne dass es mir wirklich bewusst ist, ich sehe sie nur im Spiegel. Und wie alles vor mir verschwimmt.

Ich wusste es doch. Es sind diese Art von Erschütterungen, tief verwurzelte, echte, schwere Gedanken, die durch die blanke Gedächtnisdecke brechen und an mir ziehen und reißen, die mir eine Identität geben. Ich spüre mich. Ich wiege schwer, viel schwerer als eine Milliarde Pixel es jemals könnten.

Ich starre mich selbst im Spiegel an.

Ich drehe das Wasser auf. Will das Blut von meiner Haut waschen und die Schmerzen betäuben. Weine.

Ich wollte immer jemand anders sein.

Weine still und sehe mich selbst dabei im Spiegel. Sehe mich selbst, umrahmt von einer Person, die ich sein soll, die ich nicht bin.

Wollte ich diese Person jemals sein?

Filmriss.

Teil B

Die Anatomie eines fallenden Menschen

Kapitel 1

Ich nehme die *DigiGlasses* einfach ab. Falte sie sorgsam zusammen und lege sie vorsichtig neben mich. Lasse all die Projektionen verschwinden und sehe nur noch mich. Eine schmale Person mit zerstörtem Gesicht.

»Was tust du da?«, fragt Linux entgeistert. »Was machst du? Stimmt etwas nicht? Swift, stimmt etwas nicht mit ihr?«

»Ich will das nicht«, breche ich ihm ins Wort.

»Was willst du nicht?« Er ist erstarrt in seiner Bewegung, starrt mich an.

»Ich will diese Timeline nicht«, sage ich.

Es fällt eine lange Stille über den Raum. Kalt.

»Was ... was hast du gesagt?« Seine Stimme ist ganz leise geworden, fast nur noch ein heiseres Hauchen. Er starrt mich an. »Was?«

»Ich will sie nicht«, krächze ich und versuche, mir die Tränen von den Wangen zu wischen.

Linux steht mitten im Raum, eingefroren in seiner Pose, eine Hand in meine Richtung erhoben. Mit zitternden, geöffneten Lippen und flackerndem Blick.

»Aber … Du … Wir haben dich wiederhergestellt.«

Ich schlucke hart. Verschränke die Arme fest vor meinem Körper.

»Wen habt ihr wiederhergestellt?«, frage ich unter Tränen. »Mich? Oder diese Timeline?«

Seine Stimme vibriert. »Aber du bist deine Timeline. Das bist du. Siehst du das nicht?«

»Nein. Das bin nicht ich.«

»Dann wirst du eben wieder diese Person«, spuckt er aus, dieses Mal etwas lauter.

»Lasst mich gehen«, sage ich mit schwankender Stimme.

»Was meinst du damit?« Er schüttelt den Kopf. »Was ist falsch gelaufen? Du könntest wieder in dein altes Leben zurückkehren, verstehst du? Verstehst du das nicht?«

»Lasst mich einfach gehen«, flüstere ich.

»Wir werden dich nicht gehen lassen! Wir geben dir deine Timeline zurück, all deine Gedanken. Deine Erinnerungen. Wir geben allem seine Richtigkeit zurück.«

»Ich will das nicht.«

»Was ist los mit dir? Du musst es wollen … Du … Du kannst nicht … Ich habe dir alles zurückgegeben, alles! Du bist wieder du! Du musst dich nur noch einmal auf diese Liege legen, eine kleine Implantation und alles …«

»Ich will diese Timeline nicht!«, schreie ich, so laut und hart, dass es mich keuchend zurücklässt.

Eine bizarre Verschwommenheit legt sich über den Augenblick und alles scheint zu erkalten. Sein Gesicht, seine Augen, seine Stimme verlieren sich in endloser Entschleunigung. Und sein Blick verzerrt sich zu einer Fratze, die nur noch das Wort »Mord« aussprechen müsste, um komplett zu sein.

»Du kannst nicht ...«, haucht er. Weicht erst einen Schritt vor mir zurück. Seine entgleisten Gesichtszüge zittern. »Das kannst du nicht ... Du hast nicht die Wahl, das ...« Macht dann wieder einen Schritt auf mich zu, hebt drohend die Arme. »Wir geben dir deine Identität zurück, verstehst du das? Verstehst du nicht, was wir versuchen zu tun?«

»Ihr könnt mir meine Identität nicht zurückgeben«, erwidere ich und verschränke schützend die Arme vor meinem bebenden Brustkorb.

»Hör auf, so eine Scheiße zu reden! Wir geben dir alles zurück. Du musst dich nur auf diese Liege legen, die Augen schließen und du hast dein altes Leben wieder.«

»Nein«, sage ich. »Das werde ich nicht tun.«

Linux sieht noch immer so aus, als könnte er es eigentlich nicht glauben. Er scheint ewig zu brauchen, zu verarbeiten, was ich eigentlich sage.

»Du wirst nicht?«, fragt er mit einem knurrenden Unterton.

»Lass mich einfach gehen«, krächze ich und weiche noch ein Stück weiter zurück. »Bitte.«

»Hast du den Verstand verloren?«, brüllt er und seine Stimme erschüttert den Raum. Seine Kiefer mahlen und er sieht mich an, als würde er mich umbringen wollen.

»Hatte ich«, sage ich leise und weiche einen Schritt vor ihm zurück. Ich habe fast die Wand in meinem Rücken. Mein Herz rast. In diesem Moment glaube ich ehrlich, dass er mich umbringen wird. »Und er kommt gerade wieder zu mir zurück.«

Linux saugt Luft durch seine Zähne, atmet heftig ein und aus. Scheint zu versuchen, sich zu beruhigen, auch wenn sein Gesicht blutrot angelaufen ist.

»In Ordnung«, sagt er ruhig und unter dem Rauschen seines hektischen Atems. »Was ist das Problem, Java? Sag mir, woher dieser Sinneswandel kommt. Wir können alles regeln. Können jedes Problem lösen.«

Ich sehe kurz zu Swift, der von seinem Stuhl aufgestanden ist und nun still gegen die Wand gelehnt zusieht. Sein Blick ist dunkel und ernst geworden, sein Blick zuckt ein bisschen.

»Lasst mich einfach gehen«, krächze ich.

Linux' Blick flackert. »Leg dich auf die Liege, Java«, sagt er leise und mit drohendem Unterton.

Ich schüttele den Kopf und er packt noch in der Sekunde meinen Arm, zerrt heftig daran, versucht mich in Richtung der Liege zu ziehen.

Ich stemme mich gegen ihn. »Lass mich los!«

»Ich akzeptiere deine Antwort nicht!«, spuckt er zurück.

»Ihr könnt das nicht machen!« Mit einem schmerzhaften Ruck schaffe ich es, mich loszureißen, weiche zitternd zurück gegen die Wand. »Es ist meine Entscheidung«, quäle ich hervor und meine Augen laufen wieder über. Heiße Tränen laufen über mein Gesicht, Schluchzer kratzen an meiner Kehle. »Ihr könnt das nicht einfach machen. Ich bin eine echte Person. Es ist meine Entscheidung! Verstehst du? Es ist meine Entscheidung!«

In diesem Moment muss etwas in ihm zerreißen. In weniger als einer halben Sekunde sind ihm seine Gesichtszüge entgleist.

»Du bist schuld!«, schreit er plötzlich und seine Stimme hallt an allen Wänden wider. »Du bist schuld, dass er tot ist, du bist schuld! Du hast dich dafür entschieden, deine Timeline zu löschen, du hast das alles ausgelöst. Du musst es auch wiedergutmachen. Du hast nicht das Recht, dich noch einmal zu entscheiden! Du hast ihn umgebracht! Du hast ...«

Er kommt auf mich zu, mit erhobener Hand und

»Du hast ihn umgebracht! Du hast ihn umgebracht!«

»Linux, beruhige dich!« Sein Freund ist aufgesprungen, läuft auf ihn zu.

»Wie konntest du nur? Wie konntest du so etwas tun?«

»Linux!«

Mit erhobener Hand kommt er auf mich zu, packt mich am Kragen, zerrt daran, drückt mich an die Wand. Schnürt mir die Luft ab. Ich starre ihm mit weit aufgerissenen Augen ins verzerrte Gesicht. Unfähig, irgendwas herauszubringen.

»Du hast ihn umgebracht! Und du wirst mich seinen Mörder finden lassen! Also erinnere dich ...«

»Linux, hör auf!«

Für eine Sekunde glaube ich wirklich, dass er mich umbringen wird.

»Linux!«

In diesem Moment wird er von mir gerissen, zurückgezogen und ich sinke, völlig erschlafft, an der Wand entlang auf den Boden. Bleibe dort zitternd und stumm weinend sitzen.

Linux wehrt sich gegen den harten Griff seines Freundes, bäumt sich gegen die Umklammerung auf.

»Lass mich los! Sie bekommt, was sie verdient hat. Sie hat uns umgebracht. Sie hat diese Stadt zerstört!«

»Beruhige dich, Linux!«

»Lass mich los. Ich will nur Gerechtigkeit!« Er versucht sich loszureißen, doch Swifts Griff ist fest. Die beiden ringen noch miteinander, verkeilen sich, sehen sich sekundenlang an.

Dann sackt sein ganzer Körper in sich zusammen und er kniet plötzlich am Boden, die Hände vor das fleckige Gesicht geschlagen. Krampfartige Schluchzer schütteln seinen Körper.

»Wir hätten alles haben können!«, schreit er. »Wir hätten alles haben können und sie haben es einfach zerstört.« Seine Schluchzer prallen hart gegen die Wände und ich kann seine Verzweiflung spüren. Kann sie körperlich spüren.

»Es gab nur eine Sache, die ich wollte. Nur diese eine Sache. Ich wollte nicht ohne ihn leben. Jetzt ist er tot.«

Es dauert Minuten, bis seine Schluchzer leiser werden.

»Du musst das wiedergutmachen«, krächzt er erstickt. Und wird immer leiser. »Du musst das wiedergutmachen.«

Ich sitze nur da, sehe ihn an und weine.

Ich weiß nicht, was ich getan habe. Ich weiß nicht, was passiert ist. Ich weiß es nicht. Aber es muss etwas

Schreckliches sein und es tut mir weh, ihn so zu sehen. So verzweifelt.

»Es tut mir so leid«, krächze ich.

Ich sitze im Wintergarten, irgendwo im Pflanzenmeer, die unendliche Stadt hinter mir. Sie heißt Hyalopolis. Die gläserne Stadt. Das ist mir wieder eingefallen.

»Hier bist du!«

Es ist Linux' Freund Swift, der die Pflanzen beiseiteschiebt und plötzlich in mein Versteck sieht. Sein Gesichtsausdruck ist besorgt. »Darf ich mit dir sprechen?«, fragt er und ich nicke.

Er setzt sich neben mich, den Rücken an die gläserne Wand gelehnt.

»Wie geht es dir?«, fragt er.

»Ich weiß es nicht«, antworte ich.

Stille.

»Linux geht es wieder besser«, sagt er schließlich. »Er hat eine Tablette genommen und ich glaube, er schläft.« Er sieht mich von der Seite lange an. »Du weißt nicht, was passiert ist, nicht wahr? Weshalb du eigentlich hier bist? Warum du dich nicht erinnern kannst?«

Ich schüttele langsam den Kopf.

Er ringt einen Moment lang nach Worten. »Du hast dich damals dafür entschieden, deine Timeline zu löschen. Das ist der Grund, warum du dich an nichts erinnern kannst. Und die Person, die diese Operation durchgeführt hat, war Fortran. Fortran, einer der mächtigsten Männer dieser Stadt. Und die einzige Person, die Linux jemals geliebt hat.«

Ich schlucke.

»Die Operation ist nicht so gelaufen, wie geplant«, fährt er fort. »Sie waren fast fertig, hatten deinen Kopf gerade vernäht, als Unbekannte das Zimmer stürmten und alle Beteiligten erschossen. Auch Fortran. Du musst wach geworden sein, denn du konntest dich als Einzige in ein nahegelegenes Zimmer retten.« Er macht eine lange Pause. »Linux würde alles dafür tun, Fortrans Mörder zu finden. Rache zu üben. Für seine eigene Gerechtigkeit zu sorgen. Als er dich gefunden hat, gelangte er zu der Überzeugung, dass *du* die Einzige bist, die Fortrans Attentäter gesehen haben kann. Aber du konntest dich an nichts erinnern. Nicht an die Operation, nicht einmal an dich selbst. Deshalb hat er alles daran gesetzt, deine Timeline wiederherzustellen. Dabei habe ich ihm in den letzten Wochen geholfen.«

»Aber ich erinnere mich immer noch nicht«, sage ich. »Ich weiß nicht, wer Fortran erschossen hat.«

Er sieht mich eine Weile lang mit seltsamem Gesichtsausdruck an. »Java«, sagt er dann sanft, »du bist der erste und einzige Mensch, dessen Timeline auch deine Gedanken aufzeichnen kann. Ich habe es geschafft, deine Timeline wiederherzustellen, mit all deinen gespeicherten Gedanken und Erinnerungen. Du musst dich nicht erinnern, deine Timeline hätte es getan.« Er sieht mich lange an. »Aber dafür müssten wir dir ein richtiges Medium implantieren und deine Timeline wieder aktivieren.«

Ich kaue auf der Innenseite meiner Wange, blicke nachdenklich ins Grün des Wintergartens.

Ich schweige sehr lange. Höre nur auf unseren leisen Atem und das Rauschen des Windes gegen das Fenster.

Meine Entscheidung habe ich längst getroffen.

»Es tut mir wirklich leid, dass das passiert ist«, sage ich dann. »Aber ich will meine Timeline nicht zurück. Ich erkenne mich auf ihr nicht wieder.« Meine Stimme ist ganz ruhig und fest, trotz des Tränenschimmers in meinen Augen. »Es tut mir wirklich leid, was Linux erleben musste, sein Schmerz ... Aber es ist meine Entscheidung. Eine Timeline ist nicht dasselbe wie der Mensch, der hinter ihr steht. Das ist die Person, die ich sein möchte. Der Mensch hinter der Timeline. Ich. Eine echte, echte Person.«

Kapitel 2

Tage später sitze ich mit Linux in der Küche. Schweigend. Wir haben kein einziges Wort mehr miteinander gesprochen.

Er trinkt Tee, sieht nachdenklich aus, wie verworren in sein eigenes Gedankenkarussell, aus dem er nicht mehr fliehen kann. Irgendwann sieht Linux von seinem Tee auf und sieht in die Ferne. Sein Blick flackert.

»Ich bin niemand, der das sagt und es wirklich meint«, sagt er dann plötzlich. »Nur dieses Mal. Es tut mir leid.«

Es folgt eine gewichtige Stille. Ich kann spüren, wie schwer es ihm gefallen ist, das zu sagen.

»Mir tut es auch leid«, sage ich.

Er betrachtet mich nachdenklich. »Wir sind so besessen. Wir alle. Der Sonne näherzukommen ... Leben in dieser absurden Stadt, so hoch und so gigantisch ...«

Er leckt sich über die Lippen. »Wie weltfremd wir dabei geworden sind. Wir haben diese bizarre Parallelwelt geschaffen, die sich nur um uns selbst dreht.

Jeder hat seine Bühne bekommen. Jeder Schritt ist es wert, für immer konserviert zu werden. Ich glaube, die Idee war einmal, umeinander zu kreisen, vollständig miteinander vernetzt. Weniger einsam zu sein. Aber in Wirklichkeit kreisen wir wohl alle nur um eins und das ist das grelle, glühend heiße Sonnenlicht unserer Besessenheit von Anerkennung. Und sind vielleicht einsamer und unglücklicher als je zuvor.«

Er zieht die Nase hoch. »Fakt ist: wir werden trotzdem allein sterben. Und niemand wird jemals wirklich wissen, wer wir waren, weil wir das Leben damit verbracht haben, aus dem, was wir haben, eine besonders schöne Illusion zu formen.« Er macht eine lange Pause. »Ich glaube, du hast Recht Java. Du solltest dich selbst finden dürfen. Deine wahre, eigene, reale Identität. Du solltest nicht wieder in diesen falschen, virtuellen Strudel fallen.« Er seufzt leise. »Rache oder Gerechtigkeit oder das Wissen warum es passiert ist, bringt ihn auch nicht mehr zurück.«

Dann stellt er seine Teetasse ab, steht etwas steif von seinem Stuhl auf und wendet sich zum Gehen. Im Türrahmen bleibt er dann plötzlich noch einmal stehen. »Ich habe einen Brief für dich bekommen«, sagt er, das Gesicht von mir abgewandt. »Ich hätte es fast vergessen.«

»Einen Brief?«

Er reibt die Lippen aufeinander, ringt nach Worten. »Ich meine ... Ich glaube nicht, dass du dich an ihn erinnern kannst. Aber ich glaube ... ich glaube, es wäre dir sehr wichtig gewesen.«

Ich schlucke hart.

»Vielleicht erinnere ich mich irgendwann«, sage ich leise.

Er sieht mich lange an und ich weiß, dass ihm klar ist was ich damit meine. »Vielleicht.«

Es vergehen noch ein paar angespannte Sekunden, dann kehrt er wieder um, öffnet eine der Küchenschubladen und holt ein cremefarbenes Kuvert heraus. Überreicht es mir mit gesenktem Blick und langem Arm.

»Ich weiß nicht, was drin steht«, sagt er hastig und blinzelt. »Lies ihn einfach.« Mit diesen Worten verschwindet er wortlos. Seine Schritte verklingen irgendwo im Flur.

Linux' Worte rauschen noch durch meinen Kopf und ich bin mir sicher, dass sie das noch tagelang tun werden.

Ich wiege den Brief sekundenlang in meiner Hand, betrachte ihn gedankenverloren.

Eine Nachricht von jemandem, der mir vielleicht mal sehr wichtig war und an den ich mich jetzt nicht mehr erinnern kann. Ein wenig absurd ist es schon.

Erst nach Minuten kann ich mich überwinden, ihn zu öffnen. Das Papier ist dünn, etwas rau, grob zugeschnitten und mit ausblutender, schwarzer Tinte geschrieben. Kleine, weiche Buchstaben. Ich habe das Gefühl, diese Schrift würde viel über die Person aussagen, wenn ich mich noch an sie erinnern könnte.

Ich beginne zu lesen.

Java,

ich habe lange gebraucht, dich wiederzufinden. Und ich habe noch länger darüber nachgedacht, was ich dir sagen soll, dachte, es müsste etwas Wichtiges sein. Etwas Bedeutsames.

Ich glaube, mir ist schließlich klargeworden, dass ich nur möchte, dass du weißt, dass es mich gibt. Irgendwie. Dass ich noch am Leben bin. Ich hoffe du verstehst, was ich damit meine.

Zunächst haben mich Schuldgefühle geplagt. Ich hatte das Gefühl, mich rechtfertigen zu müssen, weil mein Plan, mein kleiner Zaubertrick, nicht aufgegangen ist. Dass du deine Erinnerungen verloren hast. Ich wollte sagen, dass ich nur versucht habe, dich zu retten. Aber ich denke, das war naiv. Du bist eine reale Person. Du hast eine eigene Entscheidung getroffen. Für dich selbst. Du hast dich selbst gerettet.

Ich möchte dir trotzdem eines mitteilen: Mich hast du auf eine Art gerettet und vielleicht wollte ich das zurückgeben. Wenige Begegnungen in meinem Leben waren für mich so bedeutungsvoll wie unsere. Ich hatte den Verlust meiner Timeline nie überwunden. Fühlte mich gebrochen und verstoßen. Durch dich habe ich realisiert, was für eine Befreiung dieser Verlust vielleicht war. Und ich habe es geschafft, wieder nach Surface City zurückzukehren.

Dafür möchte ich mich bei dir bedanken.

Ich hätte gern gesehen, was sich daraus entwickelt hätte. Und ich bedauere es zutiefst, dass die Umstände uns dazu gezwungen haben, Fremde zu sein.

Vielleicht erinnerst du dich irgendwann wieder. Einige meiner Erinnerungen sind zurückgekommen. Mit dieser Hoffnung kann ich leben.

In tief empfundenem Respekt

Glass

Kapitel 3

Es ist das Dach aus meinem Traum und kommt mir vor wie der höchste Punkt dieser Stadt. Vielleicht der höchste Punkt dieser Welt. Windig und verschwommen, Milliarden von Lichtern unter mir. Milliarden von Timelines.

Es gibt dieses bizarre Gefühl, wenn man an jemandem vorbeigeht und ganz bewusst wahrnimmt, dass diese fremde Person ein eigenes Leben haben muss. Eine Identität, angefüllt mit Sorgen und Ängsten und Blickwinkeln.

Dass sie eine genauso egozentrische Sichtweise hat wie man selbst. Dass sie nicht nur Statist im eigenen Leben ist.

Ich weiß nicht, ob es ein Wort dafür gibt, aber diese Momente gehören zu den ganz wenigen, in denen man sich selbst auf eine Art verlässt und wirklich wahrnimmt, dass eine andere Existenz genauso schwer wiegt wie die eigene. Und ist ganz perplex angesichts der Tatsache, dass man nicht die wichtigste

Person auf der Welt ist und von diesem subtilen Schmerz und der Schwere, die eine andere Person haben könnte.

Man müsste denken, dass Timelines einem dieses Gefühl dauerhaft vor Augen führen. Stattdessen glaube ich, nehmen sie einem selbst das Gefühl für das Gewicht der eigenen Existenz.

Ich laufe einmal über das Dach hinweg, bis zum Rand, wo mir große, helle Steinquader bis zur Hüfte reichen. Über sie hinweg kann ich über die ganze Stadt und in die tiefschwarzen Häuserschluchten blicken, die sich unter mir auftun.

Ich spüre den leisen, keimenden Erinnerungen an meine verlorene Vergangenheit nach. Den lauteren Gedanken an meine Gegenwart. Mir selbst. Meiner wachsenden Identität.

Ich bin gefallen, aber nun stehe ich wieder hier oben.

Outro

Ein halbes Jahr später

Ich bin auf dem Weg zur Hochbahn. Werde wie jeden Tag den nächsten Zug aus der Stadt in die Suburbs nehmen. Habe jetzt eine kleine Wohnung am Stadtrand, finanziert mit geliehenem Geld von Linux. Arbeite in einer kleineren, timelinefernen Versicherungsgesellschaft, wo ich Daten sortiere, damit ich ihm das Geld irgendwann zurückzahlen kann.

Ich habe verblasste Narben und noch blassere Erinnerungen. Aber ich bin dabei, neue zu machen.

Der kühle Märzwind zerrt an meinem langen Mantel, lässt mich frösteln und treibt tausend winzige Tröpfchen auf die Gläser meiner noch eingeschalteten *DigiGlasses*. Blicke seitlich über die Häuser hinweg, auf denen die Lichter und Werbungen und Wasserspeier im Grau der dichten Wolkendecke verblassen.

Ich springe die Treppenstufen zur Brücke hinauf, die mich direkt in die Bahnhofshalle führen wird, lasse mich von der Menschenmenge mitreißen, die in alle Richtungen strömt. Mit ihnen strömt ihre Welt in bunten Pixeln, ihre Parallelexistenz in digital, ihr zweiter Schatten.

Ich sehe ihren Herzschlag und ihre Freunde und die Dinge, die sie gerade gekauft haben. Es ist ein seltsames Gefühl. Sie starren mich immer wieder an, mich, timelinelos. Mit Skepsis, mit Abneigung, mit Faszination. Schwer zu sagen manchmal. Irgendwie habe ich mich an die Blicke gewöhnt.

Fröstelnd stelle ich den Kragen auf, vergrabe die Hände in den Hosentaschen und gehe etwas schneller. Muss plötzlich lächeln.

Auf eine sehr eigenartige Art fühle ich mich mächtig.

Als mir ein weiterer Windstoß Wasser auf die Gläser treibt und mir die Sicht raubt, schalte ich die Brille aus und nehme sie ab.

Die kalte Luft treibt mir Tränen in die Augen und ich blinzele nach rechts, als mir plötzlich ein junger Mann auffällt, der inmitten der rauschenden Menschenmasse ganz ruhig am Brückengeländer lehnt. Er hat die langen Beine gekreuzt, der Wind reißt an seinem langen Mantel und zerzaust sein gescheiteltes Haar. Eine falsche Zigarette klebt zwischen seinen markanten Lippen, verpufft ihren bunten Qualm in den kalten Wind.

Ich werde langsamer. Und für eine Sekunde habe ich das seltsame Gefühl, meinen verblassten Erinnerungen ganz nah zu sein. Ein feines Kribbeln in meinem Hinterkopf, ein aufkeimender Gedanke. Ungreifbar. Kneife die Augen zusammen und verdrehe meinen

Blick nach ihm, ein Bild, unterbrochen von den vielen vorbeigehenden Menschen.

In diesem Moment suchen sich unsere Blicke, treffen sich ganz kurz und ich meine, etwas in diesem Blick zu sehen, das mir bekannt ist, spüre einer Erinnerung nach; da ist sein Blick auch schon wieder fort. Aber er lächelt, als ich an ihm vorbeigehe.

Und für einen Moment bin ich wieder ganz aus Glas.